이갑숙 장편소설

눈부처

BOOKK

눈부처

발행	2023년 06월 01일
저자	이갑숙
펴낸이	한건희
펴낸곳	주식회사 부크크
출판사등록	2014. 07. 15(제2014-16호)
주소	서울 금천구 가산디지털1로 119 SK트윈테크타워 A동 305
전화	1670-8316
E-mai	info@bookk.co.kr
ISBN	979-11-410-3015-5

www.bookk.co.kr

이갑숙 장편소설

눈부처

BOOKK

목차

프롤로그

1

그해 여름, 죽음 여행을 다녀왔다.

여행은 지금까지 늘 머물던 곳을 벗어나 새로운 시공간을 찾아나서는 일이다. 왜 여행을 떠나려는 것일까? 이유는 여러 가지다. 사람들은 몸과 마음을 잠시 쉬게 하려고 여행을 떠난다. 전현서 님은 산문집 『도도한 여행, 우이도』에서 시집만 달랑 두 권 챙겨 들고 외딴섬으로 2박의 짧은 여행을 떠나고 싶다고 했다. 섬이니까 아무것도 안 할 작정으로, 새벽에 일어나 안개가 채 걷히기 전 바닷가를 걷다가 매미가 시끄럽게 울어대는 한낮에는 방 안에 앉아 음악을 듣고 책이나 읽으며 뒹굴뒹굴할 요량으로.

호기심이라는 막연한 갈증을 해소하기 위해 떠나는 여행도 있다. 당신은 페루와 볼리비아의 곳곳에 배어 있는 잉카의 흔적을 찾는 30여 일간의 배낭여행을 떠났다. 그 일정에는 4박 5일간의 안데스산맥 트레킹도 포함되어 있었다. 해발 4,600m의 산허리를 넘는, 길이 47km의 대장정이었다. 불가사의한 인간의 발자취가 스쳐 간 그곳을 향한 막연한 호기심으로, 삶의 한계에 맞서 그 경계를 넘나드는 당찬 도전을 해볼 요량으로.

나를 찾아 나서는 구도의 여정도 있다. 선재 동자는 깨달음을 찾아 나섰고, 어린 왕자는 마음을 찾아 나섰다. 드물지만 사후 세계를 여행하는 예도 있다. 단테는 『신곡』을 통해서 지옥, 연옥, 천국을 다녀왔고, 파드마삼바바는 『티베트 사자의 서』를 통해 죽은 자를 사후 세계로 안내하고 있다.

단테의 『신곡』은 백 개의 노래로 만들어진 판타지 형식의 거대한 서사시다. 그것은 단테가 9박 10일간 지옥, 연옥, 천국을 여행하면서 겪은 얘기를 담고 있다.

우리 인생길 반 고비에
올바른 길 잃고서 난
어두운 숲에 처했었네

단테의 신곡에 나오는 첫 문장이다. 35살이 되던 해 어느 금요일, 단테는 밤길을 잃고 어두운 숲속을 헤맨다. 그때 세 마리의 짐승이 그에게 다가온다. 탐욕을 상징하는 표범, 권력욕을 상징하는 사자, 그리고 애욕을 상징하는 암늑대가 그들이다. 나는 누구? 여긴 어디? 단테는 탐욕, 권력욕, 애욕으로 둘러싸인 어두운 숲을 바라보며 정체성에 의문을 품고, 누군가에게 도움을 요청한다. 그때 단테의 스승 베르길리우스가 나타난다.

그는 단테를 비밀의 장소, 지옥으로 안내한다. 지옥은 별 없는 하늘만 보일 뿐이다. 거기에는 불쌍하고 사악한 영혼들이 모여 산다. 욕망에 사로잡혀 이성을 잃었던 사람, 사기꾼, 도둑, 폭행을 저지른 자, 가까운 사람을 배신한 자들이 그들이다. 단테는 스승에게 어서 아비규환의 지옥에서 벗어나게 해 달라고 애걸한다.

그들은 지구 깊은 속에서 둥글게 열린 틈을 통해 별들을 본다. 별이 바라다보이는 그곳은 바람과 땅 그리고 물이 있는 연옥이다. 베르길리우스는 단테를 연옥으로 안내한다. 거기는 무거운 죄를 짓지는 않았으나 천국에 갈 만큼 신을 믿지 않았던 사람, 착한 일을 하지 못한 사람들이 모여 사는 곳이다. 가고자 하나 갈 곳을 모르는 사람들이다. 그들은 죄를 씻어야만 천국에 갈 수 있다.

단테를 천국으로 안내한 사람은 단테의 연인 베아트리체다. 단테는 베아트리체를 따라 천국을 여행한다. 천국은 지구를 둘러싼 9개의 행성으로 이루어져 있다. 9개의 행성 밖에는 하느님이 계신다. 여행의 마지막에는 하느님을 만난다. 천국은 무수한 별들이 빛나는 세계다. 꿈, 희망, 미래, 비전이 넘친다. 천국의 안내를 마친 베아트리체는 단테에게 이 여행기를 세상에 돌아가 잘 전해 달라고 말한다. 그리고 밝고 환한 사랑의 미소를 보내면서 빛 속으로 사라진다. 신곡의 대 서사극은 그렇게 막을 내린다.

놀랍게도 단테의 신곡보다 500여 년 앞서, 동양에서는 죽은 자에게 사후 세계를 안내하는 경전이 있었다. 그 당시 파드마삼바바는 티베트 공원에서 깊은 명상에 들었고, 깨달은 바를 108

개의 경전으로 남겼다. 그중의 하나가 『바르도 퇴돌』이다. 은둔지의 나라 티베트에서 읽혔던 이 책은 20세기에 이르러 서양에 『티베트 사자의 서』라는 이름으로 세상에 알려지게 되었다. 오늘날 티베트 사람들은 파드마삼바바를 제2의 붓다라고 칭하며, 그들의 삶 속에 직접 찾아 들어온 그를 아미타불의 화신으로 여기기도 한다.

『티베트 사자의 서』는 죽은 자를 해탈의 길로 안내하는 경전이다. 이 경전은 죽음 이후 환생할 때까지 거쳐야 하는 바르도의 세계를 다루고 있다. 생과 환생 사이, 생의 경계 넘어, 죽음이라는 순간 넘어, 그 문턱을 넘는 순간의 세계, 한 사람이 죽고 다시 태어날 때까지 거쳐야 하는 49일간의 중간 세계, 그게 바르도다. 『티베트 사자의 서』는 바르도를 건너는 죽은 자에게 붓다의 가르침을 들려준 뒤, 죽은 자에게 들은 그대로 사유하게 하고, 사유한 대로 행하게 한다. 그러면 죽은 자는 생전에 저질렀던 자신의 업의 흐름을 바꾸어 다시 태어남을 멈추고, 그 자리에서 영원한 자유를 찾아간다. 만일 죽은 자가 다시 태어남을 멈추지 못했을 때는 차선책으로 더 나은 삶으로 환생할 수 있도록 죽은 자를 인도해 준다.

이는 결국 윤회의 고리를 끊게 해 주려는 붓다의 가르침이다. 이 경전은 죽음의 순간에 한 번 듣는 것만으로도 삶과 죽음의 수레바퀴를 벗어나, 영원한 자유에 이룰 수 있는 가르침으로 전해져 오고 있다. 그래서 이 경전은 '영혼의 귓가에 들려주는, 마지막 깨달음의 노래'라고 불린다.

어느 날, 선배가 내 앞에 나타났다.

합동 천도재가 열리는 날이다. 오전 10시에 시작된 행사는 관
욕 의식을 시작으로 사시 예불, 스님의 법문, 금강경 독송, 승무
단의 승무 순으로 진행된다. 승무는 살풀이에 이어 바라춤과 나
비춤이 펼쳐진다. 30여 명의 사부대중은 영가에 잔을 올리고 금
강경 독송에 맞춰 절을 이어간다. 나도 선배를 위해, 하늘나라에
서는 췌장암과 같은 고통에서 벗어나게 해 달라는 바람으로 기
도를 올린다. 의식이 끝나자 행사는 사부대중들이 영가를 모신
꽃가마의 행렬을 따라가는 것으로 마무리된다. 꽃가마에는 영가
를 위한 소창 한 줄과 이승의 나를 위한 오색실 한 줄이 엮여 있
고, 그 앞에는 만장대, 칠왕번이 펄럭이고 있다.

그때 노랑나비 한 마리가 나타난다. 나비는 꽃가마 주위를 맴
돌며 행렬을 따라가고 있다. 문득 아까 보았던 나비춤이 떠오른
다. 나비춤은 영가가 나비처럼 자유를 찾아 훨훨 날아가기를 기
원하는 의식이다. 문득 저 나비가 누구의 영가일지도 모른다는
생각이 스쳐 간다. 얼마 지나지 않아 나비는 저 멀리 훨훨 날아가
버리고, 나비가 사라진 그 자리에 선배가 우뚝 서 있다. 평소 즐
겨 매던 물방울 넥타이를 매고 환하게 웃으며 내 곁으로 다가온
다. 그리고 말을 붙이기 시작한다.

"오늘은 축제일이라 모양을 좀 냈어요."

우리는 손을 맞잡고 경내를 이리저리 돌아다니며 노래도 부르고 춤도 춘다. 그동안 못다 한 얘기도 나눈다. 얼마나 지났을까? 선배는 느닷없이 내 손을 잡아끌며 저 멀리 날아가고 있는 나비를 따라가 보자고 한다. 어느새 선배는 저 멀리 가고 있다. 나는 고함을 지르며 선배를 뒤쫓아간다.

꿈이었다.

선배는 아직도 하늘나라에서 한곳에 머물지 못하고 새털처럼 바람에 홀로 날아다니고 있는 듯했다. 아름답지만 아리고 슬펐던 우리의 만남과 사랑이 주마등처럼 스쳐 지나갔다.

그날 저녁 나는 잠을 이루지 못하고 뒤척이고 있었다. 스마트폰으로 뉴스를 검색하고 있는데 오마이 뉴스에 실린 짧은 기사 하나가 눈에 띄었다. 자살한 젊은 진보 정치인을 위해 지인들이 함께 모여 죽은 자에게 『티베트 사자의 서』를 들려주는 의식을 치르기로 했다는 기사였다. 장례식을 끝낸 후 그들은 작은 기도실을 만들었다고 했다. 죽은 자가 처음 겪는 사후 세계의 생경함과 혼란, 세상에 대한 미련과 애착, 그리고 사회적 활동과 정치에 대한 갈 애를 넘어설 수 있도록 죽은 자를 돕기 위한 의식을 치르기로 했다는 것이다. 그들은 『티베트 사자의 서』를 기본 문서로 하여 날짜별로 기도문을 만들고 그것을 죽은 자의 귓가에 들려주려는 것이었다.

문득, 혜산 스님의 『죽음에 부치는 편지』가 생각났다. 혜산 스님이 독자의 이해를 도우려고 『티베트 사자의 서』를 그림으로 엮은 책자다. 언젠가 나는 혜산 스님의 도반인 청계사 S 스님의 소개로 그분을 만날 기회가 있었고 그 책자를 혜산 스님으로부터 직접 건네받았다.

　스님은 백혈병으로 투병하던 속가의 모친이 사망 선고를 받기 7시간 전부터, 사망 선고를 받은 후 영안실로 안치되기까지 12시간 동안의 모든 과정을 바로 옆에서 생생히 지켜보았고 그 과정을 기록해 놓았다고 했다. 스님은 그 모든 일이 『티베트 사자의 서』에서 서술된 죽음의 과정과 스님이 직접 공부한 극락왕생의 서상瑞相과 놀랍게 일치함을 몸소 체험했고, 그 체험을 바탕으로 『죽음에 부치는 편지』를 엮었다는 것이다.

　순간, 나도 선배께 깨달음의 노래를 들려주어야겠다는 생각이 들었다.

　죽음은 쓰라린 고통이지만, 제대로 살아보지 못한 죽음만큼 더 힘든 건 없는 것이다. 너무 일찍 죽은 선배의 영혼을 달래주어야겠다는 생각이 우선 들었다. 사후 세계의 생경함과 혼란, 세상에 대한 미련과 애착을 넘어설 수 있도록 선배를 도와주고 싶었다. 깨달음의 노래를 선배의 귓가에 들려주면서 미처 못다 한, 아리고 슬픈 우리의 사랑 얘기를 서로 나누어보고 싶었다.

　당신은 당신의 자전적 소설, 『꺼지기 쉬운 빛』을 통해 내게 그 빛을 스스로 한번 찾아보라고 제안했다. 그 빛은 무명을 헤매던 삶의 길목에서 당신에게 다가온 작은 알아차림이었지만, 쉽게 흐려지고 망가지고 부서지는 빛이었다. 꺼지기 쉬운 빛이었다. 다른 사람에게 전달할 수도, 다른 사람으로부터 전달받을 수도 없어서 스스로 자의식과 경험에 의존해서 찾아야 하는 빛이었다. 그래서 당신은 내게 그 빛을 스스로 찾아보라고 제안한 것이다. 나는 그 빛을, 어쩌면 『티베트 사자의 서』에 담겨 있는 붓다의 가르침에서 찾을 수 있을 것 같다는 생각이 들었다.

　아저씨는 선배의 죽음이 자신이 저지른 처신과 행동 때문이라고 생각하며 죄책감에 시달려 왔다. 죄책감은 책임을 낳는다. 책임을 떠맡기 위해서는 상처가 발생한 그 지점에 대한 자기 치유가 필요하다. 아저씨가 참회록을 써 내려간 것도 그 때문이었다. 아저씨의 참회록에는 내게 선배의 영가 천도를 부탁한다는 내용이 들어 있었다. 나는 『티베트 사자의 서』에 담겨 있는 깨달음의 노래를 선배에게 들려주는 것으로 그 영가 천도를 대신해야겠다는 생각이 들었다.

　그날 나는 앞으로 죽음 여행을 계획하며 가슴 설레는 마음으로 온밤을 지새웠다.

시절 인연

1

그해, 겨울비가 촉촉이 내리던 밤이었다. 출가를 결심하고 이것저것 주변의 짐을 정리하고 있었다. 그때 스마트폰이 울렸다. 가늘게 떨고 있는 선배의 목소리가 들려왔다. 집 근처라고 했다. 우리는 그날 밤비를 맞으며 그냥 걸었다. 한참을 말없이 걷고 있는데 느닷없이 선배가 단도직입적으로 사랑을 고백해 왔다. 나를 사랑한다고 했다. 처음 들어보는 말이었다. 그러나 내가 해줄 수 있는 말은 아무것도 없었다. 선배는 그날 나에게서 아무 말도 듣지 못하고 돌아갔다.

선배를 처음 만난 것은 대학 불교 동아리에서였다. 언제부턴가 선배가 내게 살갑게 다가오기 시작했다. 우리는 밥도 같이 먹고, 시도 같이 읽고, 함께 공원도 걸었다. 단체 미팅에 동반자로 함께 참석한 적도 있었다. 언젠가는 청량리에서 열차를 타고 정동진항도 다녀왔고, 시외버스를 타고 가평에 있는 이화원과 나비 박물관에도 다녀왔다. 그때 선배는 나를 보고 볼우물이 참 예쁘다고 말했다. 우리 엄마도 볼우물이 패어 있었다고 말하려는데, 선배는 내 손을 슬며시 잡았다. 사람의 체온이 생각보다 훨씬 따뜻하다는 생각이 들었다.

엄마와 따로 떨어져 혼자 살면서 나는 사실 외로웠지만 그렇지 않은 척하는 한 마리 여우였다. 사람이 그리웠다. 그때 선배가 내 앞에 나타난 것이다. 그의 온기도 따뜻했지만, 느낌이나 감정을 주고받는 것도 매우 따뜻하게 느껴졌다. 그렇게 느낄수록 우리의 만남은 횟수가 잦아졌다. 그러던 어느 날, 우리에게 운동권 학생이라는 이유로 지명 수배령이 내려졌다. 동아리 구성원 몇몇을 따라 민주화 시위 대열에 동참했던 것이 화근이었다. 그것은 급기야 우리 사이를 갈라놓았다. 선배는 입대하였고, 나는 숨어 지낼 곳을 찾다 수덕사로 흘러 들어갔다.

그곳에서 며칠을 보내고 있는데 정혜사 능인 선원에서 일할 사람을 찾는다는 소식이 들렸다. 공양간에서 공양을 준비하는 일이었다. 처음에는 서툴렀지만, 공양간 어느 노 보살님의 배려로 일을 조금씩 따라 할 수 있었다. 나는 그때 시절과 사랑에 대해 심한 갈등을 겪고 있었다. 바로 민주화 운동과 선배와의 만남에 대한 고민이었다. 그 갈등은 삶에 대한 물음으로 이어졌다. 나는 정말 나인가? 내 삶은 내가 사는 것인가? 짬짬이 새벽 예불에도 참여하고, 수시로 스님의 법문도 들었다. 틈을 내어 반야심경, 금강경, 화엄경을 비롯한 여러 경전도 공부하고, 철학에 관한 책들을 뒤적이고 있었다.

어느 날, 공양간 한 모퉁이에 나뒹굴고 있던 『어린 왕자』가 눈에 띄었다. 문득, 법정 스님의 「어린 왕자에게 보내는 편지」가 생각났다. 스님은 그 편지에서 『어린 왕자』는 단순한 책이 아니라 하나의 경전이라고 한데도 조금도 과장이 아닐 것 같다고 했다. 그러면서 누가 자기더러 지묵으로 된 한두 권의 책을 소개하라면 『화엄경』과 함께 『어린 왕자』를 고르겠다고 했다. 『어린 왕자』를 처음으로 찬찬히 읽어 내려갔다. 거기에는 선재 동자와 어린 왕자의 만남이 있었다.

아, 나는 누구인가? 철학자도 그렇고, 어린 왕자도 똑같은 물음을 던지고 있었다. 놀랍게도 그 질문에 대한 대답을 선재 동자가 해주고 있었다. 아, 문학과 철학이 불교에 뿌리를 두고 있고, 궁극적으로는 이렇게 만나는구나, 가슴이 떨려왔다. 정체성의 혼란을 겪고 있는 내게 그들의 사유는 새로운 삶의 탈출구를 제시해 주는 듯했다.

정혜선원은 덕숭산 기슭의, 앞이 훤하게 트인 돌을 양지에 자리 잡고 있었다. 늘 그랬듯이 그날도 요사채 마루턱에 걸터앉아 수덕사 너머로 펼쳐진, 별이 지고 해가 뜨는 광경을 바라보고 있었다. 푸르스름하게 비치는 빛줄기 사이로 뻥 뚫린 하늘이 시야에 들어왔다. 하늘은 먼 데 산을 품고 있었다. 풍경이었다. 그 풍경은 나를 중심으로 펼쳐지고 있었다. 무대의 주인공은 나였고, 풍경은 무대의 배경이 되어 조명처럼 현란하게 햇살에 빤짝거리고 있었다. 그런데 갑자기 그 풍경 속의 내가 사라져 버렸다. 그 풍경 한 모퉁이에 내가 서 있는 모습이 환상으로 다가왔다. 나는 소스라치게 놀랐다. 풍경은 무한한 시공 그 자체였고, 그 풍경 속의 나는 하나의 점이었다. 이윽고 하나의 점조차도 사라져 버렸다. 그 풍경 속에 나는 없었다.

'출가는 귀의의 다른 이름이다, 귀의는 나는 존재하지 않는다는 통찰력이다'라는 어느 스님의 법문이 떠올랐다. 나답게 살기 위해, 내 식대로 살기 위해 보따리 하나를 싸 들고 집을 떠났다는 법정 스님의 출가 얘기가 떠오른 것도 바로 그때였다. 그때부터 나는 출가를 해 볼까, 하는 생각을 한 번씩 하게 되었다.

지명 수배가 해제되었다는 소식을 전해 들었지만, 진행 중이던 화엄경 강의를 마저 듣기 위해 그곳에서 6개월을 더 보냈다. 집으로 돌아온 나는 바로 대학원 진학을 준비하고 있었다. 학비이며 생활비는 엄마가 뒷바라지를 다 해 주었다. 그러던 엄마가 갑작스레 죽었다. 나는 무슨 바람이 불었는지 친구 몇몇과 함께 자원봉사자 자격으로 대선 캠프에 합류했다. 대선이 끝난 후 부산 롯데 호텔에서 해단식이 있었다. 내로라하는 사람들이 리셉션장에 다 모인 듯했다. 노스님 한 분이 저쪽에 서 계셨다. 나는 합장을 하고 노스님께 다가가 출가하고 싶다고 말했다. 참 황당한 얘기를 엉뚱한 자리에서 꺼냈다.

　나는 엄마를 따라 절을 자주 찾았다. 엄마는 한때 나에게 꿈 얘기를 한 적이 있었다. 넓은 마당이 딸린, 으리으리하게 큰 기와집에서 사는 나를 꿈에서 보았다고 했다. 아마 내가 절에 들어가 비구니가 되는 꿈일지도 모른다고 했다. 절에 들어가도 돼? 내가 그렇게 물었을 때, 엄마는 내가 절에 들어간다면 굳이 말리지 않을 것이라고 했다. 내가 출가를 결심한 것은 아마 정혜사에서 접한 붓다의 가르침이 안겨 주었던 그 떨림과 설렘 때문이었을 것이다. 어쩌면 엄마의 갑작스러운 죽음과 그에 따른 죄책감 때문이었는지도 모른다. 엄마의 죽음은 나의 정체성에 혼돈을 일으켰다. 선배가 제대하고 내 앞에 불쑥 다시 나타난 것이 그즈음이었다.

　어느 날 노스님으로부터 전화가 왔다. 출가할 생각이 정말 있느냐고 확인하는 전화였다. 대선 캠프의 여러 사람으로부터 나에 대해 알아본 모양이었다. 스님은 똑똑하고 총명한 대학생이라고 들었다고 했다. 나는 그렇게 하겠다고 했다. 며칠이 지난 후 노스님의 상좌가 나를 찾아와 언제 출가할 것인지를 물어왔다.

나는 선뜻 대답을 못 했다. 상좌는 얼버무리고 있는 나를 뒤로하고 미련 없이 가버렸다.

머리를 깎으러 가려던 발걸음을 멈추게 한 것은 사랑의 굴레였다. 그때 나는 출가와 사랑 사이를 오가며 그 무게를 저울질하고 있었다. 삶이란, 여러 번 반복할 수 없는, 단 한 번뿐이다. 그래서 삶은 깃털처럼, 바람에 날리는 먼지처럼, 내일이면 사라질 그 무엇처럼 가벼워야 한다. 나는 사랑에 더 무게를 두며 그렇게 생각했다. 그러나 나는 이내 아니야, 하고 심하게 고개를 저었다. 사랑은 허영이라는 고삐와 말뚝에 묶이는 삶의 굴레다, 출가가 진정한 자유를 찾으려는 깨달음의 여정이라면, 사랑은 나를 짓누르는 존재의 참을 수 없는 가벼움이다, 라고.

그날 헤어진 이후로 선배는 만나자는 연락을 수시로 해 왔다. 나는 선뜻 선배 앞에 설 용기가 없었다. 그럴수록 선배는 살갑게 다독거리며 내게 다가왔다. 애틋한 눈초리로 간절하게 설득하며 나를 향한 끈질긴 구애를 이어갔다. 선배의 순수하고 지극한 그 정성이 유효했던 것일까? 아니면 세월의 흐름에 내 마음의 잉잉거림이 조금씩 희석되었던 것일까? 내 마음이 흔들리고 있었다. 나는 선배께 전화를 걸며 한번 만나자고 했다. 내가 먼저 나서서 만나자고 제안한 것은 그때가 처음이었다. 결국, 출가라는 자유보다는 사랑이라는 굴레에 무릎을 꿇은 것이다. 어찌 되었건 그건 나에게 하나의 큰 사건이었다. 그러나 전화를 받는 선배의 목소리는 예전과 달리 힘이 없어 보였다.

내가 너무 오랫동안 트집을 잡고 마음을 상하게 한 때문이었을까? 출가 대신 사랑을 택할 만한 가치가 정말 있는 것인지, 하고 너무 허세를 부리며 머뭇거렸던 탓일까? 아니면 너무 오랫동안 울고 있는 자기 모습을 보이기 싫어하는 자존심 때문이었을까? 선배는 만나자는 나의 제의를 거절했다. 내가 영국으로 유학을 결심한 것은 물론 엄마의 죽음에서 받은 충격 때문이기도 했지만, 선배를 향한 알량한 내 자존심도 큰 몫을 차지했다. 사랑하는 방식이 서투른 우리의 첫사랑은 그렇게 깨졌다. 내가 영국으로 건너간 게 그즈음이었다.

2

　내가 아저씨를 처음 만난 곳은 한국 대사관 구내식당이었다. 구내식당은 그때까지만 해도 문을 열지 못하고 있었다. 윔블던 지역에서 버킹엄 궁전 인근으로 대사관을 옮긴 지 거의 3개월이 지나가고 있었지만, 총무 부서에서는 다른 업무에 치여 구내식당 개관을 차일피일 미루고 있었다. 결국, 아저씨가 그 업무를 맡았고, 구내식당에서 아저씨를 만난 것도 그 때문이었다.
　영국에 도착한 나는 제일 먼저 연화사를 찾았다. 절 일을 도와주면서 숙식을 해결하고자 청계사 주지 스님으로부터 소개받은 곳이었다. 연화사가 자리하고 있던 런던 남쪽의 뉴몰든에는 한인들이 코리아타운을 이루고 살고 있었다. 그들은 주로 회사나 은행 주재원, 유학생, 개인 자영업자들이었고, 시민권을 취득하여 아예 장기 체류하는 사람들도 있었다.

연화사는 2층짜리 플랫 형태의 포교당이었다. 거기에서는 매주 토요일에 법회가 열렸다. 사모님을 알게 된 것은 그 법회에서였다. 그때 나는 취업 비자를 발급받기 위해 우선 취업해야 할 처지였다. 사모님은 취업 걱정을 하는 내게 한국 대사관 구내식당에서 일할 사람을 구하고 있다는 소식을 전해 주었다. 그러면서 대사관에서 해무관으로 일하고 있는 자기 남편을 찾아가 보라는 것이었다.

그때부터 그들 내외는 나를 끔찍이 아끼고 챙겨 주었다. 한 번씩 그들 집으로 초대하거나 식당으로 나를 불러내어 밥도 사 주곤 했다. 우리는 시간이 지나면서 서로 가까워졌고, 어느새 서로의 가족 얘기도 스스럼없이 주고받는 사이가 되었다. 내가 해무관을 아저씨라고 부르기 시작한 것도 그즈음이었다.

내가 그들 내외로부터 한인들이 잘 가는 중식당 '만다라'에 초대받았을 때였다. 그날 나는 처음으로 그들에게 가족 얘기를 꺼냈다. 얘기를 꺼내던 중간에 말을 잇지 못하고 울먹이는 나를 다독이며, 아저씨는 무척 관심 어린 눈빛으로 이것저것 물어왔다. 나중에 안 사실이지만, 놀랍게도 아저씨는 당신과 잘 알고 지내는 사이였다. 아저씨는 고시 준비를 위해 밀양 칠탄정을 찾았고, 거기서 당신을 만났다고 했다. 공교롭게도 두 사람은 모두 고졸 자격으로 고시를 준비하는 처지였다. 동병상련이었을까? 두 사람은 어느새 속내까지도 주고받는 가까운 사이가 되었다는 것이다.

어느 날, 아저씨는 천왕산 산행 얘기를 꺼내면서, 그 산행에서 있었던 조그만 사건 하나가 그들의 돈독한 우정을 지금까지 계속 이어주고 있다고 했다.

"칠탄정에서 고시 공부하던 때였지. 우리는 식사 때를 제외하고는 각자 배정된 방에 틀어박혀 있었단다. 그렇다고 골방에서 공부만 하고 있을 수는 없었지. 갑자기 어디로 훌쩍 떠나고 싶다는 충동을 가끔 느끼곤 했었지. 공부에 대한 중압감이 주는 스트레스를 해소하기 위해서였단다. 충동이란 즉흥적이지. 천왕산 산행이 그랬단다. 처음에는 표충사를 들를 요량이었지만, 천왕산 산행으로 갑자기 계획이 변경되었지. 내가 슬리퍼를 신고 천왕산을 오른 것도 그 때문이었어. 우리는 그날 사자평까지 올라갔었지. 고사리 분교가 자리 잡고 있었던 그곳에는 평원이 광활하게 펼쳐져 있었고, 일렁이는 억새의 물결이 장관을 이루고 있더군."

아저씨는 감회가 새로운지 아예 눈을 지그시 감고 얘기를 이어갔다.

"올라갈 때와는 달리 내려올 때는 다른 코스의 계곡을 탔단다. 절반 정도 내려왔을까. 계곡이 갑자기 깊고 높은 낭떠러지로 바뀌면서 길이 막혀 버렸어. 벼룻길이었던 게야. 저쪽 편에 조그만 샛길이 보이더군. 앞서가던 강숙 씨는 주저 없이 낭떠러지 바위를 가로질러 저편으로 건너가고 있었지. 나도 슬리퍼를 뒷주머니에 찔러 넣고 가볍게 절벽을 타기 시작했지. 가슴을 바위에 바짝 기대고 바위 틈새에 손가락을 짚어가며 한 발짝 한 발짝씩 걸음을 옮겼단다. 절벽의 중간쯤 다다랐을까? 손가락을 짚을 다음 바위의 틈새가 보이지 않는 게야. 순간적으로 가슴이 탁 막혔어.

짚었던 손가락을 놓치면 절벽 아래로 바로 떨어질 형국이었지. 되돌아가려니 타고 왔던 절벽의 끝이 너무 멀었어. 진퇴양난이었지. 다리가 흐느적거리더군. 아래를 내려다보니 바위가 엉클어져 나뒹굴고 있었어. 바위 사이로 어른 팔뚝만 한 가지를 뻗은 나무가 몇 그루 솟아 있더군. 순간, 아래로 그냥 뛰어내려야 하겠다는 생각이 들었단다. 뛰어내리면서 나뭇가지를 잡아 보겠다는 심산이었던 거지. 그때 건너편에서 강숙 씨가 고함을 지르더군. 이 형, 바위에 가슴을 대고 잠시 눈을 감으세요. 시키는 대로 눈을 감았지. 10여 초가 지났을까? 눈을 떠보니 내 눈앞에 바위 틈새가 보였어. 손톱이 아니라 손가락도 들어갈 만큼 컸어."

아저씨는 사회생활을 하면서도 당신을 수시로 만났고, 생과 사의 갈림길에 섰던 그때 그 일을 수시로 꺼내곤 했다고 했다. 그때마다 아저씨는 그런 경험을 한 사람이 있으면 나와보라며 허세를 부리고, 그 화두를 안주 삼아 밤이 늦도록 당신과 함께 호탕하고 질펀하게 술을 마셔댔다고 했다.

귀국을 며칠 앞둔 어느 날, 아저씨는 나를 자기 집으로 초대했다. 송별 파티였던 셈이다. 그 자리에서 아저씨는 앞으로 20년 후 예정된 어떤 모임 얘기를 꺼냈다.

"언젠가 친구 상가에 문상하러 갔을 때였지. 그날, 당시 밀양 칠탄정에서 공부를 같이했던 동료 서너 명이 한 테이블에서 식사하고 있었어. 술잔에 칠탄정의 추억을 가득 담아 주거니 받거니 하는데 갑자기 누군가가 크게 외쳐대는 거야. 어이, 우리 칠탄정에서 언제 한번 보자. 아마 강숙 씨였던 것 같아. 와, 좋지. 모두 기가 막힌 아이디어라며 맞장구를 쳤어. 모두 20년 후의 자신들의 모습을 생각하며 우리는 헤어졌었지.”

상가에 모였던 날이 8월 15일이었으므로 그날을 정확히 기억하고 있다면서, 아저씨는 약속 연도와 날짜가 찍혀 있는 스마트폰 메모 창을 내게 보여 주었다. 아저씨는 그날을 손꼽아 기다린다고 말했다. 네가 오후, 네 시에 온다면 나는 세 시부터 행복해질 거야. 아저씨는 어린 왕자의 여우 얘기를 꺼냈다. 그러면서 그 기다림 속에서 작은 행복을 기약할 수 있다며 조금은 흥분이 되어 있었다. 나는 이 상황이 오 헨리의 단편 소설 「20년 후」를 닮았다며 깔깔 웃었고, 사모님은 아저씨더러 그때가 되면 당신이 몇 살이 되느냐고 물으면서 아무튼 오랜만에 다시 만나면 참 재미있을 것 같다고 말했다.

3

아저씨는 귀국하면서 나를 영국 대사관에 취직시켜 주었다. 외교관 업무를 보좌하는 일용직 신분이었다.

오후 3시인데도 주위는 벌써 어둑해져 있었다. 차창 밖에는 크리스마스트리를 밝히는 불빛이 런던 거리를 환하게 밝히고 있었다. 나는 사무실에서 내년 초에 있을 국제유류오염보상기구IOPC 회의 자료를 정리하고 있었다. 아저씨가 정부 대표로 참석하는,

우리나라 해안에서 발생한 유류 오염 사고의 보상에 관한 회의
였다. 그해에는 우리나라 연안에 유일호, 시프린스호 등 대형 선
박의 유류 오염 사고가 유독 자주 발생했다. 그때 전화벨이 요란
하게 울렸다. 국제 전화였다. 나를 찾는 남자의 다급한 목소리가
들려왔다.

"차지서 씨 좀 바꿔 주세요?"

"네, 전데요."

"그래. 지서구나. 나 해무관 아저씨야."

"아, 네. 안녕하세요?"

"여기 한림대 병원 응급실인데, 강숙 씨가 지금 위독해."

"네?"

누군지 생각이 나질 않았다.

"지서야, 내 말 듣고 있니?"

잠시 머뭇거리는 사이 다그치는 소리가 들려왔다. 순간 아, 하
는 소리와 함께 한 생각이 머리를 스쳤다. 전화기를 귀에 바짝 붙
였다.

"네, 아저씨, 말씀하세요."

"아무래도 너에게 이 소식을 알려야 할 것 같아서……."

아저씨는 머뭇거리면서 당신의 위급 소식을 전했다.

다음 날 아침 일찍 히스로 공항으로 나간 나는 빠른 항공편을
골라 서둘러 귀국길에 올랐다. 응급실에 도착했을 때는 아침나
절이었다. 입구에 들어서니 대기실에는 크리스마스트리에 나붙

어 있는 은박지가 너덜거리고 있었다. 포르말린 냄새가 확 풍겨왔다. 수액이나 오줌 냄새가 뒤섞인 듯 역겹고 거슬렸다. 응급실은 조용했고 침대 곳곳이 가지런히 정돈되어 있었다. 바로 당신을 찾을 수 있었다. 멀찍이 서서 한참을 머뭇거리다가 당신 곁으로 다가갔다. 당신은 눈을 감은 채 물고기 입처럼 뻐끔거리며 힘겹게 숨을 쉬고 있었다.

아저씨가 내게 다가와 당신의 자세한 사고 경위를 설명해 주었다. 당신은 오랫동안 녹향원에서 자원봉사자로 일하고 있었다고 했다. 녹향원은 청계사 부설 지적 장애인 복지 시설이었다. 장애인들은 자원봉사자 손을 잡고 한 번씩 청계사 숲길을 걷는다고 했다. 그날도 당신은 한 장애인 소녀의 손을 잡고 숲길을 걷고 있었다고 했다. 순간적으로 그 소녀가 발을 헛디뎠고, 넘어지려는 소녀를 급히 붙잡으려다 그만 자신이 바위가 널브러져 있는 계곡으로 굴러떨어졌다는 것이다.

나는 무릎을 꿇고 당신의 손을 잡았다.

"저를 알아보시겠어요?"

"……."

"저예요, 지서."

"……."

당신은 말도 미동도 없었다. 이마와 눈가에는 주름이 촘촘히 져 있었다. 침대 곁에 앉아 멍하니 당신의 주름을 들여다보았다. 얼마나 지났을까? 담당 의사가 간호사를 대동하고 허겁지겁 달려왔다. 혈압과 심장 박동 수가 점점 떨어지고 있었다. 의사는 가슴에 손을 얹어 가벼운 심폐 소생술을 했다. 그러나 별 효과가 없었다. 간호사가 전기 충격기의 전압 조절 다이얼을 돌렸다. 삐, 하는 소리가 났을 때 내가 소리쳤다.

"잠깐만요."

허리를 펴고 나를 쳐다보는 의사를 향해 조용히 말했다.

"하지 마세요."

"……."

"그만두시라니까요."

나는 조금 더 힘주어 말했다.

"아, 예"

의사는 내 말을 바로 알아들었다. 내가 누구인지 그리고 환자의 법적 보호자인지도 묻지 않고, 의사는 마사지기를 천천히 벗고 있었다. 얼마지 않아 당신은 숨을 거두었다. 담당 의사는 손목시계를 들여다보며 혼잣말처럼 중얼거렸다.

12월 24일 오전 10시 34분, 환자 이강숙이 사망하였습니다.

메모를 마친 간호사는 침대를 가리는 천을 반쯤 둘러치고 의사와 함께 사라졌다.

새벽까지만 하더라도 벅적거리던 응급실은 급한 환자들이 다 빠져나갔는지 침대가 군데군데 비어 있었다. 당신의 주검 앞에서 울부짖거나 눈물을 훔치는 사람은 아무도 없었다. 아저씨 혼자서만 저만치서 차창을 멍하니 바라보고 있었다. 응급실은 아무 일도 없었던 것처럼 여전히 조용했다. 천장에 매달린 형광등 하나가 저만치서 깜박거리고 있을 뿐이었다. 내가 연명 치료를 그만두라고 한 것은 당신의 뜻이 그러했기 때문이었다. 심폐 소생술을 시작하기 직전에 아저씨가 내게로 다가왔다.

"지서야!"

"네, 아저씨, 아직 계셨네요."

"아무래도 지금쯤은 너에게……."

아저씨는 머뭇거리며 스마트폰을 내게 건넸다. 거기에는 당신의 블로그가 떠 있었다. 아저씨는 당신이 안데스산맥으로 트레킹을 떠나면서 남긴, 「여행자 보험」이라는 제목의 글을 내게 보여 주었다.

여행자 보험에 가입했다. 불의의 사고에 대비하는 게 여행자 보험이다. 예견되는 사고는 여러 가지다. 중요한 물건을 분실하거나 도난을 당하기도 하고 몸을 다치기도 한다. 최악의 경우는 현장에서 사망하여 불귀의 객이 되는 것이다. 여행하다 보면 그럴 수도 있다. 특히 여행지가 오지라면…. 저녁 모임에서 페루 여행 계획을 자랑삼아 떠벌리니 친구는 내심 놀라는 눈치다. 특히 3박 4일의 안데스산맥 트레킹 일정에 혀를 내두른다. 4천여 미터 높이의 고산 지대를 오를 계획이다. 내 나이에 다소 무리가 될 모험을 하는 것이 대견하다며 부러워하는 척도 하지만 안쓰럽다는 기색이 더 완연하다. 안쓰럽다는 그것은 안 됐다는 말이다. 한

녀석은 제발 화물이 되어 돌아오지 말라고 부탁까지 한다.

요즈음은 자주 삶의 격에 대해 생각해 본다. 어떻게 존엄성을 지켜가며 살아야 하는가에 관한 얘기다. 어떻게 잘 죽을 것인가 하는 것도 그중의 하나다. 내가 죽으면 누군가가 나를 화장을 해 주면 좋겠다. 연명 치료도 받지 않을 것이다. 온전하고 평범한 일상으로 돌아갈 확률이 거의 없다면 과연 수술로 목숨만 살려 놓는 것이 그 환자를 위한 길인지 의문이 든다. 연명 치료는 죽음의 막바지에 자신을 망가지게 한다. 망가지지 않으려면 주위 사람들에게 사전에 자기 뜻을 밝혀야 한다. 연명 치료 단계에 접어들었을 때는 이미 늦다. 자기 스스로 의사 표시를 할 수 없기 때문이다. 그건 굳이 연명 치료에 국한되는 것만은 아니다. 연명 치료와 비슷한 경우의 처지가 된다면 더 망가지기 전에 인위적인 그런 치료 따위는 받고 싶지 않다.

걱정하는 그럴 일은 일어나지 않을 것이다. 이번 여행을 준비하며 얼마나 세심하게 이것저것 준비했는지 모른다. 안전하고 편안한 여행을 위해서다. 여행자 보험도 그중의 하나다. 보험은 혹시나 하는 사고에 대비하는 것이다. 사고는 일어나서는 안 된다. 보험자, 피보험자 모두를 위해서 그렇다. 이 글도 그렇다. 보험이다. 이 글은 나를 위한 것이고 나를 사랑하는 그 누군가를 위한 것이다.

삶의 격을 지킨다는 것은 존엄성을 지키며 살아가는 것을 말하지만, 거기에는 존엄한 죽음의 방식을 선택하는 것도 포함되는 것이다. 당신은 당신의 뜻대로 임종의 현실적 고통에서 벗어났다. 죽음이 다가옴을 알고, 그것을 준비하다 편안히 죽어갔다. 삶의 격을 위해, 삶의 유한함을 받아들이는 존엄한 죽음을 택한 것이다. 그건 삶의 마지막 단계에서 선택한 의미 있는 용기였다. 자기 결정으로 삶을 이름답게 마무리한 자의 여유였고, 펼침의 삶을 살다 간 당신의 마지막 흔적이었다.

커튼으로 가려져 있던 당신의 주검 위쪽으로 한 줄기 빛이 비집고 들어왔다. 응급실 창문 틈으로 스며든 아침 햇살이었다. 빛은 마치 영롱한 아침 이슬처럼 맑고 투명했다. 낯설지만 낯설지 않은 빛이었다. 늘그막에 당신에게 다가온 그 '꺼지기 쉬운 빛' 때문이었을까? 빛이 스쳐 간 당신의 얼굴에서는 어느새 그 많던 주름이 사라졌다. 당신은 아늑하고 편안하게 누워있었다.

4

내가 여섯 살 되던 해 아버지는 원양 어선을 타다가 키리바시에서 죽었다. 나는 그를 두고 엄마와 결혼한 당신이 싫었다. 엄마가 재혼하고부터 나는 그를 아빠라고 부르는 대신 키리바시 아빠로 부르기 시작했다. 그렇다고 해서 당신을 아빠로 부른 것은 아니었다. 나는 당신을 그저 아저씨 아니면 당신이라는 호칭으로 지금까지 불러오고 있을 뿐이다. 그동안 당신은 나에게 살갑게 다가오려 애를 썼지만 나는 마음을 열지 않았다. 당신은 먼발치서 나를 바라만 보아야 했다. 나도 그랬다. 혼자가 되고 싶었지만, 그러기에는 너무 슬프고 외로웠다. 그러나 나는 그렇지 않은 척하는 한 마리 여우였다. 우리의 만남은 서로에게 하나의 몸짓에 불과했다. 그동안 우리는 만났지만 만나는 사이가 아니었다.

엄마와 그는 당신의 소꿉친구다. 셋은 고향 시골 마을에서 산과 들로 뛰어다니고 학교를 오가며 유년의 기억을 쌓는다. 엄마는 때로는 새침하고 때로는 퉁명스럽고 까탈스럽다. 자존심이 강하지만 한편으로 알심이 있는 아이다. 그래서 당신과 그는 엄마에게 다가가기가 만만치 않다. 엄마를 좋아하는 두 사람은 수시로 엄마의 하얀 마음에 사랑의 얼룩을 묻힌다. 가을 운동회 때다. 그는 당신이 백군이라는 이유로 길섶에 피어 있는 하얀 코스모스를 한 움큼 뜯어 짓밟아 버린다. 엄마가 당신과 같은 백군이었기 때문에 저지른 행동이다. 엄마는 그와 당신 앞에 그렇게 첫사랑으로 다가온다.

국민학교 동창 모임에서 셋은 오랜만에 같이 만난다. 엄마는 어느새 가슴이 봉긋한 여고생이 되어 있다. 아름다운 한 송이 장미가 되어 당신 앞에 나타난 것이다. 당신의 가슴은 콩닥거린다. 오늘은 사랑을 고백해야지 하고 다짐한다. 당신은 엄마와 함께 강둑을 거닐다가 부랑배를 만난다. 그들이 시비를 걸어오고 싸움이 벌어진다. 두 사람의 행동거지를 먼발치서 바라보던 그가 그 광경을 목격한다. 그가 싸움에 끼어들고 패싸움이 일어난다. 불알을 심하게 걷어차인 그는 응급실로 업혀 간다. 집으로 돌아오던 길에 그가 당신에게 느닷없는 고백을 한다. 자기는 엄마를 좋아한다고. 움찔 놀라면서 가던 길을 멈추지만, 당신은 별다른 할 말을 찾지 못한다.

그날 이후 당신은 꽤 오랫동안 황폐한 시간을 보낸다. 당신은 사랑과 우정 사이에서 괴로워하다 엄마와의 연락을 끊어버린다. 연락을 끊은 것은 꼭 우정 때문만은 아니다. 그때는 세상의 잣대를 견주어 보며 시절과 앞날을 고민하고 갈등하던 시기다. 당신은 가난 앞에서 사랑은 너무 무겁고 사치스럽다고 변명하며 사랑을 피하려 한다. 엄마는 갑작스러운 당신의 행동이 의아스럽다. 한번 만나자는 엄마의 제의를 몇 번이나 거절한다. 얼마나 지났을까? 엄마가 칠탄정으로 당신을 찾아간다. 칠탄정은 당신이 고시 공부를 하던 곳이다. 늦었지만 당신에게 사랑을 고백하고 당신의 사랑을 확인하기 위해서다. 자고 가겠다는 엄마의 단도직입적이고 대담한 고백에 당신은 아무 말도 꺼내지 못하고 머뭇거린다. 엄마는 사랑하는 방식이 서투른 당신의 곁을 결국 떠나버린다.

엄마를 떠나보냈던 그 날밤, 당신은 여관에 들러 '천희'라는 이름의 여자를 산다. 알량한 자존심 때문이다. 엄마도 울고 있는 자기 모습을 보이기가 싫다. 얼마지 않아 엄마는 당신을 포기하고 그와의 결혼을 결심한다. 엄마와의 첫사랑은 그렇게 끝이 난다. 한참이 지난 후 당신은 엄마가 그와 결혼한다는 소식을 전해 듣는다. 결혼식을 며칠 앞두고 당신은 엄마를 불러내어 완강히

거부하는 엄마를 범하고 만다. 결혼하자마자 그들 사이에 내가 태어난다.

수산 회사 선박 부장인 당신은, 소속 선박에 고의로 침몰 지시를 내린 혐의로 기소 중이다. 그때 그 선박의 일등 기관사인 그로부터 한 통의 편지를 받는다. 그 편지 내용을 요약하면 이렇다.

자네가 이 편지를 받을 즈음에 나는 이 세상에 없을 것이다. 선박 침몰은 내가 저지른 소행이다. 배를 타러 나가기 전, 연희가 사용하던 장롱 속에서 자네의 명함 한 장을 발견했다. 그때부터 자네를 의심하게 되었고, 그 의심은 온갖 망상과 환영으로 이어졌다. 선박을 고의로 침몰시키고 검투사의 심정으로 귀국했지만, 딱히 자네를 의심할 만한 단서를 찾지 못했다. 다시 배를 타러 나가면서 내가 무정자증이라는 것을 알게 되었다.

언젠가 우리가 패싸움할 때 불알을 걷어차인 후유증이다. 사랑이 떠나갈 것 같은 허허로운 감정을 이제 더는 견딜 수 없다. 나는 내가 죽더라도 나 자신이 아주 소중하고 매력적인 존재가 될 수 있다고 믿는다. 누군가가 나를 사랑한다는 단순한 사실 하나만 있다면 말이다. 그들은 내 아내 연희와 내 딸 지서다. 그들이 영원히 내 곁에 있어 줄 것이라는 믿음 하나만으로도 나는 나의 정체성을 찾을 수 있다는 확신이 선다. 이 편지 내용을 그냥 자네 가슴에 꼭 묻고 한평생을 살아가 준다면 말이다. 이게 내가 자네에게 이 편지를 보내는 이유다.

그는 선박 침몰이 자기의 소행이라고 밝힌 자술서와 편지를 함께 보내온다. 그러나 당신은 그의 자술서를 법원에 제출하지 않는다. 증거를 입증하려면 그가 자살했다는 사실을 드러내야 하기 때문이다. 당신은 그 비밀을 가슴에 혼자 묻어 두고 지낸다. 그것은 자살 생존자를 배려한 것도, 그렇게 해 달라고 부탁한 그와의 우정 때문도 아니다. 엄마를 소유하겠다는 당신의 강한 집착과 욕망 때문이다. 엄마는 당신의 지독한 구애와 설득에 결국 무릎을 꿇는다. 먼 훗날, 엄마는 그가 당신에게 보낸 그 편지를 우연히 발견하게 된다. 회한과 연민이 뒤엉킨 지독한 슬픔이 엄마를 덮친다. 연민이 그를 향한 것이라면, 회한은 자신을 향한 것이다. 뒤엉킨 복잡한 감정의 한 올은 아마 죄책감이었을지도 모를 일이다. 그가 자살했다는 사실을 엄마가 그때 알았더라면 엄마는 당신과의 결혼 생각을 아예 접었을 것이다.

어느 날, 자취방으로 나를 찾는 전화가 온다. 엄마다. 청계사 다례재에 참석해 달라는 부탁이다. 다례재 행사를 끝내고 엄마는 와불이 모셔져 있는 야외 법당으로 나를 데리고 간다. 엄마는 와불 아래에 있는 석조 건물 안의 금불상 하나를 가리킨다. 그의 이름이 새겨져 있다. 엄마는 와불 전에 차를 올리면서 나더러 같이 절을 하자고 한다. 엄마는 그를 기리는 의식을 겸하는 것이라고 말한다. 처음으로 절에서 해 보는 절이다.

엄마는 나에게 내년에도 다례재가 열리는 날, 이곳으로 올 수 있겠느냐고 묻는다. 이날만이라도 와서 그를 같이 기리자는 것이다. 전에 없던 행동이다. 엄마는 재혼한 이후로 그에 관한 얘기를 나에게 한 번도 꺼낸 적이 없다. 그러던 엄마가 청계사에 금불

상을 모셔 놓고 일 년에 한 번씩 그곳을 찾아가 그를 기리자고 제
안을 한 것은 뜬금없는 짓이다.

다음 해, 청계사 다례재가 열리기 며칠 전이다. 나를 불러낸 엄마
는 이번 다례재에 당신도 참석한다고 한다. 그를 기리는 의식에 당
신을 초대하다니? 의아해하고 있는 나를 붙들고 엄마는 결심한 듯
조심스레 그의 얘기를 꺼내기 시작한다. 그는 배에서 사고로 죽은
게 아니고 자살을 했다는 것이다. 엄마는 그가 당신에게 보낸 편지
내용을 자세히 설명하면서 고인을 기리는 다례재 현장에 당신을
부르는 속내를 나에게 조심스럽게 드러낸다.

고인의 자살로 인한 고통과 죄책감을 더 피하지 않고 맞서고 싶
다. 감정에서 도망갈 것이 아니라, 감정을 자세히 들여다보고 가슴
을 열어야겠다. 늦었지만 솔직하고 자연스럽게 그이와 함께 속죄
와 화합의 시간을 가져보려 한다. 그러면 지난 상처가 조금씩 아물
면서 우리의 관계가 예전의 그 일상으로 돌아갈 수 있을 것 같다.
어쩌면 이방인처럼 먼발치에 서 있는 지서, 너도 조금씩 우리에게
다가올 수 있을 것 아니냐? 그래서 모녀가 고인을 기리는 의식을
의도적으로 그이에게 보여 주고 싶다. 그러면 그이는 그동안 가슴
에 혼자 묻고 지내던 그 비밀을 비로소 털어놓으며 가슴을 열고 우
리에게 다가오지 않겠느냐?

나는 속죄 의식을 치르려는 엄마의 속내를 바로 알아차리고 그
연출에 동참한다. 그러나 당신에게 기대했던 그 속죄와 화합의 시
간은 기어이 오지 않는다. 연출은 결국 실패로 돌아간 것이다. 그

의식은 벼랑에 서 있던 그의 부르짖음에 뒤늦게 답하는 엄마의 애달픈 연민의 몸부림, 슬프고 아린 속죄의 몸짓이다. 그러나 그 속죄 의식을 바라본 당신의 마음은 미움과 질투가 엉킨 채 온종일 물고 기가 마른 바닥에서 몸부림치듯 파닥거린다. 당신은 엄마의 속내 를 알아차리지 못하고, 무지와 오해의 언저리를 한없이 헤매고 맴 돈다. 그건 나도 마찬가지다. 엄마의 연출이 실패로 끝나자 당신 과는 더욱더 멀어지는 느낌이다. 내가 해야 할 역할이 더는 없다 는 생각이 든다.

밤낮을 그렇게 그런 감정들과 씨름하고 있던 어느 날, 엄마가 사 고를 당하여 인공호흡기를 달게 된다. 내가 몰던, 후진하던 차에 치 여 사고를 당한 것이다. 인공호흡기를 단 지 열흘째 되는 날이다. 침대 곁에 엎드려 잠시 잠이 든다. 누군가의 기척에 나는 잠에서 깨 어난다. 당신이 술 냄새를 풍기며 침대 곁에서 엄마를 우두커니 쳐 다보고 있다. 당신은 엄마 곁에 있겠노라며 나에게 집에 가 잠시 쉬 라고 한다. 피로가 엄습해 온다. 간단한 눈인사를 나누고 나는 병원 문을 나선다.

한밤중이라 택시를 탄다. 비가 부슬부슬 내리고 있다. 얼마나 지 났을까? 가방을 뒤져 보니 휴대 전화가 없다. 병실에 휴대 전화를 깜빡 두고 왔다는 생각이 든다. 택시를 돌린다. 병실 문을 살며시 여는 순간, 나는 멈칫하며 그 자리에 멈춰서 버린다. 기기를 조심스 럽게 조작거리고 있는 당신의 모습이 눈에 띈다. 헉, 숨이 멎는다. 나는 두 손으로 입을 가리며 숨을 고른다. 짧게 숨을 들이쉬며 열린 문틈 사이로 당신의 행동을 지켜본다. 물끄러미 엄마를 쳐다보고 있던 당신의 동공은 초점을 잃은 듯하다. 나는 서둘러 발걸음을 돌려버린다.

밖에는 가늘게 흩뿌리던 겨울비가 세차게 몰아치고 있다. 가슴이 먹먹하다. 허둥지둥 집으로 돌아온 나는 온밤을 뜬눈으로 지새운다. 왜 범행 현장에서 당신의 행동을 막지 않고 서둘러 발걸음을 돌린 것일까? 나는 오줌주머니를 갈아 끼울 때마다 힘겨워하는 엄마를 바라보며 호흡기를 그냥 떼버릴까 하고 생각한 적이 있다. 그러나 차마 그 짓은 할 수가 없다. 그건 내 손으로 엄마를 두 번 죽이는 것이다. 당신이 내 마음을 읽었던 것일까? 그랬을지도 모른다는 생각이 든다. 당신은 질투와 연민 사이, 이러지도 저러지도 못하는 지독한 마음의 잉잉거림 속에서 방황하다 결국 엄마의 호흡기를 떼버린 것이다. 엄마는 그렇게 죽었다.

그가 자살한 사실을 엄마와 나는 알고 있고, 나는 엄마의 인공호흡기를 떼버린 게 당신의 짓이었다는 것을 알고 있다. 그러나 당신은 그동안 비밀이 아닌 비밀을 비밀인 양 혼자 가슴에 묻고 지낸다. 불안해서 죽을 것 같은 밤, 외로워서 미칠 것 같은 나날이 이어진다. 그때부터 당신의 삶은 마치 헐어버린 화선지 위로 불안과 고통이 너절하게 펼쳐지는 듯하다. 휘몰아치고 있는 그 불안과 고통은 혼란스럽고 예측할 수가 없다. 정체성에 혼돈이 온 당신은 숨 막히고 답답한 일상으로부터 결별하고 싶어 한다. 외로움과 죄책감에서 탈출하고 싶다.

친구와 아내를 잃은 당신은 트라우마에 시달리며 한없이 방황한다. 이래도 살아야 하나, 하고 삶의 의지에 강한 의문을 품는다. 사랑과 미움이라는 무명의 바람이, 정체성에 혼돈이 온 당신을 황량한 사막에 내려놓는다. 외부에 대한 헛된 기대에 너무 지쳐 이제 자기 자신에게 눈을 돌려본다. 마음 챙김이다. 본래의 자아는 어디론가 가 버리고 헛되고 텅 빈 가짜가 그 자리를 차지하면서 세상을 분별하는 자신을 바라본다. 하나같이 타자를 배제하고 나 이외의 것은 모두 나의 곁가지로 환원시키는 것들이다. 안양천을 걷고, 설악산, 태백산을 오르며, 순천만을 비롯한 이곳저곳을 돌아다닌다. 때로는 법당에 무릎을 꿇고 죽비 소리도 들어보고, 때로는 청계사 108 선원 순례단을 따라 국내외 절을 찾아다닌다. 안데스산맥으로 트레킹을 떠난 것도 그즈음이다.

트레킹의 마지막 코스인 마추픽추의 잉카 유적에 도착한 순간, 어떤 알아차림이 한 줄기 빛으로 당신에게 다가온다. 숨이 멎고 눈물이 나며 가슴이 떨린다. 그때부터 당신의 일상은 하루하루 살아 있음에 대한 떨림으로 새롭게 차오른다. 당신은 그 빛으로 맑고 투명한 보석 구슬이 되어 그동안 닿았던 인연들을 위해 인드라망을 비추고 싶다.

당신은 나를 제일 먼저 떠올린다. 그동안 어색하고 소원했던 우리의 만남을 진정한 사랑으로 이어가기 위해서다. 그러나 그 빛은 빈약한 말이나 글로 전할 수 있는 영역이 아니고 전해 받을 수도 없는 것이다. 언제부터인가 당신은 『꺼지기 쉬운 빛』이라는 제목의 자전적 소설을 써 내려간다. 그 소설은 나에게 그 빛을 스스로 한번 찾아보라는 바람을 담아 편지를 써 내려가는 당신의 모습으로 끝맺는다. 그 편지의 마지막 부분은 이렇다.

(전략)

지서야, 나는 굳게 믿는단다.

사람이 외로운 것은 만남이 없어서가 아니라 그에 알맞은 빛깔과 향기가 없기 때문이라고. 네가 그 빛을 찾을 즈음이면 우리는 서로의 빛깔과 향기에 길들면서 서로를 알게 되고 서로가 잊히지 않는 하나의 눈짓이 될 것이라고, 그러면 진정한 우리의 만남이 이루어질 것이고, 진정한 만남이 기약되기에 우리의 삶은 지금부터 가슴 설레는 행복이 시작될 것이라고.

사랑한다.

내 딸, 지서야.

5

영국으로 건너간 나는, 처음에는 현지 적응을 위해 사람들을 만났고, 사람이 그리워 사람들을 또 만났다. 다행히 그들을 가까이하는 만큼 선배는 점점 내게서 사라져 가고 있었다. 특히 아저씨 내외를 만난 뒤로는 더욱 그랬다. 그러나 정작 사람들을 만난 뒤에는, 더욱 큰, 왠지 모를 외로움과 공허감에 부딪히곤 했다. 혼자이긴 싫으면서 또 혼자가 되고 싶었다. 내 안에 내가 너무 많이 들어있었던 것일까? 좀 더 마음을 일찍 열었더라면, 좀 더 적극적으로 다가가 손길을 내밀었더라면. 선배를 떠나보낸 아쉬움이 회한과 함께 엄습해 오기 시작했다. 선배에게 연락을 취한 것도 그 때문이었다. 출가보다 사랑을 택했다면 내 안에는 선배가 향기를 품은 존재로 이미 자리하고 있었을 것 아닌가? 출가의 자유를 포기하고 사랑의 굴레를 택했다면 그보다 더 결연한 의지와 다짐이 어디 있었겠는가? 처음에는 편지를 보냈지만 회신이 없었고, 전화 통화를 시도했지만 받질 않았다.

연화사에서 매주 토요 법회가 열릴 때면 출가를 결심했을 때 되새겼던 부처님의 말씀이 떠올랐다. 사람으로 태어나기 어렵고, 사람으로 태어나도 불법이 있는 세상에 태어나기 어렵고, 불법 있는 세상에 태어났더라도 직접 불법 만나기가 어렵다고. 출가에 대해 아쉬움과 미련이 또 가슴을 적시기 시작했다. 그 아쉬움과 미련은 시간이 지나면서 선배를 향한 나의 사랑을 점차 희석하고 무력하게 만들었다. 마음이 흔들리면서 내 안에 배어있던 선배의 향기가 점점 사라져가고 있었다. 바람 같은 마음을 계속, 한곳에 머무르게 하기는 너무 버겁고 힘들었다. 사랑을 버린 것도 아니면서 그렇다고 출가를 다시 결심한 것은 더더욱 아닌 긴 시간을 그렇게 흘려보내고 있었다.

그러던 어느 날, 이른 새벽에 연화사로 나를 찾는 전화가 왔다.

"차지서 씨인가요?"

"네, 접니다."

"늦은 밤 죄송합니다."

정우 엄마라고 했다. 정우가 지금 병원에 입원해 있는데 의식이 오락가락하는 중에 자꾸 나를 찾는다고 했다. 잠시 들러 달라는 전화였다. 상의하는 게 아니고 일방적인 부탁이었다. 나는 서둘러 히스로 공항으로 향했다. 병원에 도착했을 때, 벌써 주위는 어둑해지고, 거리의 자동차들이 하나둘씩 전조등을 켜기 시작하고 있었다. 병실 문을 들어서자마자 한 여인이 자리에서 벌떡 일어나 내게로 다가왔다. 정우 어미 되는 사람이라며 내 손을 덥석 잡았다. 차지서라고 나를 소개하려 하자 그녀는 나를 본 순간 직감적으로 알아보았다고 했다. 그러면서 나를 붙들고 한없이 눈물을 흘리기 시작했다.

침대에는 선배가 누워 있었다. 침대 곁으로 다가가 선배 손을 잡았다. 아무런 반응이 없었다. 선배 얼굴을 한참 들여다보다 잠시 주위를 둘러보았다. 내 시선이 침대 머리맡에 멈추었다. 거기에는 책 한 권과 유리병 하나가 놓여있었다. 책은 내가 영국에서 편지와 함께 보내 준, 당신의 소설, 『꺼지기 쉬운 빛』이었다. 유리병 안에는 노란색 나비 종이가 가득 담겨 있었다. 선배 어머니의 귀띔에 의하면 췌장암은 허리를 구부리거나 앉아 있으면 통증이 좀 사라진다고 했다. 그래서 선배는 주로 침상에 앉아서 보내고 있었으며, 무료함을 달래려 식판을 가슴에 대고 나비 종이를 접거나 소설을 뒤적거렸다고 했다.

그렇게 말하며 또 눈물을 훔치는 그녀를 뒤로하고 나는 다시 선배에게 다가가 손에 힘을 살짝 주며 나지막이 불렀다.

"선배, 저 왔어요."

여전히 아무 반응이 없었다.

"선배, 나비가 참 예쁘네요."

그렇게 말하고 자리에서 일어서려는 순간이었다. 어느새 선배의 눈가에 눈물이 촉촉이 젖어 있었다. 나는 침대 곁에 다시 무릎을 꿇고 선배의 손을 급히 잡았다. 그리고 귀에다 대고 조용히 속삭였다.

"선배, 사랑해요"

"……."

선배는 여전히 아무 말이 없었다. 그날 밤 나는 선배 어머니를 대신해서 밤새도록 선배 곁을 지켰다.

다음 날 아침, 그녀는 병동 앞의 조그만 정원으로 나를 데리고 갔다. 오월의 햇살이 눈부시게 아른거리고 있었다. 벤치에 앉자마자 그녀는 그동안 있었던 선배의 얘기를 조용히 꺼내기 시작했다.

"그동안 지병을 앓고 있었어요."

나는 말씀을 낮추시라고 말했다.

"그럴까? 그래, 그게 좋겠네. 아마 우리 정우도 곁에 있었으면 그렇게 말했겠지……."

그러면서 그녀는 말을 이어갔다.

"솔로몬 선박 침몰 사고 현장에서 쓰러졌단다. 급히 귀국하여 병원에 입원했었지."

그녀는 그동안 선배 입사 동기 한 사람이 병문안을 자주 왔다고 말했다. 그 직원의 말에 의하면 선배는 직장 따돌림으로 스트레스를 많이 받았고, 그 와중에 근무 여건이 열악한 사고 현장으로 파견 발령을 받았다는 것이다. 그녀는 과중한 스트레스에 지병까지 안고 파견 근무 발령을 받은 게 병세를 악화시킨 것 같다고 말하면서 회사를 원망하고 있었다.

한참 얘기를 이어가는데 하얀 나비, 노란 나비가 무리를 지어 햇살을 타고 우리 앞을 훨훨 날아가고 있었다. 그녀는 생각이 났는지 병상 머리맡에 놓여있는 유리병 속의 나비 얘기를 꺼내기 시작했다.

"어느 날, 정우가 종이접기를 하고 싶다는 거야. 무료함을 달래려고 그런가 보다, 하고 색종이를 가져다주었지. 처음에는 세월호 추모 노란 리본을 만들더니, 나중에는 리본 대신 나비 종이를 접기 시작하는 거야. 그러던 어느 날 정우가 처음으로 나에게 지서 얘기를 꺼내는 거였어. 자기 여자 친구였다고. 언젠가 둘이서 가평에 있는 어느 식물원에 갔었다고 하더군. 나비 종이 접는 것을 그때 거기서 지서에서 배웠다는 거야. 그때부터 정우는 틈만 나면 나비 종이를 접기 시작했지. 정우에게 여자 친구가 있었다는 사실에 놀라기도 했지만 얼마나 반가웠는지 몰라."

그새 나비는 정원 쪽으로 날아가더니 흐드러지게 피어 있는 흰색과 자주색의 코스모스 사이를 이리저리 날아다니고 있었다. 그녀는 말을 이어갔다.

"그때부터 틈만 나면 나는 지서 얘기를 슬그머니 꺼냈지. 주로 상태가 좋아 종이접기 할 때를 골랐단다. 그러나 정우는 쑥스러웠는지 지서 얘기를 더는 꺼내지 않는 거야. 정우의 병세가 점점 악화하고 있었어. 한 번씩 의식을 잃을 때도 있었지. 어느 날 정우가 내 손을 붙들고 지서가 보고 싶다는 거야. 죽기 전에 얼굴이나 한번 보았으면 한다는 거였지. 그러면서 편지 봉투를 꺼내 내게 건네주었지. 거기에 지서의 주소와 전화번호가 적혀 있더군. 아들의 마지막 소원이었어."

그래서 생면부지의 지서에게 염치를 무릅쓰고 연락을 취하게 된 것이라고 말하면서 그녀는 나를 꼭 껴안았다. 그리고 찾아와 줘서 정말 고맙다고 말했다.

다음 날 새벽, 선배는 나비를 따라 하늘로 훨훨 날아가 버렸다. 가족들과 함께 가평 청평호에 선배를 뿌리고 난 후, 나는 나비 종이가 가득 담긴 유리병을 가슴에 안고 숙소로 돌아왔다.

선배를 떠나보내고 며칠을 앓았다.

영국으로 돌아가기 전 청계사를 찾았다. 법당에 무릎을 꿇고 한참을 울었다. 선배를 가평 청평 호수에 뿌릴 때까지만 하더라도 흘리지 않았던 눈물이었다. 한없이 절을 했다. 그때마다 온갖 상념들이 뇌리를 스치고 지나갔다. 늘 바람에 흔들리고 갈대처럼 휘둘리게 하는 이 사랑의 실체는 과연 무엇이란 말인가? 우리의 사랑은 늘 다가갈까, 기다릴까를 되풀이했다. 때로는 머뭇거리기도 하고, 때로는 주저앉기도 하는 그런 것이었다. 기다리기만 하다가는 꼭 무언가를 잃어버릴 것 같아서 다가갔고, 다가갔다가는 무언가 상처를 입을 것 같아서 기다렸다. 그러다 결국은 어정쩡하게 그냥 지켜보는 것이었다.

영국으로 돌아가는 런던까지의 비행시간은 꽤 길었다. 온갖 상념들이 또 뇌리를 스치고 지나갔다. 사경을 헤매며 침대에 누워 있던 선배에게 불쑥 사랑해요, 라고 내뱉었던 장면이 떠올랐다. 선배는 이미 내게 고백했지만 나는 여전히 머뭇거리느라 하지 못했던 그 말. 처음으로 선배에게 귓속말로 건넸던 그 말. 과연 그때의 그 말은 진심이었을까? 선배는 이제 죽었다. 서로 가슴이 뛰고 설레는 마음도 없는, 서로 주고받는 격한 애정의 감정도 없는 그런 교감이 과연 사랑일까? 아무래도 귓속말로 건넨 그 사랑은 사랑이 아니고 연민일지도 모른다는 생각이 들었다.

사람들은 연민을 타인에게 사랑이라는 착각을 만들게 하는 함정이라고 말한다. 연민은 나약하고 감상적인 감정이다. 어쩌면 그건 죽어가는 연인을 바라보며 느끼는 충격과 못다 한 사랑의 죄스러움에서 비롯된 것일지도 모른다. 아니면 내가 선배에게 처음으로 사랑해요, 라는 귓속말을 내뱉었을 때 선배의 눈가에 촉촉이 젖어 있던 그 눈물이 순간적으로 내 감성을 건드렸기 때문일지도 모를 일이었다. 더 솔직히 말한다면 그 마음은 연인의 불행한 처지를 함께 나누는 대신 연인의 불행으로부터 본능적으로 자신의 영혼을 방어하려는 이기심에서 나온 것일지도 모른다는 생각까지 들었다. 그러나 나는 심하게 고개를 가로저었다. 아니야, 그건 연민이 아니고 사랑이야.

순간, 한 생각이 섬광처럼 뇌리를 스쳐 갔다. 머리를 깎고 산사에 들어가야만 진정한 자유를 얻을 수 있는 것이라면 진정한 주인은 내가 아니라 내가 처한 산사가 아니겠는가, 그렇다면 출가란 굳이 집을 떠나 절이나 산으로 들어가야만 하는 것은 아니지 않으냐, 출가란 어디로 떠나는 게 아니고 자기에게로 돌아오는 것이 아니냐. 갑자기 가슴이 두근거리고 떨려왔다. 그 생각은 더욱 날카롭고 더 예리한 시선으로 나 자신을 바라보게 하였다. 영국으로 돌아가자마자 나는 바로 대사관에 사표를 쓰고 짐을 챙겨 귀국했다. 청계사 주지 스님을 찾아가 절 일을 해 보고 싶다고 했다. 불자의 길이었다. 청계사에서 보내는 나의 신행 생활은 그렇게 시작되었다.

6

　신행 생활을 시작한 지 수년이 흘렀다.

　그날은 당신이 20년 후 칠탄정에서 동료들을 만나기로 약속한 바로 그 날이었다. 나는 당신을 대신하여 칠탄정을 찾았다. 그들의 모임 날짜가 다가오자 왠지 그 모임에 가보고 싶어졌다. 왜 그런 생각이 들었을까? 아마 당신의 빈자리를 내가 채워야 한다는 의무감 때문이었을 것이다. 시외버스에서 내린 나는 칠탄정으로 향했다. 햇볕이 따갑게 내리쬐고 있었다. 강변 둑에 자동차 한 대가 서 있었다. 혹시나 하고 다가가니 뜻밖에 사모님이 차 안에서 뛰쳐나왔다.

　"너, 지서구나."

　사모님은 나를 보자마자 덥석 내 손을 잡았다.

　아, 안녕하세요? 사모님"

　나도 반가워 사모님께 깍듯이 인사를 드렸다.

　"아저씨는요?"

　내가 그렇게 물었을 때 사모님은 칠탄정을 가리켰다. 아저씨는 옛 동료들과 함께 지금 강을 건너가고 있다고 했다.

칠탄정은 강 건너 가파른 절벽 위에 자리하고 있었다. 강폭은 무려 200m는 넘는 듯했고, 두 줄기 지류를 형성하여 흘러내리고 있었다. 며칠 전 태풍이 지나간 뒤라 강물이 많이 불어있었고, 강 지류 중간에는 갈대와 잡초가 우거진 늪이 있었다. 칠탄정을 이어주는 다리는 어느 곳에도 보이지 않았다. 강과 늪을 직접 헤집고 건너가야 할 형국이었다.

이곳에 도착하자 옛 동료 세 사람이 먼저 와 있었다고 했다. 그들은 손을 잡고 얼싸안으며 서로를 확인하기도 전에 누가 먼저랄 것도 없이 칠탄정을 향해, 우우 강둑을 내려갔다고 했다. 사모님은 아저씨를 극구 만류했지만, 막무가내로 동료들을 따라나섰다며 걱정하고 있었다. 따가운 한여름 햇살을 피하여 우리는 차 안으로 들어갔다. 사모님은 보온병에서 우룽차를 따라 나에게 한잔 건넸다. 아저씨는 지금 심방세동을 앓고 있다고 했다. 거동이 불편하면서도 기어이 칠탄정을 찾아가 해후의 약속을 지켜야 한다며 고집을 부려, 할 수 없이 사모님이 동행했다는 것이다.

얼마나 지났을까? 저만치서 아저씨가 동행했던 동료들과 함께 돌아오고 있었다. 온몸이 땀과 물로 흠뻑 젖은 채였다. 나는 차에서 내려 아저씨에게 다가가 인사를 드렸다.

"아이고, 이게 누구야?"

아저씨는 바로 나를 알아보았다.

"너, 지서구나"

멈칫 놀란 표정을 지었지만, 아저씨는 반가운 듯 바로 내 손을 덥석 잡았다. 내가 이곳 칠탄정을 왜 찾아왔는지 그 이유를 군이 묻지 않았다. 옛 동료들에게 강숙씨 딸이라며 나를 소개한 후 우리는 근처의 현대식으로 단장된 고급 한식집으로 자리를 옮겼다. 한식집이 자리한 그 터가 그 당시에 은어 회를 썰어 팔던 바로 그 노상 식당 자리라며 누군가가 혼자 흥분하고 있었다.

중간에 도강을 포기한 동료 L과 K 때문이었을까? 자리에 앉자마자 아저씨는 동료 J와 한 조가 되어 강을 건넜던 얘기를 서둘러 꺼내기 시작했다.

"처음에는 신발과 옷이 젖을세라 맨발에 팬티차림으로 강 지류를 건너기 시작했지. 몇 발짝 디디지도 않았는데 더 건널 수가 없었어. 물살이 거세기도 했지만 이끼 낀 자갈밭이 너무 미끄러웠기 때문이지. 한 발씩 걸음을 뗄 때마다 발바닥에 통증이 오더군. 주섬주섬 다시 신발을 신고, 바지를 껴입었어. 겨우 첫 번째 강 지류를 건너자 이번에는 갈대와 잡초가 우거진 늪이 떡하니 버티고 있는 거야. 벌써 온몸과 얼굴은 땀과 물이 범벅되어 흠뻑 젖어 있었어. 난 감하더군. 신발이 갈대밭에 푹푹 빠지고 얼굴에는 잡초풀이 달라붙어 앞을 가리더군. 한없이 이어지는 늪에서는 퀴퀴한 냄새와 열기가 뿜어져 올라오고 있었지. 군데군데 널브러져 있는 썩은 나무 막대기는 뱀이 꿈틀거리는 것 같았어. 건너갈 수도 되돌아갈 수도 없는 곳까지 와 버렸지. 덜컥 겁이 나더군. 얼마나 흘렀을까? 두 번째 강 지류가 나타나더군. 이번 지류는 본류 같았어. 조심조심 한발씩 내디디고 있는데 물살이 점점 거칠게 흘러내리더군. 물이 가슴까지 차올라 다른 방법이 없었지. 순간적으로 온 힘을 쏟아 물살을 가르며 헤엄을 쳤지"

그때 J가 불쑥 내뱉었다.

"사실, 나는 수영을 못하거든⋯."

"아니, 수영을 못 하면서 어떻게 강을 건너?"

다들 흠칫 놀란 표정이었다.

J는 그 당시 이곳에서 멱을 감다 강물에 떠내려간 적이 있었다고 말하면서 그 순간 어떻게 건넜는지 모르겠다고 했다. J는 그 강물에 대한 트라우마 때문인지 얼굴이 살짝 일그러져 있었다.

"와, 우리 동네에서 초상 치를 뻔했네"

고향이 밀양인 L이 그렇게 말했다.

아저씨는 계속 말을 이어갔다.

"강을 건너자 이번에는 가파른 절벽이 또 우리를 가로막더군. 주위를 둘러보아도 칠탄정으로 이어지는 길은 따로 없었어. 망설임 없이 절벽을 타고 올라탔지. 아, 칠탄정이 옛날의 바로 그 모습으로 거기 있더군. 뛰는 가슴을 안고 대문을 들어섰지. 내가 공부했던 방을 기웃거렸지만, 굵은 자물쇠가 턱 하니 세월을 버티며 옛 주인을 기다리고 있었어."

우리가 이 나이에 감히 이런 행동을. 아저씨의 얘기가 끝나자 그들은 각자의 무용담을 공유하며 조금 흥분이 되어 있었다. 자축하는 듯한 그들의 모습을 바라보며 사모님은 얼굴이 일그러져 있었다. 그들은 이내 화제를 다른 데로 돌려 어린아이처럼 웃고 떠들기 시작했다. 칠탄정의 기억을 너 나 할 것 없이 하나하나 들추어내며 연신 추억을 마셔대며 즐거워하고 있었다. 그 기억의 한 일면은 지금 이 자리에 그들과 같이하지 못한 당신의 것이었다. 당신을 향한 아쉬움도 잠시, 동료 L이 제안했다. 10년 후에 또 한번 만나자고. 그들은 10년 후의 또 다른 약속을 뒤로하고 그렇게 헤어졌다.

그들이 떠난 후 우리는 찻집으로 자리를 옮겼다. 아저씨는 그제야 나의 근황을 묻기 시작했다. 몇 해 전 영국에서 귀국했다, 한때 사귀었던 선배가 췌장암으로 죽어 힘든 시간을 보냈다, 요즈음은 마음을 추스르며 주로 청계사에서 일하며 보내고 있다, 등등의 소소한 얘기를 아저씨에게 건넸다. 사모님은 자기들도 청계사 가까운 곳에 살았다고 말하면서 반기는 기색이었다. 그러면서 요즈음은 아저씨가 다니는 회사 사옥이 부산으로 이전하는 바람에 주로 부산에서 보내고 있다고 말했다. 아저씨가 이어 요즈음은 주변에 젊은이들이 췌장암으로 앓다 죽는 경우를 자주 본다고 말했다. 그러면서 아저씨는 무슨 얘기를 꺼내려다가 화제를 다시 내게로 돌렸다. 요즈음 특별히 뭘 하는 게 있느냐고 물었다. 절 일 말고 개인적으로 따로 하는 일이 있느냐는 질문 같았다.

나는 당신의 그 '꺼지기 쉬운 빛'에 대해 글을 한번 써 보려 하고 있다고 말했다. 그 얘기를 듣자마자 아저씨는 무척 반기는 기색이었다. 아저씨는 내가 왜 그에 대한 글을 쓰려는 것인지를 알아차린 듯 각별한 관심을 보이며 연신 고개를 끄덕였다. 우리는 잔을 비우고 또 비우면서 아주 오래 그리고 긴하게 얘기를 나누었다. 당신의 소설, 『꺼지기 쉬운 빛』에 대해.

헤어진 지 며칠 후, 아저씨로부터 문자가 왔다. 잘 돌아갔느냐는 안부와 함께 시 한 편을 보내왔다. 그날 칠탄정에 같이 들렀던 동료 K가 쓴 「칠탄정의 추억」이라는 시였다.

내 너를 마지막 떠난 지 언제던가, 산하가 다섯 번 가까이 바뀐 세월. 짧은 만남이 긴 연모로 변했으니, 내 어찌 너를 잊었으랴. 일곱 지류보다 더 많은 물줄기 인생의 여울을 넘나들기 근 반백 년, 서리내린 머리로 돌아와 오늘 다시 너를 만난다. 밀교의 비의마냥 우리 모두 한낱한시에, 스스로 제물이 되어 풀무질한 도가니에 몸을 던졌지.

칠탄정 오르기 전 돌아오는 새벽길. 은어 노니는 물에 뜨거운 몸 식히면서 용솟음치는 욕망을 삭이며 또 한 번 치르는 엄숙한 뒤풀이. 소박한 꿈 이루어지라, 이를 앙다물고 되뇌던 주문. 그 날 선 모습 간 곳 없고 세상 바람에 깎인 초로로 돌아왔네.

삶의 일곱 구비 여울을 넘어 청년의 꿈 세월 속에 녹아 있는데 사랑하던 이를 보내던 그 밤의 언약 용케도 거짓말같이 지켰구나. 그때 나들던 징검다리 흔적 없고, 가시덤불에 덮인 땅바닥 내딛기 힘든 데 억새, 속새, 이름 모를 거친 풀마저 발걸음을 낚아채는구나. 물이끼 긴 돌 디뎌 흔들리는 몸, 가슴까지 찬 물살에 흰머리 청년 다리는 후들거리고, 숨이 차온다. 지나온 인생길과 다름없구나.

늘 청청한 대숲을 지나 이리 비틀 저리 비틀 오르니 너는 추억 속의 여인처럼 옛 모습 그대로 앉아 있구나. 긴 나눔 끝의 짧은 해후에도 너는 말 한마디 없으니 짧은 만남이 만든 긴 연모는 홀로 애태우는 짝사랑이던가. 네 안에 사람 숨결 전혀 없고 세월 속에 늙어가는 네 모습 외롭구나. 이도 저도 다 부질없는 꿈이나 다시 10년을 기약하며 걸음을 돌린다.

7

사모님이 나를 찾아왔다. 칠탄정에서 아저씨와 헤어진 지 거의 5년여가 지난, 백중을 며칠 앞둔 어느 날이었다. 나는 그날 종무소에서 백중 행사를 준비하고 있었다. 바람이 머문 자리에는 하얀 햇살을 머금은 싱그러운 아카시아 향기가 절 마당을 가득 메우고 있었다. 하늘나라로 가버린 선배의 향기처럼 살갑고 부드러웠다. 향기는 어느새 종무소 안으로 들어오고 있었다. 설레는 마음으로 고개를 들어 문 쪽을 쳐다보니 그곳에 한 여인이 서 있었다. 사모님이었다. 찻집인 하심정으로 사모님을 안내했다. 차를 달이고 있는 나에게 사모님은 아저씨의 부음을 전했다. 앓고 있던 병이 점점 악화하여 결국 유명을 달리했다는 것이다.

장례는 아저씨의 뜻에 따라 친척과 가까운 지인 몇 사람이 모여 조용히 치렀다고 했다. 사모님은 부음을 알리지 못한 데 대해 미안하다고 말하면서 USB 한 개를 내게 건네주었다. 유품이라고 말하며 아저씨가 최근에 쓴 글이 들어있다고 했다. 사모님은 보시 금이라며 거액이 찍힌 수표 한 장도 내놓았다. 그러면서 매년 백중 때마다 영가 천도를 부탁한다며 영가의 인적 사항이 적힌 쪽지를 건네주는 것이었다. 누구냐고 물었더니 회사 부하직원이라고 했다. 아저씨는 왜 자신이 애써 썼던 글을 내게 보내는 것일까? 거액의 보시 금은 또 무엇이며 부하직원의 영가천도를 왜 내게 부탁한 것일까? 사모님은 그 이유에 대해 아는 듯 모르는 듯 대답은 하지 않은 채 떠나갔다.

집으로 돌아온 나는 사모님이 건네준 USB를 꺼냈다. 자세하고 내밀한 얘기가 마치 일기를 보는 듯했다. 아저씨의 글은 어느 부하직원의 죽음에 관한 것부터 시작하고 있었다. 나는 찬찬히 읽어 내려갔다.

어느 부하직원의 죽음

1

사직서를 제출하고 집으로 가는 길이었다.

늘 그랬듯이 그날도 대전에서 서울로 올라오는 경부 고속도로는 정체가 시작되었다. 어느새 주위는 어둠이 깔렸고, 차창 밖으로 펼쳐지는 풍광이 지난 3년여의 노사 분규 현장으로 바뀌면서 지난 일들이 주마등처럼 스쳐 갔다. 그동안 허 검사원을 향해 저질렀던 말과 행동을 도저히 믿을 수가 없었다. 가끔 풍광 사이로 내비치는 내 얼굴이 왠지 낯설다는 생각이 들었다. 가식과 위선, 비루함과 무력감, 두려움과 비겁함 그리고 배신감이 덧칠된 얼굴이었다.

내가 공기업 K 공사 사장에 부임하고 제일 먼저 현장을 방문한 곳이 통영 사무소였다. 그때, 통영에 소재하고 있는 21세기 조선소에서는 선박 탱크 청소 작업을 하던 50대 여성 2명이 사망하는 사고가 발생했다. 사인은 질식사로 추정되었다. 당국이 안전 소홀 여부를 놓고 조사에 착수할 무렵이었다. 공사는 안전에 관한 한 조선소와 불가분의 관계에 있다. 내가 통영 지부를 우선으로 택한 것은 그 사고 때문이었다.

내가 허 검사원을 처음 본 것은 저녁 회식 자리에서였다. 지부 사무실에 도착했을 때, 지부장을 제외한 검사원들은 모두 현장으로 나가 있었다. 대여섯 명 정도의 검사원들이 저녁 회식 자리에 합류했다. 모두 처음 만난 사장을 어려워하는 것 같았다. 내 탁자 위에는 검사원들의 사진과 함께 이름, 나이, 출신 학교 등의 신상 명세가 적혀 있는 쪽지가 놓여있었다.

"허 검사원, 힘들지 않으세요?"

나는 식탁 맨 끝에 앉아 있는 허 검사원을 다정하게 불렀다.

"……."

얼떨결에 호명을 당한 탓인지 대답이 없었다.

"허진기 씨."

지부장이 당황하면서 허 검사원을 크게 불렀다. 그때야 허 검사원은 흠칫 놀라며 네, 하고 대답했다.

"요새 개명하더니 이름이 자꾸 헷갈리는 모양이네."

지부장의 넋두리는 허 검사원에 대한 세부 이력으로 이어졌다. 할아버지의 성화로 최근에 이름을 바꿨다, 이곳에 발령받은 지 채 6개월밖에 되지 않지만, 회사 근무 경력은 꽤 오래다, 동료 직원 두세 명이 기숙사에서 함께 기거하고 있다, 평소 말은 없지만, 원리 원칙을 따지고, 현장에 적응하는 속도가 예사롭지 않은 성실한 직원이다, 라는 설명이었다. 지부장은 바로 이어 다른 검사원을 지목하며 사장님에게 애로 사항을 건의하라고 다그쳤다.

내가 사내 직원 게시판 인트라넷에 '허진기 검사원에게 보내는 글'을 올린 것은 통영 지부 출장을 마치고 돌아온 바로 그다음 날이었다. '친애하는 공사 직원 여러분'으로 시작한 그 글은, 통영 지부를 돌아보고 느낀 소회를 담은 내용이었다. 일선 현장의 열악함 속에서도 묵묵히 열과 성을 다하며 우리 공사를 위해 일하는 직원 여러분들의 모습을 현장에서 직접 목격했다, 헤어지며 악수한 허 검사원의 손에서는 이제 한 식구가 되었다는 강한 소속감과 유대감을 느낄 수 있었다. 앞으로 현장의 애로 사항을 경청하며 직원들의 건의 사항을 하나하나 해결해 나가도록 열심히 노력해 나가겠다. 그러기 위해서는 조직의 합리적이고 공정한 제도를 도입하는 것이 최우선적이다. 그래서 본인은 우리 공사의 제도적 틀을 마련하기 위해 조직을 개편하고 인사 제도와 성과 평가 관리 제도를 새로이 도입하겠다는 내용이었다. 그 글은 직원 여러분을 사랑한다는 것으로 끝을 맺었다. 조직의 책임자로 새로 부임한 사장의 각오와 다짐을 담은 글이었다.

그때까지만 하더라도 고위직 공무원은 늘 그 부처의 산하 단체장들과 연계하여 정부 인사가 이루어졌다. 산하 단체장은 장관이 특정인을 지명하면, 그 조직의 형식적인 내부 절차를 거친 후 바로 부임하였다. 소위 낙하산 인사였다. 그 당시에는 낙하산 인사에 대한 거부감과 부정적 시각이 전반적으로 형성돼 있었다. 정부가 나서서 사장을 공개 모집토록 공사의 정관을 고치게 한 것도 그 때문이었다. 새로 부임한 장관은 그 사실도 모른 채 나를 공사 사장으로 지명해 버렸다. 지명이 된 후에야 나는 정관이 개정된 것을 알게 되었다. 황당했지만 부득이 공개 모집 절차에 응해야 했다.

공사 회원들이 무기명 비밀 투표로 치르는 선거였다. 누구는 공무원 출신인 내가 절대적으로 유리할 것이라 했다. 아이러니하게도 나를 위한 정부의 입김은 오히려 회원들에게 거부 반응을 일으켰다. 아니, 아직도 그런 인사 청탁을? 요즈음이 어떤 세상인데…. 정부의 입김이 오히려 역효과를 낼 분위기였다. 정부에서도 그것을 의식했는지, 일체 선거에 관여하지 않고 모르쇠로 일관했다. 두 사람이 최종 후보에 올랐다. 선거 운동 기간은 한 달 정도 주어졌다. 처음 치러보는 외롭고 힘든 선거였다. 다행히 내가 압도적인 지지로 당선되었다.

내가 사장으로 부임하면서 굳게 다짐한 것은 생각과 자세를 빨리 바꾸어 갑질하던 공무원의 때를 벗어 던지는 것이었다. 사기업 정신으로 철저히 무장하는 것이 급했다. 노동조합에서는 선의의 공정한 경쟁을 거쳐 부임하였음에도 공무원이라는 이력 때문에, 나에 대해 여전히 색안경을 끼고 있었다. 언젠가 나는 인천 항운 노조와 항만 하역 요율 문제로 심하게 싸운 적이 있었다. 그런 이력 때문에 나는 노동조합의 생리를 누구보다 잘 알고 있었다. 제일 먼저 노동조합 위원장을 따로 만난 것도 그 때문이었다. 부임하면서 다짐한 그 각오를 위원장에게 전하면서 잘해 보자며 악수하였다. 서로 손을 맞잡긴 했지만, 그 악수는 일방적이었다.

인트라넷에 올린 내 글에 대한 노동조합 위원장의 반박 글이 바로 올라왔다. 정부에서 낙하산으로 내려온 사장이 보내는 그의 교묘한 술수와 회유에 넘어가서는 안 된다, 그래서 우리 모두 하나로 뭉쳐야 한다, 사용자 측에서 추진코자 하는 제도 개선에 우리의 요구 사항이 받아들여질 때까지 위원장은 단식 투쟁을 이어갈 것이다, 라는 내용이었다. 모든 노사 문제는 조합과 합의해야 한다, 인사 위원회와 규정 관리 위원회에는 노사가 동수여야 한다, 총회 회원과 임원 선임에도 조합 대표를 선정 위원으로 참여시켜야 한다는 것들이 조합의 요구 사항이었다.

노동조합이 투쟁을 통해 얻고자 하는 것은 임금 인상이나 조합원들의 근로 조건 개선보다는 인사 및 경영권에 깊숙이 관여하는 것이었다. 무리한 조합의 요구 사항은 도저히 받아들일 수가 없었다. 인사 및 경영권이 무너지면 지도력이 힘을 잃고 조직의 기강이 무너지기 때문이다. 팽팽한 노사 간의 줄다리기가 한없이 이어졌다. 한 치 앞을 내다볼 수 없는 예측 불허의 상황이 전개되고 있었다. 조직이 언제 어떻게 나락으로 떨어질지 모르는 상황이었다.

나는 이 시점에서 무엇보다 서둘러야 할 일은 조직의 기강을 바로 세워 하루빨리 회사를 정상화하는 것으로 생각했다. 사내 성명은 그런 취지에서 발표되었다. 조합의 요구 사항은 현시점에서 더는 받아들일 수 없다, 인사 및 경영권은 사용자 측에 있다는 기본원칙은 견지할 것이다, 이를 위해서 앞으로 법과 원칙에 기초하여 노사 관계를 정립할 것이다, 라는 내용이었다. 조합은 바로 천막 농성에 들어갔고 꽹과리와 징 소리가 노동가요에 뒤섞여 사내에 울려 퍼지기 시작했다. 곳곳에 현수막이 걸리고 대자보가 나붙었다. 조합 간부들은 어깨와 머리에 낙하산 사장 퇴진, 투쟁 단결 등의 내용이 담긴 빨간 띠를 두르고 사내를 이리저리 돌아다녔다.

출퇴근 저지 투쟁이 전개되었다. 사장이 출근할 즈음에는 조합원들이 정문에서 점령군처럼 버티고 서 있다. 사장이 차에서 내리면 그들은 우우 현관으로 따라 들어온다. 조합원 누군가가 안내대에 놓여있는 전화기를 들어 사장의 뒤통수를 내리찍는 시늉을 하면서 그들끼리 킥킥거린다. 언젠가는 사장의 아랫도리를 순간적으로 움켜쥔 후 급하게 사라진 적도 있었다. 심지어는 얼굴에 침을 내뱉는 일도 벌어졌다. 사장에게 모욕과 굴욕감을 주어 자극하기 위해서였다. 사장이 격한 감정을 이기지 못하고 그 조합원을 향해 주먹을 날릴 수도 있기 때문이다. 사장이 그 조합원에게 폭력을 행사토록 유도하는 것이었다. 폭력은 사태를 악화시키고 새로운 양상으로 몰고 간다. 나는 그들의 의도를 이미 알고 있었기에 꾹 참아야 했다.

인사 부서 직원들이 나와 조합원들을 만류하면서 몸싸움이 일어난다. 아침부터 고성과 욕설이 오간다. 일부 조합원들이 2층으로 오르는 계단을 가로질러 드러눕는다. 한참의 실랑이가 또 벌어진다. 사장실 입구는 이미 무당집 형국이다. 짚과 마른 대나무 가지가 마치 움막처럼 난잡하게 이리저리 얽혀 있다. 그 위로는 빨간색, 노란색, 하얀색, 검은색의 헝겊 쪼가리가 이리저리 너절하게 널려 있다.

이제 퇴근 시간이다. 기사가 차를 대기하고 있다. 조합원 한 명이 차 뒷문을 반쯤 열어 놓고 한 발을 땅바닥에 내려놓은 채 뒤 의자에 걸터앉아 있다. 사장이 앉는 자리다. 그 조합 간부는 거들먹거리며 사장을 빤히 쳐다보고 무언의 항의를 한다. 퇴근하는 직원들이 힐끔거리며 지나간다. 사장이 관사 아파트에 도착하면 조합원 서너 명이 승강기 입구에서 또 기다리고 있다. 동승하고 아파트 현관까지 따라온다. 아파트 문을 따면 한 발을 문 안쪽에 들여놓고 무언의 시위를 벌인다. "이건 주거 침입죄에 해당합니다!"라는 회장의 말에도 아랑곳하지 않는다. 그들은 또 주무 부서 청사 앞에서 릴레이식 1인 시위를 벌인다. 그들의 어깨띠와 팻말에는 '낙하산 인사 공사 사장 물러가라, 공금 횡령이 웬 말이냐?'라는 문구들이 새겨져 있다.

국정 감사장에서 한 국회의원이 증인으로 출석한 사장을 향해 서류를 흔들어 대면서 호통을 쳤다.

"도대체 하룻저녁에 룸살롱에서 마신 술값이 500만 원이나 된다는 게 말이 됩니까?"

그 내용은 전혀 사실이 아니라며 보좌관을 통해 이미 해명했던 사안이다. 노동조합에서 건넨 자료를 그 국회의원은 앵무새처럼 여과 없이 지껄였다. 그런 후 해명의 기회도 주지 않고, 아니면 말고 식의 막무가내로 질의를 끝내버렸다. 사장은 하룻저녁에 룸살롱에서 술값으로 500만 원을 써버린 셈이다. 회사에서는 조직이 개편되어 전산망을 한시적으로 전 직원에게 오픈한 적이 있었다. 노동조합에서는 그 틈을 이용해 임원들과 일부 직원들의 지출 결의서를 복사했다. 거기에는 사장이 사용한 업무 추진비에 관한 모든 증빙 서류들이 들어 있었다. 지출 결의서 중에 '뚜르베르'라는 상호를 가진 매장에서 500만 원어치의 포도주를 산 영수증이 있었다. 고객 관리를 위해 사들인 추석 선물 비용이었다. 그 영수증을 조합에서는 고급 술집에서 마신 하룻저녁 술값으로 둔갑시킨 것이었다.

내가 부산의 일선 현장 부서에서 공유수면 매립 면허 업무를 담당했을 때의 일이다. 민락동 인근의 어느 공유수면에 10명으로부터 매립 면허 신청이 들어 왔다. 면허 신청이 들어오면 그때마다 민원별로 시에 업무 협의하게 되어 있었다. 결국, 10번의 업무 협의를 한 셈이다. 그 업무 때문에 국정 감사장에 불려 갔다. 한 국회의원이 서류를 치켜들며 호통을 치고 있었다. 특정인에게 특혜를 주기 위해 같은 건을 10번이나 끈질기게 시에 면허 협의를 했다는 것이다. 그때도 그랬다. 그 국회의원은 우리 측의 해명도 듣지 않고 아니면 말고 식의 막무가내로 질의를 끝내버렸다. 그 질의 내용은 그 의원의 의도대로 한 치의 여과 없이 그대로 방송을 타고 있었다.

　임금 단체 협약으로 미루어 왔던 정기 노사 협의회가 개최되었다. 늘 그랬듯이 사장을 비롯한 사용자 측 위원들이 먼저 회의장에 들어와 노조 측 위원들을 기다리고 있었다. 협의 안건이 그동안 몇 번 무산되었다. 사용자 측에서는 이번에도 그들의 요구를 받아들일 수가 없었다. 갑자기 노조 측 선전부장이 책상을 내리치고 고함을 지르며 회의장을 뛰쳐나가 버렸다. 그들은 바로 대자보 등을 통해 직원들을 선동하기 시작했다. 아니면 말고 식의 비방이나 음해성의 왜곡된 사실을 언론 기관, 관계 기관, 심지어는 공사의 주 고객들에게까지 유포하기 시작했다. 조직의 기강이 무너지고 공사의 명예와 신뢰도가 갈수록 나락으로 떨어지고 있었다.

　내가 통영 지부의 허 검사원을 다시 만난 것은 바로 노사 협의회 시 노조 측에서 회의장을 박차고 나간 바로 그날이었다. 부임하자마자 바로 간부 식당을 없애버린 나는 배식을 받아 이리저리 앉을 자리를 찾고 있었다. 저만치서 허 검사원이 혼자 식사하는 모습이 보였다. 내가 다가가자 허검사원은 놀라며 자리에서 일어섰다. 배석한 한 임원이 검사원 정기 교육 때문에 올라왔다고 말하면서 허 검사원에게 살갑게 말을 붙였다. 나도 통영 지부 출장 당시를 회상하며 이것저것 현장 소식을 물었다. 가는 목소리로 대답하면서 허 검사원은 주위를 힐끔거리며 어찌할 줄 몰랐다. 안절부절못하는 모습이었다. 그날 저녁, 인트라넷에는 조합 측에서 노사 협의회가 무산된 책임을 사용자 측에 전가하는 대자보가 올라왔고, 노조원들의 댓글이 붙기 시작했다. 그 댓글 중의 하나가 바로 허 검사원에 대한 것이었다. 허 검사원이 회장과 함께 다정하게 식사하는 모습이 찍힌 사진이 함께 올라와 있었다.

　누구는 아직도 사장의 총애 속에서
　ㅋㅋ

　언젠가 인트라넷에 올린 '허 검사원에게 드리는 글'의 연장 선장에서 비꼬는 댓글들이었다. 그때도 그랬다. 조합에서는 사장의 글에 특정 직원을 실명으로 거론한 것에 대해 문제를 제기했다. 나는 그 문제 제기에 대해 해명의 글을 올렸다. 그건 어느 한 직원을 지칭한 것이라기보다는 조합원 전체를 대표한 취지의 글이었다고. 조합이 그걸 모를 리 없었다. 조합은 그냥 허 검사원을 먹잇감으로 이용하여 사장에게 시비를 건 것이었다.
　나는 허 검사원이 그 일 이후 조합원들의 시선 때문에 힘들어하고 있다는 보고를 받았다. 그런 일이 있고 난 뒤, 이번에 또 허 검사원에 대한 댓글이 올라온 것이다. 그 댓글에 이어 사진 한 장이 또 올라왔다. 나를 부축하며 산에서 내려오는 허 검사원의 사진이었다. 그 사진에 대해서도 서너 개의 댓글이 더 붙었다. 역시 키득키득 비아냥거리는 내용이었다.

노사 간은 늘 대치 상태에만 있는 것은 아니었다. 때로는 각자의 필요 때문에 화합의 몸짓을 보내는 때도 있었다. 설악산 대청봉 등반 대회를 개최한 것도 그 예였다. 허 검사원도 그때 출장차 본부에 올라와 행사에 합류한 모양이었다. 무박 2일 일정이었다. 저녁 10시쯤 출발하여 다음 날 새벽 2시쯤 오색에 도착했다. 등산로 입구는 인산인해를 이루고 있었다. 모두 대청봉 해돋이 시각을 고려해 그 시간대를 택한 것이다. 마치 지하철 신도림역을 연상케 했다. 누구는 헤드 랜턴을 머리에 두르고, 누구는 손전등을 손에 쥐고 있었다.

10시간여에 걸친 대장정, 주위는 칠흑 같은 어둠만 있었다. 오직 앞사람의 발뒤꿈치만 쳐다보며 발걸음을 옮길 뿐이었다. 오색 입구에서 대청봉까지 이어진 그 행렬을 누구는 마치 벌건 용암이 구렁이 형상하면서 산허리를 흘러내리는 형국이라 했고, 누구는 촛불을 들고 성지로 향하는 장엄한 순례 행렬 같다고 했다. 왜 이런 다큐멘터리 소재를 방송국에서는 아직 다루지 않고 있을까? 라는 생각이 들었다.

대청봉에 오른 후 우리는 중청봉 산장에서 라면으로 아침을 때웠다. 한계령을 타고 내려가는데 가랑비가 부슬부슬 내리고 있었다. 수행 비서가 비닐 우의를 내밀었다. 귀때기청봉을 지날 즈음이었다. 가파른 내리막 바윗길은 무척 미끄러웠다. 조심스레 내디뎠지만, 발바닥에 비닐 우의 끝자락이 밟혀버렸다. 몸이 비틀어지면서 옆으로 꼬꾸라지려는 순간, 등산지팡이 한 개가 내 허리 쪽으로 내밀어졌다. 그 스틱은 넘어지려는 내 몸을 버티게 했다. 휘청거리던 내 몸은 다행히 균형을 잡을 수 있었다. 수행 비서와 함께 걷고 있던 허 검사원이 발휘한 순발력이었다. 수행 비서와 입사 동기인 허 검사원은 수행 비서와 함께 내 뒤를 줄곧 따라왔던 모양이었다. 스틱이 휘어질 정도로 충격이 심했다. 허리에 통증이 왔다. 나는 배낭을 수행 비서에게 맡기고 허 검사원에게 기댄 채 한계령을 힘겹게 내려왔다. 우리들의 그 모습을 조합원 누군가가 카메라에 담았던 것이다.

그해 늦은 봄, 경영 본부장으로부터 솔로몬군도 해역에서 한국 국적 선박, 7,500톤급 화물선 한 척이 침몰했다는 보고가 들어왔다. 그러면서 정부는 선주, 보험 회사, 공사, 구난 업체 등의 전문가들로 구성된 합동 조사반을 편성하여 현장에 급파하기로 되어 있다는 것이다.

"누구를 보내야 할까요?"

내가 그렇게 물었을 때 경영 본부장은 파견 결재 서류를 내밀었다. 거기에는 허 검사원의 이름이 적혀 있었다.

"아니, 허 검사원을 보내다니요? 사고 현장 경험도 없는 직원 아닙니까?"

며칠 전 통영 지부장과 통화한 것이 생각나서 내가 급하게 반응했다. 지부장은 그때 허 검사원의 애로 사항을 내게 전해 왔다. 요즈음 직장 따돌림으로 너무 힘들어한다는 것이었다. 건강 상태가 좋지 않아 병원에서 정기적인 검진을 받는다는 말도 덧붙였다. 열대 지방인 오지에서 두 달여를 보내는 것은 아무래도 무리라며 허 검사원의 파견 근무를 피하게 해 달라는 부탁이었다. 경영 본부장이 지부장에게 사전에 타진한 모양이었다. 지부장은 경영 본부장에게 허 검사원의 애로 사항을 전했지만 한마디로 일축해 버렸다고 했다.

"사실, 처음에는 민동수 검사원을 내정했었습니다."

민 검사원은 그 선박의 안전 검사를 담당한 직원이었다.

"그런데요?"

"노조 위원장의 거센 반발이 있습니다."

그는 노조 간부였다.

"그렇다고 무리하게 허 검사원을?"

"당분간 따돌림을 피하게 해주는 것도….."

노사 문제로 경영 본부장은 그동안 너무 지친 듯 그렇게 말하면서 혼자서 중얼거리고 있었다. 이번 기회에 노조 측에 화해의 손길을 내밀어 사용자 측의 이미지를 좀 바꿔보자, 어쩌면 엉킬 대로 엉켜 있는 노사 간의 실타래가 풀리는 계기가 되지 않겠느냐, 뭐 이런 식의 변명이었던 것 같았다. 본부장은 그런 명분을 내세웠지만, 분명한 것은 허 검사원에게 일방적인 희생을 강요하고 불이익을 주는 조치라는 점이었다.

내가 특별한 반응을 보이지 않자 본부장은 이번 조치가 불합리하고 다소 무리한 인사임을 인정하고 한발 물러서는 듯, 다시 혼잣말로 어물거리고 있었다.

"솔직히 노조를 의식한, 보여 주기식 조치로 비칠 수 있지 않을까 하는 생각이 들기는 합니다만……."

그러나 나는 본부장의 말이 채 끝나기도 전에 결재 서류를 끌어당겨 서명해 버렸다.

본부장은 더는 대꾸 없이 결재해버린 사장이 다소 의아한 듯 잠시 머뭇거리다가 황급히 서류를 들고 나갔다. 사용자 측에서 단행한 파견 조치에 대한 노동조합의 반응이 바로 인트라넷에 올라왔다. 사장으로부터 신임과 총애를 한 몸에 받던 허 검사원에게마저 회장이 배신을 때렸다는 댓글이었다. 직원들이 술렁거리는 가운데 허 검사원은 그렇게 솔로몬으로 떠났다.

2

노사 분규는 벌써 3년째 접어들고 있었다. 나는 책상에서 일어나 창문 쪽으로 다가갔다. 나뭇잎이 우수수 떨어지고 있었다. 점심시간만 되면 요란하게 울려 퍼지던 노동가요도 멎은 지가 꽤 되었다. 법원의 가처분 명령으로 사내 주변의 현수막은 철거되었고, 무당집으로 변했던 회장실도 이제 원상회복이 되었다. 그러나 도로 건너편, 철책 너머에는 아직도 현수막 한 개가 걸려 있었다. 그곳은 H 연구원 터였다. 노동조합이 그 연구원 노동조합의 협조로 설치한 현수막이었다. 사장실 창문에서 정면으로 바라다보이는 곳이었다. 조합이 의도적으로 그곳에 설치한 것이지만, 공사 측에서 이래라저래라 관여할 지역이 아니었다.

더는 못 참겠다. 공사 사장 물러가라!

　현수막은 군데군데 얼룩이 진 채 너덜거리며 나뭇가지에 걸려 있었다. 마치 빛바랜 낙엽 몇 잎이 마지막 생명을 지탱하려는 듯 현수막은 처연하게 나뭇가지를 붙들고 힘겹게 버티고 있었다. 한 치의 양보도 없이 지금까지 버텨온 노사 모두는 이제 현수막처럼 지쳐 있었다. 창 너머 가로등에 불이 켜지고 있었지만 나는 밖을 한없이 바라보고 있었다. 경영 본부장이 들어온 것은 바로 그때였다.

　"사장님, 불도 아직 안 켜시고…."

　어둑해진 지가 언제인데 아직도 불도 밝히지 않고 혼자 계시느냐면서 스위치를 올렸다.

　"조합에서 체육 행사를 기어이 치르겠다고 합니다."

　노동조합은 체육 행사라는 형식을 빌려 조합원을 이끌고 부산으로 내려가려고 했다. 공사가 매입한 사옥 부지 현장에서 시위를 벌이려는 취지였다. 공사는 몇 달 전에 사옥 이전을 목적으로 부산에 용지를 매입했다. 선박 검사의 특성상 고객에게 다가가기 위해서는 사옥이 항만이나 조선소가 가까이 있는 그곳에 있는 것이 바람직하기 때문이었다. 물론 시에서 해양 관련 기관을 유치하기 위해 파격적인 매매 조건을 제시한 것도 또 다른 이유였다. 더 솔직히 말하자면 재산을 좀 늘려보자는 취지였다. 검사원들의 검사 수입만으로는 직원들의 퇴직 충당금조차도 마련하기가 역부족이었기 때문이다.

사용자 측에서는 물론 노동조합의 협조를 구하고 설명회를 개최하면서 여론 수렴 과정을 거쳤다. 대다수 직원이 긍정적인 의견을 나타내었으므로 이사회, 총회의 의결을 거쳤다. 너무 애가 탄 탓이었을까? 집사람은 아는 스님께 길일을 받아 왔고, 사용자 측은 그날을 택해서 시와 계약을 체결했다. 그러나 노동조합에서는 이전을 반대하고 나섰다. 사용자 측에서 노동조합의 의견을 무시하고 밀실 야합으로 일을 추진한다며 직원들을 선동하기 시작했다. 사용자 측에서 추진하는 일에 대해 사사건건 간섭하고 반대를 위한 선동을 해대는 것이었다. 체육 행사는 그 시위의 하나였다. 근무 시간에 근무지를 이탈해서는 안 된다는 사용자 측의 경고에도 불구하고 기어이 체육 행사를 치르겠다는 것이었다.

"그냥 내버려 두세요."

법과 원칙대로 하는 수밖에 없다는 생각에 나는 경영 본부장에게 그렇게 말했다. 보고를 마치고 돌아가려던 경영 본부장이 잠시 머뭇거리고 있었다.

"뭐, 하실 말씀이 더 있으신지…."

내가 그렇게 물었을 때 경영 본부장은 허 검사원이 사고 현장에서 쓰러졌다고 했다.

"평소에 지병이 있었던 듯합니다."

지병 얘기는 지부장으로부터 이미 전해 들은 바였다.

"아무래도 귀국을 시켜야 할 것 같습니다. 상태가 심하다는 현지 소식이……."

"……."

나는 할 말을 잃어버리고 본부장을 멍하니 바라보았다. 본부장은 잠시 머뭇거리더니 아무렇지도 않은 듯 나가버렸다. 더운 기운이 목덜미를 타고 머리 쪽으로 오르고 있었다. 현기증이 밀려왔다. 나는 본부장을 다시 불렀다. 내일 중으로 인사 위원회를 개최하라는 지시를 내렸다. 나는 다음 날 노동조합 위원장을 포함한 노조 간부 5명에 대해 징계 해고를 단행했다. 조합원 20명에 대한 정직, 견책 등의 징계도 포함되어 있었다. 노조 간부 5명은 바로 부당 해고 및 부당 노동 행위 구제 신청에 들어갔다.

허 검사원이 죽었다는 소식이 들려왔다. 허 검사원이 쓰러졌다는 보고를 받고 6개월이 지난 뒤였다.

"사장님, 내일이 발인인데 아무래도 오늘 저녁에는 조문하러 다녀오셔야……."

수행 비서는 나의 눈치를 살피며 말끝을 흐렸다.

"……."

수행 비서에게 내가 건넬 수 있는 말은 없었다. 기어이 나는 허 검사원의 장례식에 참석하지 않았다. 참석하지 않은 게 아니라 참석할 수가 없었다. 나는 그날 저녁 혼자서 술을 마셨다. 부끄러워 술을 마셨고 부끄러움을 잊기 위해 또 술을 들이켰다. 나는 그 다음 날 회사에 사직서를 제출했다.

3

후회와 회한이 온몸을 엄습해 왔다. 자다가도 한 번씩 꿈에서 만난 허 검사원 때문에 이불을 걷어차고 뻘떡 일어나곤 했다. 사람들이 모여 쑥덕거리는 모습을 보면 꼭 나를 두고 뒷말하는 것 같았다. 그러한 수치심과 죄의식은 때로는 가식과 위선, 비루함과 비겁함, 무력감과 자괴감 등 또 다른 감정으로 이어져 나를 힘들고 괴롭게 했다. 그럴 때면 나는 밖으로 뛰쳐나가 무조건 걸었다. 한참을 걷노라면 그 틈 사이로 허 검사원의 죽음이 어김없이 끼어들었다. 그동안, 허 검사원을 죽음으로 몰고 가게 한 나의 그 처신과 행동은 죄책감과 수치심에 드리워져 짙은 그림자로 내 안에 웅크리고 있었다. 죄책감은 그렇다 치더라도 내 안에 드리워진 수치감은 삶의 의지를 꺾는 나약한 어둠 속으로 나를 가두어 옭아매고 있었다.

그날 경영 본부장이 내게 파견(안) 결재 서류를 내밀었을 때, 내 머릿속에 사진처럼 박혀있던 사진 한 장이 불쑥 떠올랐다.

결재하기 며칠 전의 일이었다. 수행 비서가 겉면에 '친전'이라는 빨간 글씨가 적혀 있는 봉투 한 개를 내밀었다. 노조에서 보내온 것이라 했다. 봉투를 뜯어보니 거기에는 사진이 한 장 들어 있었다. 그 사진에는 한 여인의 부축을 받으며 모텔로 들어가는 남자의 모습이 담겨 있었다. 나는 그 사진 속의 인물이 나라는 것을, 그 사진을 누가 보냈으며, 왜 그 사진을 친전으로 내게 보냈는지를 단박에 알아차렸다.

그날, 나는 옛 직장 상사 그리고 동료 2명과 함께 골프를 쳤다. 술판이 벌어진 것은 골프를 치고 난 후 식사 자리에서였다. 옛 직장 상사는 수시로 부하직원을 불러내어 밥도 사 주고 골프 스폰서를 하곤 했다. 사기업 CEO인 그는 중국에 현지 사업장을 두고 있었고, 사업 동반자인 중국 사람들을 상대하여 그는 술로 기선을 제압하곤 했다. 우리는 그분과 대작했고 주거니 받거니 하면서 각자 동동주를 몇 사발씩 들이켰다. 술자리가 끝날 무렵, 누군가가 노래방엘 한번 들러보자고 했고 모두 그의 제안에 맞장구를 쳤다. 도우미가 들어오고 또 술판이 벌어졌다. 이번에는 와인이었다. 동동주에 와인이라, 술꾼들은 알리라, 혼합된 그 술의 위력을. 술이 술을 마셔대고 있었다. 노래방을 나선 이후의 기억은 내게 없었다.

의식을 차렸을 때 나는 화장실에 웅크리고 있었다. 속이 메스꺼워 견디기 힘들었다. 화장실의 벽과 바닥은 온통 토사물로 범벅이 되어 있었다. 흔적을 지우려고 엉금엉금 기어 다니며 구석구석의 토사물을 닦던 중이었다. 그때 기억이 희미하게 돌아왔다. 아, 하고 외마디를 지르며 나는 화장실 문을 급하게 열었다. 모텔 방이었다. 거기에는 어제저녁 내 옆에 앉아 있었던 노래방 도우미가 서 있었다. 그녀는 내가 걱정되어 숨을 죽여 가며 밤새도록 화장실 문밖에서 지키고 있었다고 했다.

도우미의 말을 빌리면, 그날 노래방을 나온 우리는 모두 비틀거리며 헤어졌다고 했다. 나도 몸을 가누지 못하고 비틀거리고 있었던 모양이었다. 지나가던 택시는 하나같이 내 모습을 보고 승차를 거부했고 이를 보다 못해 도우미는 나를 모텔로 데려왔다는 것이다. 도우미는 밤새도록 화장실에서 토해내는 모습을 보고 어쩌면 죽을지도 모른다는 생각에 덜컥 겁이 났다고 했다. 119를 불러야지, 라는 생각이 들다가도 아니야, 조금 더 기다려 보자, 라는 생각으로 밤을 지새웠다는 것이다.

수행 비서로부터 건네받은 그 사진을 들여다본 순간 머리가 하얘졌다. 협박용으로 보낸 그 사진은 어떤 변명이나 구차한 설명이 필요 없는 것이었다. 구차한 설명과 변명은 하면 할수록 조롱과 비난의 빌미를 제공하는 것이었다. 노동조합이 그 사진을 이용해 저지를 여러 가지 짓거리를 생각하니 어지럽고 섬뜩하기까지 했다. 사장으로서의 이미지와 기대가 한꺼번에 무너지는 황당한 일이었다. 체면에 먹칠하고 위신을 구기고 또 쪽팔리는 일이었다. 내가 그 파견(안)에 순간적으로 결재를 해버린 것도 그 때문이었다.

돌이켜보니 그때 내가 처신한 말과 행동은, 때와 장소에 따라, 상황에 따라, 그때그때의 기분과 감정에 따라 달랐다. 직원을 대할 때면 한 지붕 밑에 두 집 살림하는 기분으로 늘 서먹하고 안타깝고 울적했다. 체면과 위신 때문에 근엄한 척, 괜찮은 척, 아는 척, 아무렇지도 않은 척, 대범한 척해야 했다. 심한 굴욕과 비방, 그리고 모함에 화가 나고 울화가 치밀었지만, 말과 행동 하나하나를 조심하고 참고 견뎌야 했다. 그들의 부당한 요구 사항을 때로는 수용해야 했고, 법과 사규를 어기는 그들을 모른 척 내버려두어야 했다. 무너질 체면과 위신이, 망가지고 우스꽝스러워질 내 모습이 쪽팔리고 창피하고 두려웠기 때문이었다. 나는 그렇게 가면을 덮어쓰고 3년여에 걸쳐 노동조합과 싸웠다.

내가 허 검사원을 처음 만났을 때 그는 그냥 평범한 부하직원 중의 한 사람이었다. 안타깝게도 그날 이후 계속 이어진 우리의 우연한 만남은 노동조합에 따돌림의 빌미와 먹잇감을 제공하게 되었다. 왜 하필 그가 먹잇감이 되었던 것일까? 어떠한 이유로 그가 노동조합의 눈에 밟혔기 때문이다. 조합에 가입하지 않은 것이 일차적 이유였지만, 내가 '허 검사원에게 보내는 글'에서 전체 조합원을 대표하는 직원으로 그를 우연히 지명한 게 단초가 되었다. 나는 그를 그냥 아무런 생각 없이 지명했고, 조합에서도 그는 별로 특별한 존재는 아니었다. 그는 운 나쁘게, 아니면 타이밍 맞게, 그때 거기에 있었던, 대체할 수 있는 사냥감에 불과한 것이었다. 노동조합에는 굳이 그가 아닌 다른 직원이었다 하더라도 관계없었을 먹잇감이었다. 그들의 투쟁 대상은 그 누구도 아닌 바로 사장인 나였다.

우리는 대부분 마음에 들지 않거나 다른 것을, 자기의 이해관계나 좋고 싫음의 감정과 기분에 따라 선과 악 또는 옳고 그름과 착각하거나 혼동한다. 비록 내가 좋은 것이라 해서 누구에게나 선하거나 옳은 것은 아니요, 싫은 것이라 해서 타인들에게도 마땅히 나쁜 것이고 틀리거나 잘못된 것일 리는 없다. 하물며 자기가 생각하는 것과 다르다 해서, 피하고 혐오해야 하는, 또는 적대시하여 제압하고 제거해야 하는 대상일 수는 더욱 없다. 옳고 그름의 평가 기준이 대다수 공동체 성원들이 내리는 것이라면, 좋고 싫음은 다른 누구의 판단이나 평가가 아니라 자기 스스로 내리는 것이다.

나는 부하직원의 한 사람으로서 허 검사원을 순수한 감정으로 대했다. 그러나 노동조합에는 부하직원을 향한 나의 그러한 감정이 안중에 있을 리 없었다. 결국, 나는 처음의 감정을 버리고 노동조합이 옳다고 평가하는 기준을 받아들였다. 나의 내면에서 우러나오는 감정의 목소리를 따른 게 아니었다. 결국, 나는 두꺼운 가면과 껍데기를 덮어쓴 채 조합이 만들어 낸 광란의 축제에 무릎을 꿇은 것이다. 위선은 어쩔 수 없는 무력감에 대한 대안이다. 노동조합의 요구를 들어줄 능력도, 의욕도 없으면서 그들의 요구를 들어주는 척 부화뇌동하는 것이었다. 위선은 그것이 가짜임이 밝혀지는 순간 음험한 본질이 드러나는 것이기에 끝없이 또 다른 위선을 찾아 거짓을 덧씌우게 된다.

3년여에 걸친 노사 분규는 더 견딜 수 없을 정도로 나를 지치게 했다. 그런데도 나는 굴하지 않고 노동조합과 싸웠다. 왜 그렇게까지 힘들고 괴로운 투쟁을 이어갔을까? 그건 내 안의 어두운 그림자 때문이었다. 그림자는 열등감의 다른 이름이다. 나는 투쟁에서 실패할 때 다가올 세상 사람들의 시선이 두려웠고, 그동안 쌓아온 명예와 자존감이 무너지는 것이 불안했다. 늘그막에 망가지는 내 모습을 도저히 인정할 수가 없었다. 그래서 나는 투쟁을 계속해야 하는 정당성과 핑곗거리를 계속 찾고 있었다. 사회의 정의를 세우고, 조직을 살리기 위해서, 법과 원칙에 따라 조직의 기강을 지키기 위해서, 조직의 지도자로서 주어진 책무를 다하기 위해서, 라는 그럴듯한 명분으로.

나는 그 핑곗거리를 통해서 나의 처신과 행동을 합리화했고, 상대의 입장을 헤아리지 못한 채, 마음의 문을 닫았고, 끝내 화해의 손길을 내밀지 못했다. 이런 처신과 행동은 하나같이 나를 방어하기 위한 자기기만이요, 상처받기 싫어하는 비겁함이었다. 실패에 대한 자기 합리화요, 열등감에서 벗어나고 도망가기 위한 변명이고 구실이었다. 책임을 회피하고 긍정적 변화를 거부하려는 기존 질서에 대한 집착이었다.

결국, 짓눌렸던 그러한 견딤의 시간은 무의식의 퇴적층을 이루었고, 어느새 내 안에는 수치심과 죄책감이 어두운 그림자로 드리워져 있었다. 나는 내 안의 그 그림자를 인정하기 싫었다. 드러내기가 불안했고 두려웠으며 또 부끄러웠다. 결국, 그 그림자는 어느 날 갑자기 본색을 드러내었다. 낯선 여인의 부축을 받으며 모텔로 들어섰던, 부끄럽고 쪽팔리는 나의 그 행동을 감추기 위해 나는 노동조합의 협박에 무릎을 꿇고 말았다. 노동조합에 화해의 손길을 내미는 척하며 터무니없고 무리한 인사 조치로 허검사원을 배신하였고, 그를 희생양으로 만들어 버렸다.

그 위선은 또 다른 위선으로 이어져 노동조합 간부 전원을 해고 조치하는 무모한 짓을 자행하고 말았다. 그러면서 노동조합의 그릇됨을 비난하고 혐오하고 정죄함으로써 내 속의 어려운 것들을 스스로 합리화하고, 또 정당화하고, 그런 나의 말과 행동을 진실이라고 믿고 고수해 왔다. 사실 그들의 그릇됨은 바로 내가 수치로 여기고 스스로 감추려 했던, 바로 내게서 투영된 것들이었다.

어린 왕자가 만난 사람들

1

인간은 욕구와 욕망의 복합체다.

이는 생존의 욕구와 명예의 욕구가 함께한다는 뜻이기도 하다. 욕구는 생명을 유지하고 성장하기 위한 운동이다. 그래서 욕구는 끊임없이 생산되고 또 충족된다. 그러나 이것만으로 인간다운 삶을 살아갈 수 있는 것은 아니다. 인간은 욕구를 넘어 욕망으로 나아가야 한다. 이때 비로소 인간은 비로소 인간다운 인간으로서, 인권이라는 단계로 고양되어 나갈 수 있는 것이다.

우리는 그 욕망이 실현되었을 때 그 욕망이 나의 것이었는지 아니면 남의 것이었는지 비로소 알게 된다. 그 실현이 뿌듯하고 가슴 설레는 것이라면 그것은 자기의 욕망일 것이다. 자유의지로 실현된 욕망이기에 그렇다. 그러나 그 실현이 허무하고 덧없다고 여겨지면 그 욕망은 타인의 욕망을 반복하는 것일 것이다. 우리는 그들의 관심을 받기 위해, 그들이 바라는 것을 이루도록 해주기 위해, 그들의 욕망을 욕망한다. 타인의 욕망을 욕망하는 것이다. 이게 인정 욕구다.

인정 욕구는 타인의 인정과 평가를 통해 얻어지는 만족감이기에 자유롭지 못하고, 공허하고 또 덧없다.

그 욕망을 충족시키기 위해 우리는 타인의 눈치를 보며, 그 사람의 기대에 부응해 살 수밖에 없다. 타인의 인정만 바라고 타인의 평가에만 신경을 기울인다면 자신의 인생이 아닌 타인의 인생을 살게 된다. 타인의 인정과 평가는 내가 좌우할 수 없는 타인의 과제임에도 굳이 내가 끼어들어야 한다는 것은 참 덧없는 짓이다. 남을 자기 삶에서 배제하지 못하고 타인의 주관적 평가와 인정에 평생 휘둘리는 삶은 참 허망한 것이다.

우리는 늘 인정 욕구의 늪에서 헤어나지 못하고 있다.

우선 가족, 친구, 이웃으로부터 인정을 기대하고 있다. 우리는 그들로부터 사랑이나 우정, 믿음과 배려를 받음으로써 정서적 욕구를 충족시킬 수 있다. 만일 그들로부터 학대나 폭행, 무시나 배신 같은 경험을 갖게 된다면 그의 정서적 만족감은 무너지고 긍정적 자아상은 파괴될 것이다.

한편 우리는 법적인 권리를 인정받고 싶어 한다. 각각의 개인은 사회적으로 타인과 동등한 권리를 가진 주체다. 그래서 우리는 옳고 그름의 문제에 대한 의견을 자율적으로 피력하고 주장을 내세우려 한다. 만일 내가 드러낸 그 주장과 의견을 타인이 인정해 준다면 자기 존중감은 커질 것이지만 그렇지 못하면 자신감이나 자기 존중감이 무너지거나 망가진다.

우리는 또한 공동체의 구성원으로서 타인의 인정을 기대한다. 만일 공동체 관계에서 자기 능력과 개성이 인정받지 못하고 무시될 경우, 개인은 자신에 대한 긍정적 자기의식이 파괴된다. 이는 결국 사회적 갈등을 초래하고, 나아가 사회적 연대를 통한 인정 투쟁으로 이어질 것이다.

생텍쥐페리의 『어린 왕자』에는 어린 왕자가 지구별로 들어서기 전 몇몇 별에서 만난 사람들의 얘기가 나온다.

그들은 각자 그들 특유의 욕망을 지니고 있다. 권력으로 타인에게 갑질을 해대는 사람, 자신을 칭찬하고 찬미하는 말 이외에는 들을 줄을 모르는 사람, 부끄러운 것을 잊으려고 술을 마시고 또 술을 마시는 것이 부끄러워 술을 마시는 사람, 하늘의 별마저도 갖고 싶어 안달인 사람, 모두를 위해 일하지만 별 볼일 없이 가로등만을 켜는 사람, 꽃은 일시적인 존재라며 영원한 것만을 다루겠다는 사람들이다. 지배욕, 인정 욕, 중독과 쾌락, 소유욕, 먹고사니즘, 지식욕 등이 그것이다. 그러한 갖가지 욕망은 지구별에 사는 사람들 각자의 내면에도 예외 없이 들어앉아 있고, 세상은 그러한 욕망의 군상들이 우글거리는 삶의 현장이다. 이들은 하나같이 타인의 인정과 평가에 목말라 있는 사람들이다.

나는 노사 분규가 일어났던, 공사라는 조직도 예외가 아니라는 생각이 들었다. 노동조합은 노동조합대로, 경영진은 경영진대로, 직원과 조합원은 직원과 조합원대로, 모두가 하나같이 집착과 욕망이 들끓는 삶의 현장에서, 상생을 거부하고 오직 자신의 이익과 서열을 지키기에 혈안이라는 생각이 들었다. 그것은 공사에만 국한되는 것이 아니었다. 우리의 삶이 그랬다. 개인은 개인대로, 조직은 조직대로, 개인과 조직은 개인과 조직대로, 하나같이 욕망의 아수라장에서 서로 부딪치고 부대끼며 살아가고 있다는 생각이 들었다. 그들의 말과 행동은 세상의 잣대와 평가라는 고삐와 굴레에 묶여, 하나 같이 인정 욕구를 충족시키려는 몸부림이었다.

돌이켜 보니 나도 예외가 아니었다. 인정 욕구는 한시도 내 곁을 떠나지 않고 내 안에 웅크리고 있었다. 그동안 인정 욕구에 매

몰되어 살아온 흔적들이 어린 왕자가 만난 사람들의 갖가지 욕
망과 겹치면서 하나하나씩 뇌리를 스쳐 갔다.

2

어린 왕자가 제일 먼저 들른 별에는 왕이 살고 있었다.

왕은 권력의 힘으로 타인을 지배하고 명령하며 복종하게 만든
다. 권력은 상대 의지를 무시하고 자기 의지를 관철하는 힘이다.
인간은 자신이 받은 억압과 불안을 벗어던질 만큼의 힘을 원하
며 무엇보다 타인이 그 힘을 인정해 주기 바란다. 그 힘은 권력이
고 지위이며 돈이다. 우리는 그 권력을 통해 조화와 공감의 질서
가 이루어지는 것으로 믿는다. 그러나 그것은 착각이다. 힘에 눌
린 타인은 다만 굴복하고 있을 뿐이다. 전형적인 경우가 소위 말
하는 '갑질'이다.

갑질은 개인 역량과 조직의 힘을 혼동하여 자신이 잘난 줄 아
는 것이다. 조직의 이익보다 사사로운 개인의 이익을 도모한다.
을을 하인 부리듯 대하며, 을이라면 손윗사람에게도 반말한다.
자기 잘못을 을에게 떠넘기고 배경에 대한 설명 없이 무조건 따
르기만을 강요한다. 부탁할 때는 비굴하게 굴지만 도와줄 일이
있을 때는 매정하게 고개를 돌린다. 그러나 갑질을 당하는 자는

겉은 평화로우나 속은 들끓고 있다. 언젠가 그 힘을 얻을 때까지 참고 있을 뿐이다.

나는 고시에 합격하여 일찍이 권력을 거머쥔 셈이다.

권력은 타인의 인정 위에서만 형성된다. 그 힘을 인정받는 길은 고시에 합격하는 것이었다. 세상 사람들은 춥고 배고픈 처지를 흙수저라 칭하고 따뜻하고 배부른 팔자를 금수저라 부른다. 금수저 대열에 진입하는 길은 여러 가지다. 돈, 명예, 권력, 학벌, 인맥, 가문 등이 그 길에 진입하는 잣대다. 고시도 그중 하나였다. 매력 있는 도전이었다. 그때 사회 분위기는 그랬다. 고시에 합격하면 권력을 거머쥐게 되고, 돈과 명예가 따른다고 믿었다. 그동안 겪었던 억압과 불안의 현실에서 탈피하여 미래를 기약할 수 있는 것이기 때문이다.

사실, 내가 고시에 도전한 것은 권력이 필요해서가 아니었다. 가난으로 덧칠된 더께를 씻어내기 위한 궁여지책이었다. 그러니까 내가 고시에 뜻을 둔 것은 공무원이 되어 국가에 헌신적으로 봉사해 보겠다는, 무슨 거창한 사명감 때문이 아니었다. 그렇다고 권력과 명예, 그리고 돈을 소유하겠다는 야망이 있었던 것은 더더욱 아니었다. 고등학교 졸업장만으로는 두드려볼 마땅한 직장을 거의 찾아볼 수 없었기 때문이었다. 그냥 마지못해 직업으로 공무원을 택했을 뿐이었다.

그러나 나는 기왕이면 고시에 도전해 보고 싶었다. 만용이었다. 무례하고 분수를 모르는 오만한 짓이었다. 마치 오리알을 품은 어미 닭 같았다. 사실, 여건이 허락되었다면 나는 고등학교 국어 선생이 되었을 것이다. 그 당시 글을 쓰고 가르치는 국어 선생은, 내게 멋진 직업을 가진 사람이었다. 그러나 여의찮았다. 고등학교 졸업장으로는 교사 자격이 주어지지 않았기 때문이다.

고시 공부를 위해 1년여를 보냈던 칠탄정을 뒤로한 채 나는 그동안 동고동락했던 강숙 씨와 헤어졌다. 분위기 쇄신을 위해 내가 찾은 곳은 20여 명의 고시생이 기숙하고 있는 부산의 어느 고시원이었다. 온종일 조용하던 고시원은 저녁 식사 시간이 끝나면 와자지껄했다. 서울대 출신의 S 형 방으로 고시생들이 우우 몰렸기 때문이다. 그곳에는 고시에 관한 최신 정보가 마구 돌아다녔다. 모두 따끈한 그 정보 한 토막을 거머쥐려고 안달이었다. 그러나 그 방에는 아무나 함부로 들어갈 수 없었다. 인맥이 닿아야 했기 때문에 나는 아예 처음부터 단념했다. S 형에게 말을 붙여보고 싶었지만, 용기가 나지 않아 늘 머뭇거렸다. 나는 고시원에서 그냥 그렇게 혼자서 보냈다.

합격 통지서를 받자마자 나는 제일 먼저 S 형에게 전화를 걸었다.

"형, 접니다. 저를 기억하시겠어요?"

내 목소리를 바로 알아차린 S 형이 반갑게 전화를 받았다.

"알다마다요. 이 형, 합격을 축하드립니다."

"만나서 식사나 한번 하시지요."

나는 그렇게 S 형에게 다가갔다. 평소에 감히 다가갈 수 없었던 S 형을 식당으로 불러낸 것이다. 내게는 기억이 없지만, S 형은 그때 우리가 만난 곳이 서면 동보 극장 앞이었고, 나는 촌스러운 노란 티셔츠를 입고 나왔다고 했다. 그 당당함은 어디서 온 것이었을까? 그것은 권력을 보증하는 얄팍한 한 장의 합격 통지서 때문이었다. 그 통지서는 서울대의 벽을 하루아침에 무너뜨렸고, 내가 가진 흙수저의 색깔을 바꿔버렸다.

공무원 조직하면 우선 떠오르는 게 철밥통이나 갑질이다. 그때는 그랬다. 나중에 안 사실이지만 대기업의 상무나 전무만 하더라도 그 조직에서는 대단한 자리였다. 사장이라면 더할 나위도 없었다. 그러나 공무원 앞에서 그들은 을의 지위였다. 나는 예의를 갖추고 공손했지만, 그들은 내 앞에서 연신 굽실거리며 안절부절 어쩔 줄 몰라 했다. 그들의 그러한 처신과 행동들은 나를 조금씩 갑질의 맛에 물들어 가게 했다. 나는 나에게 주어진 직위와 권한으로 조금씩 갑질을 해대기 시작했고 시간이 지나면서 그러한 갑질은 서서히 몸에 배어가고 있었다.

사무관 시절이었다. 내가 맡은 업무는 항만 운송 사업의 지도 감독 업무였다. 항만에서 사업을 꾸려 나가려면 정부 당국의 허가받아야 한다. 허가해 줄 것인지, 불허할 것인지는 일차적으로 담당 사무관의 손에 달려있다. 허가는 법적으로 기속을 받지만, 재량 행위이기 때문이다. 담당 사무관은 그 업무에 관한 한 갑질을 할 수 있는 위치에 서 있었다. 그러나 허가 업무는 그리 만만한 게 아니다. 허가를 불허하면 기존 사업자만 특혜를 주는 것이냐며 불허하는 사유를 밝히라고 요구한다. 허가해주면 기존 사업자가 또 반발한다. 업체 수의 남발로 모두 망한다는 논거다.

그래서 나는 책상과 씨름하며 '적정 업체 수 산정에 관한 규정'을 만들었다. 당해 항만의 총 예상 물동량 내지는 매출액, 업체당 적정 매출량 내지는 매출액을 구하면 당해 항만의 적정 업체 수가 바로 나온다. 이론적으로 그럴듯한 셈식이었다. 그러나 그 셈식은 뒤늦게 발견한 것이지만 오류투성이였다. 예상 물동량도 그렇지만 업체의 적정 매출액을 구하는 데는 여러 가지 변수를 고려해야 했다. 그 변수 하나하나가 모두 작위적인 것이었다. 오히려 담당 사무관의 갑질을 훨씬 더 쉽게 하는 셈식이었다. 나는 그 셈식으로 한동안 갑질을 해대고 있었다.

먼 훗날 그 허가 업무는 등록제로 바뀌었다. 시장 경제에 맡기는 게 답이었다. 아무짝에도 쓸모없는 셈식을 만드는 데 근 6개월을 보냈다. 사실, 우리는 일을 하면서 괜히 복잡하게 만들어 어렵게 풀려고 한다. 얽히고설킨 복잡한 문제일수록 단순하게 만들어야 실마리가 보인다. 단순하게 만드는 가장 좋은 방법은 원칙이나 근본을 찾아 접근하는 것이다. 그러한 허세와 무지는 그 직위와 권한으로 열등한 우월감을 과시하며 나의 공직 생활 내내 이어졌다.

3

두 번째 별에는 허영심에 빠진 사람이 살고 있었다.

허영심은 본질의 공허를 허영으로 채우려는 인정 욕의 다른 이름이다. 그 욕심은 나에 대한 타인의 평가이기에 인기라 해도 좋고, 타인의 평가를 의식하는 시선이라 해도 좋다. 박수나 칭찬은 듣고 싶으나 비난은 거부하려는 심리적 욕구다. 모두 타인의 인정 위에 자기의 욕심을 채우려는 욕망이다. 그래서 인간은 수많은 위선과 가식을 떨며 위신과 체면을 중시하고 산다. 어쩌면 그건 타인의 욕망을 욕망하는 것일지도 모른다. 그들의 관심을 받기 위해, 그들이 바라는 것을 이루기 위해, 우리는 그들의 욕망을 욕망한다.

영국 대사관에는 6층에 50여 명 정도를 수용할 수 있는 식당이 자리 잡고 있다. 테이블마다 장미꽃 한 송이가 소담스럽게 꽂혀 있다. 메뉴도 다양하다. 김치찌개, 육개장 등 한국 음식도 있고 현지 음식도 있는가 하면 국적 불명의 퓨전 음식도 맛볼 수 있다. 식당의 용도는 참 다양하다. 물론 직원들이 주로 사용한다. 현지 주재 타국 외교관들과의 소모임을 이곳으로 정하면 우리의 전통 음식을 소개할 수 있어 편리하고 좋다. 현지 교민들을 위한 조그마한 행사도 간혹 이곳에서 열린다.

식당이 활용되는 좀 특이한 경우는 국빈이 이곳을 방문할 때이다. 수많은 수행원을 대동하고 이곳을 방문할 때면 경호와 음식이 먼저 고려되어야 한다. 다행히 대사관은 최근에 윔블던지역에서 버킹엄궁 부근으로 이사를 했다. 런던의 중심에 자리 잡고 있어 지휘 통제가 쉽고 음식과 경호 문제도 한꺼번에 해결할 수 있기 때문이다. 아무튼, 이 식당은 여러모로 꽤 쓸모가 있다.

영국 대사관에는 외교부 출신의 정통 외교관 외에 여러 부처에서 파견된 직원들이 많다. 이들은 재무관, 상무관, 세무관, 무관, 해무관 등의 직분으로 외교 업무를 수행한다. 외교적 용어로는

'Attache'다. 주로 점심시간은 바깥에서 외부 손님들과 업무와 관련된 만남이 대중을 이룬다. 그러나 외교적 만남이 그렇게 자주 있는 것은 아니다. 그럴 때는 동료 직원들과 같이 식사하게 된다. 식사 때가 되면 직원들끼리 자연스레 뭉쳐 식사하러 간다. 물론 비용은 그때그때의 상황에 따라 누군가가 지급한다. 어떤 상황에서도 자기 몫만을 자기가 내는 경우는 거의 없다. 더치페이 용어가 시작된 영국에서도 한국인에게는 더치페이가 여전히 낯설다.

누군가가 혼자서 식사비를 부담하면 부담이 꽤 크다. 때로는 외교관이라는 체면치레로 와인도 한잔 곁들여야 한다. 그럴라치면 네다섯 명의 식삿값이 70 내지는 80파운드는 족히 된다. 우리 돈으로 환산하면 10만 원꼴이다. 공무원의 월급으로는 너무 부담스럽다. 그러나 내일은 다른 사람이 낼 것이라는 기대와 위안으로 카드를 결제한다. 그러나 식사란 그날 참석했던 그 구성원들끼리 매번 자리를 같이하는 게 아니다. 내일은 구성원이 달라질 수가 있다. 그러면 어제 그가 식삿값을 냈다고 해서 오늘 새로운 구성원들로부터 면죄부를 받을 수는 없다. 성질이 급하면 또 위선을 떨어야 한다. 그래서 신발 끈을 천천히 매는 동료 직원들과 함께하는 식사 시간은 괴롭다. 식사비 때문에 슬그머니 스트레스가 쌓인다.

외교관들은 각자 방을 따로 두고 있다. 사무실이 개방되어 있으면 식사 모임이 자연스럽다. 그러나 각방을 쓰고 있으니 점심 때가 되면 누군가가 자신을 불러 주기를 기다린다. 점심시간이 다가오는데도 누군가가 그를 불러 주지 않으면 마음이 급해진다. 시간을 놓치면 동반자가 없어 외톨이가 될 수 있기 때문이다. 외교관 체면이 말이 아니다. 서둘러 구내전화를 돌린다. 겨우 식사 동반자를 한 명 구하고 나면 두세 명을 더 주선해야 한다. 친목을 도모한 우아한 식사 모임을 위해서다.

그 주선의 뒤쪽에는 오늘 식사비는 자기가 내겠다는 암묵적인 의사 표시가 들어있다. 문제는 그다음 날이다. 어제 내가 주선했으니 어제 그 구성원 중 누군가가 그를 불러 주는 게 이치다. 그러나 점심시간이 다 되어 가는데도 아무런 연락이 없다. 그래서 또 전화기를 돌려야 한다. 어제 함께 식사했던 구성원은 일단 제외된다. 체면과 자존심 때문이다. 오늘도 식사비는 식사를 주선한 그가 또 내야 한다.

한번은 식사 자리에서 용기를 내어 내가 더치페이 얘기를 꺼냈다. 처음에는 반응이 시큰둥했다. 그런데 누군가가 더치페이 운동을 한번 시도해 보자고 했다. 자리를 같이한 다른 멤버들도 고개를 끄덕였다. 때를 놓칠세라 그러면 오늘부터 시작하자며 내가 순발력을 발휘했다. 식사를 주선한 무관이 오늘은 자기가 내고 다음부터 그렇게 하자고 말했다. 무슨 얘깁니까? 오늘부터 해야 시작이 되지요. 내가 우겼지만 결국 나는 무관의 고집을 꺾지 못했다. 그날 이후로 더치페이 얘기는 쑥 들어갔다. 나도 그 얘기를 더는 꺼내지 않았다. 그 얘기를 또 꺼내기가 너무 지질하다는 생각이 들었기 때문이다.

오늘은 누구와 어디에 무엇을 먹으러 가십니까?

내가 대사관 전 직원들에게 보내는 설문지의 첫 대목이었다. 비어 있는 대사관 6층 공간을 활용하여 식당을 만들어 보려는 취지였다. 식당을 한 달에 몇 번이나 이용할 것인지, 메뉴는 어떤 것을 선호하는지, 가격은 어느 정도면 좋겠는지, 실내 장식은 어떤 식으로 하면 좋겠는지, 이런 내용이 담긴 설문이 이어 내려갔다. 반응이 참 좋았다. 좋은 착상이다, 적극적으로 밀어주겠다, 왜 해무관이 그 일을 떠맡느냐, 뭐 그런 부류의 반응이었고, 그날 이후로 점심을 사겠다는 전화가 많이 걸려 왔다. 대사관 구내식당은 그렇게 해서 만들어졌다.

그때, 식당의 한 달 식비는, 외교관은 120파운드, 직원은 60파운드로 책정되었다. 그 당시 이탈리아 식당에서 네댓 명이 모여 파스타를 시키고 와인 한잔 곁들이면 한 끼에 무려 80파운드가 들었다. 그 부담을 고려한다면 위신과 체면, 인정 욕구를 걷어 낸 대사관의 한 달 식비는 참 착한 가격이었다.

어느 날, 항만 근로자 한 사람이 인천항 갑문에 빠져버린 사건이 발생했다. 갑문 안으로 들어온 배를 고정하기 위해 밧줄로 배를 묶다가 그만 발을 헛디딘 것이다. 인천항은 조수 간만의 차가 심하므로 선박의 입출항을 위해 바다의 수면을 인위적으로 맞출 필요가 있다. 배가 항만 안으로 들어올 때는 내항의 수위와 배가 바다 쪽으로 나갈 때는 바다의 수위와 맞춰야 한다. 갑문은 그 수위 조절 기능을 하는 항만 시설이다.

전문 잠수부를 동원하여 밤낮으로 수색했지만, 시신을 찾을 수가 없었다. 유족들은 갑문에 퍼져 앉아 울부짖고 있었다. 이틀이 지났지만 진전이 없었다. 많은 선박들이 입출항을 위해 대기하고 있었다. 특히 컨테이너 선박은 정해진 일정대로 움직여야 한다. 일정이 틀어지자 선주나 화주로부터 민원이 빗발치기 시작했다. 그러나 갑문을 열어버리면 시신이 바다 쪽으로 빠져나갈 염려가 있었다. 이러지도 저러지도 못하는 진퇴양난의 상황이었다. 그 사태를 판단하고 지시해야 하는 최종 결정권은 내게 있었다.

이틀이 꼬박 지났다. 더는 결정을 미룰 수 없었다. 나는 갑문 개방을 지시했다. 유족들이 청장실로 쳐들어왔다. 책상을 치고 문을 발로 걷어찼다. 무책임하다면서 청장의 결정에 거센 항의를 해댔다. 다음 날은 체육 행사가 계획되어 있었다. 전 직원이 참여하는 산행이었다. 나는 행사 참여를 포기하고 직원 서너 명을 대동하고 행정선을 이용해서 바다로 나갔다. 서해안에 있는 시군의 어촌계에는 시신 수색 협조를 이미 해둔 상태였다. 모래사장에 묻혀있는 바늘을 찾는 격이었다. 사흘간 그렇게 바다를 뒤졌다. 다행히 그다음 날 갑문 상황실에서 연락이 왔다. 시신을 찾았다는 것이다. 그동안 시신은 갑문 문짝에 끼어 있었는데 시간이 지나자 물 위로 떠 올랐던 것이었다.

돌이켜 보면 그 사건이 터진 후 내가 취했던 일련의 처리 과정은 문제의 본질을 해결하려는 것이라기보다는 하나같이 주위의 시선과 체면을 먼저 생각한 것이었다. 언제쯤 갑문을 열어야 할 것인지를 판단하는 잣대는 합리적인지보다는 주위의 시선을 만족시킬 수 있는지였다. 행정선을 타고 바다로 나간 것도, 조문을 가서 유족들에게 머리를 조아린 것도 모두 그랬다. 내가 중시한 것은 나에 대한 타인의 평가와 시선이었다. 체면을 중시하고 가식과 위선을 떨며 사는 인간의 내면, 그 내면에 대한 이해와 평가는 스스로 몫이다. 처음에는 내 처신과 행동이 머쓱하고 쑥스러웠고 또 부끄러웠다. 그러나 어느새 언제 그런 일이 있었느냐는 듯 나는 아무렇지도 않은 소소한 일상으로 다시 접어들었다.

한때 사회적으로 시간 관리 운동이 유행처럼 번지고 있었던 적이 있었다. 산업 현장 등에서 약속 시간을 지키자는 운동이었다. 특히 항만에는 여러 단계의 작업 과정이 순차적인 타임 스케줄에 따라 체계적으로 이루어져야 한다. 여러 작업 단계 중 어느 하나가 차질을 빚게 되면 그다음의 작업 과정이 연쇄적으로 영향을 받아 생산성에 차질을 빚으며 엄청난 시간 낭비와 기회비용을 초래하기 때문이다. 계획된 공정이나 생산성에 차질을 빚게 되는 제일 큰 원인 중의 하나가 약속된 시간이 틀어지는 경우다. 그때까지만 하더라도 우리 사회는 그러한 시간개념에 둔했다. 소위 코리안 타임 때문이었다.

내가 울산에 항만 책임자로 부임했을 때, 제일 먼저 부르짖은 게 분 관리 운동이었다. 항만 현장의 모든 작업을 분 단위로 시간을 쪼개어 잡아 이를 철저히 이행할 것을 다짐하고 실천해보자는 운동이었다. 제일 먼저 분 관리 운동을 시작한 곳이 선석 회의였다. 선박을 부두에 배를 대려면 우선 항만 당국으로부터 선석을 배정받아야 한다. 나는 평소 2시 30분에 시작하던 선석 회의 시간을 2시 26분으로 조정하라는 지시를 내렸다. 지시받은 담당 직원의 표정이 일그러졌다. 회의에 참석한 참가자들도 킥킥거리고 있었다. 그때만 하더라도 항만에는 선석이 충분치 않아 선석을 적기에 배정받기가 여간 어려운 게 아니었다. 나는 그들의 약점을 이용해 약속 시간을 어긴 선주에게는 선석을 후 순위로 배정하라고 지시했다. 그때부터 선석 회의에는 긴장감이 돌기 시작했다. 분 관리 소문이 항만 산업 현장에 조금씩 퍼져나갔다.

직원 조회 시간도 9시에서 8시 57분으로 조정했다. 민원인과의 약속 시간도 분 단위로 정했다. 내가 주관하는 회의 때마다 업체나 단체 대표들에게 분 관리 운동의 취지를 설명하고 협조를 당부했다. 지역 언론에서도 아이디어가 새롭고 참신하다는 반응을 보였다. 그러나 그 운동은 안타깝게도 그리 오래가지 않았다. 얼마지 않아 나는 발령을 받아 그곳을 떠나야 했기 때문이다. 정유업체 사장이 이임 인사차 오겠다고 했다. 나는 3시로 약속 시간을 잡았다. 아니, 청장님. 3시라니요? 2시 53분이 아니고요? 사장은 놀라서 반문했다.

그 운동은 한편으로 신선한 착상이었지만 한편으로 실효성이나 현실성이 없는 운동이었다. 그 운동에 대한 항만 종사자의 충분한 이해와 전폭적인 지지, 그리고 협력이 선행되어야 했지만, 단시간 내에 그런 기대를 하기에는 무리가 있었다. 더욱이 정부의 일방적인 행정력으로 밀어붙일 일도 아니었고, 효과가 당장 가시적으로 나타나는 것도 아니었다. 그 운동이 시작되고 얼마 지나지 않았지만 나 자신마저도 그 운동을 지키기에 너무 버겁다는 생각이 들었다. 내가 타지로 발령받은 후 그 운동은 곧 흐지부지되어 버렸다.

왜 그런 황당하고 무모한 짓을 시도했을까? 곰곰이 그때 일을 돌이켜보면 그건 새로 부임한 청장의 지역 사회의 평가를 의식한 과시욕이자 일에 대한 신념이나 열정 뒤에 숨겨 놓은 인정 욕이었다.

4

　그다음 별에는 술꾼이 살고 있었다.

　그는 빈 병 한 무더기와 술이 가득 차 있는 병 한 무더기를 앞에 놓고 말없이 앉아 있다. 왜 술을 마시느냐는 어린 왕자의 질문에, 부끄러운 것을 잊으려고 술을 마시고 또 술을 마시는 것이 부끄러워 술을 마신다고 했다. 부끄러움은 수치심이고 열등감이다. 그런 감정은 심적으로 괴롭다. 잊는다는 것은 그 괴로움에서 잠시 벗어날 수 있는 진통 효과를 말한다. 그게 쾌락이다. 그러나 그건 일시적이다. 그래서 또 술을 마신다. 그게 중독이다. 중독은 술만 해당하는 게 아니다. 일, 게임, 섹스 등도 그렇다. 쾌락과 중독에 빠진 인간의 모습을 보고 어린 왕자는 깊은 우울함에 빠진다. 인간의 탐욕이 초래하는 여러 모습 중에서도 가장 흔하고 뿌리 깊은 것이기 때문이다.

　우리는 일상의 정형화된 틀에서 아무 생각 없이 무엇을 위해 하는지 모르면서 습관적이고 기계적으로 살아간다. 반복되는 삶이 지루하고 지겹다. 그래서 새로운 것을 찾아 나선다. 새로운 세상에 부대끼면 가슴이 설레기도 한다. 새로운 것이 때로는 호기심과 쾌락을 채워 준다. 하지만 새로운 쾌락이 가슴을 채워 준다 해도 늘 가슴 한편에는 채워지지 않는 공허함이 웅크리고 있다. 그래서 더욱 신선하고 자극적인 것을 찾아 이리저리 떠돈다. 지겨움에서 벗어나기 위해서다. 그러나 갈증은 충족되면 충족될수록 더욱 자극적인 것을 요구한다. 마음의 공허함을 끝내 떨칠 수 없다. 삶은 점점 지루해지고, 공허함과 짜증은 가시지 않는다. 짜증스럽고 불안하다. 결핍과 권태 사이에서 시소를 타고 있는 바로 우리의 모습이다. 그래서 사람들은 그 갈증을 해소하기 위해 무언가를 찾는다. 술도 그중의 하나다.

나도 예외는 아니어서 술을 자주 마셨다. 즐거울 때나 슬플 때 마셨고 무료하거나 답답할 때도 마셨다. 조직의 동료들과 어울리기 위해 내키지 않은 술자리에서 억지로 마실 때도 있었고, 친구들과 인생을 안주 삼아 밤새도록 마신 적도 있었다. 한 가지 분명한 것이 있다면 폭주할 때면 내게는 어김없이 사달이 난다는 사실이다. 사달이란 주로 추태나 주사, 만용이나 허세를 부리는 경우를 말한다. 특히 만용이나 허세는 술의 힘을 빌려 자기를 과시하려는 인정 욕의 몸짓이다. 그 사달 뒤에는 늘 부끄러움이 남는다.

언젠가 나는 여권을 분실한 적이 있었다.

이틀 후 나는 가족과 함께 영국으로 2년간의 유학을 떠나기로 되어 있었다. 그날은 오래전에 신청했던 여권을 찾아 양복 안쪽 주머니에 챙겨 넣고 직원들과 함께 회식 자리를 가졌다. 오랫동안 헤어지는 아쉬움을 달래기 위해서였을까? 아니면 술이 한 잔 되면 한 잔 더 하자며 2차를 주도하는 나의 술버릇 때문이었을까? 그날 우리는 무려 다섯 군데나 자리를 옮기며 술을 마셔댔다. 마지막 코스는 포장마차였다. 자정을 넘은 늦은 시간이라 더 이상 갈 곳이 없었다. 우리 집으로 가서 한 잔만 더 하자고 내가 제안했다. 직원들의 환호에 힘입어 우리는 택시를 타고 집에 도착했다.

꼭두새벽에 웬 손님? 집사람은 한심한 눈초리로 우리를 맞이했다. 이미 우리는 술이 술을 마시는 상태가 되어 있었다. 집사람이 여권을 달라고 했다. 안쪽 주머니를 뒤지니 여권이 잡히지 않았다. 주머니에는 손지갑만 들어 있었다. 한참을 우물거리고 있을 때 한 직원이 소리쳤다.

"과장님, 걱정하지 마세요."

"……."

우리는 모두 그 직원의 다음 말을 기다리고 있었다.

"제 동생이 경찰 아닙니까? 지금 전화하면 서울 바닥을 샅샅이 뒤져 바로 찾을 수 있습니다."

그러면서 그 직원은 핸드폰을 꺼내고 있었다. 그 직원은 확실히 취해 있었다.

"아, 과장님. 그거참 좋은 아이디어네요."

다른 직원이 거들었다. 취하기는 그 직원도 마찬가지였다.

"그래, 한잔 마셔."

분위기 전환을 위해 내가 직원들에게 또 술을 권했다. 한심하게 진행되는 장면을 보다 못한 집사람이 급하게 밖으로 뛰쳐나갔다.

나는 은근히 걱정되었다. 모레가 출국 일자다. 여권을 새로 받기에는 시간이 너무 없다. 얼마나 지났을까? 집사람이 여권을 들고 들어왔다. 아파트 현관 입구에 떨어져 있었다고 했다. 택시에서 내리면서 택시비를 먼저 내려고 호들갑을 떨며 지갑을 꺼내다가 여권을 떨어뜨린 것이었다.

술을 많이 마시면 망각의 기능이 작동하여 자신의 분수와 처지를 잊게 된다. 큰소리를 외쳐대며 허세를 부린다. 맨정신으로는 할 수 없는 짓이다. 누가 부끄러움을 잊기 위해 술을 마신다고 했는가? 술은 허세를 부리려 마시는 것이었다. 그때는 새벽에 퇴근해서 그날 새벽에 출근하는 일이 자주 있었다. 그날도 그랬다. 우리는 모두 정시에 출근하여 아무렇지도 않은 듯 컴퓨터를 두드리며 또 일과를 시작하고 있었다.

영국 웨일스 카디프 대학에서 어학연수를 할 수 있는 기회가 있었다. 처음으로, 그것도 혼자서 해 보는 해외 나들이였다. 한밤중에 카디프 공항에 도착했을 때는 스산한 겨울비가 부슬부슬 내리고 있었다. 거리에는 인적이 이미 끊겼고 가로등만이 뿌연 불빛과 함께 졸고 있었다. 택시에서 내린 나는 예약해 둔 하숙집 문을 두드렸다. 플랫 형태의 이층집이었다. 문이 열리자 주인이 서 있었고 그 뒤에는 황소만 한 개 한 마리가 턱 하니 버티고 있었다. 2층에 방을 배정받은 나는 짐을 정리하고 밤늦게 잠자리에 들었다. 화장실에 가기 위해 잠결에 방문을 열었다. 발바닥에 물컹거리는 감촉이 와 닿았다. 개였다. 문 앞에서 잠을 자고 있었던 개를 밟은 것이다. 평소 나는 개를 유난히 싫어했다. 황소만 한 개와의 6개월간의 동거는 그렇게 시작되었다.

처음 겪어보는 영국 생활은 개와의 동거만큼이나 낯설고 어색했다. 우선 우중충한 날씨가 그랬다. 시도 때도 없이 비가 내렸고 3시만 되면 날이 벌써 어둑해졌다. 오랜만에 햇살이 비치면 그들은 '굿 모닝'을 외쳐댔다. 그들의 인사말이 그렇게 만들어진 사실을 뒤늦게 알았다. 식탁에는 늘 비슷한 음식이 올라왔다. 주로 피시앤칩스fish&chips, 계란프라이, 삶은 토마토, 콩, 당근, 감자, 삶거나 튀긴 닭 등이었다. 입맛에 맞지 않아 집에서 준비해 간 생마늘과 된장을 곁들였다. 밤이 되면 무료하고 외로웠다. 첫 돌이 겨우 지난 딸아이와 집사람이 생각나고 그리웠다.

그날도 여느 하루와 다름없는 한 밤이었다. 누군가 창문을 두드리는 소리가 들려왔다. 2층에 있는 창문을 누가 두드릴 일은 없었다. 무시했지만 두드리는 소리가 자꾸 들려왔다. 창밖을 내려다보니 카디프 대학에서 박사 과정을 밟고 있는 J 교수 내외였다. 그들은 환하게 웃으며 밖으로 나오라는 시늉을 했다. J 교수는 갓난아이를 안고 있었고 부인은 2층 창문을 향해 돌을 던지는 중이었다. 밖에는 함박눈이 내리고 있었다.

우리는 근처에 있는 공원으로 갔다. 벌써 눈이 수북이 쌓여 있었다. 늦은 시간인데도 아이들이 나와 신나게 이리저리 뛰어다니고 있었다. 나는 바로 아이들과 어울렸다. 곧 J 교수 부인이 합류했다. 우리는 아이들이 다 사라질 때까지 아이들처럼 뛰놀았다. 아직도 사진처럼 박혀 가끔 떠오르는, 함박눈이 내리던 아름다운 밤이었다.

어느 날, J 교수 내외가 B 교수와 나를 자기 집으로 식사 초대했다. B 교수도 박사 학위를 따기 위해 이곳에 와 있었다. 나와 동년배인 B 교수도 혼자 하숙하고 있었다. 외롭기는 나와 별반 다를 바가 없었다. 우리는 모두 해운과 항만 분야에 종사하거나 관심을 두고 있었던 터라 오래전부터 서로 잘 아는 사이였다.

식탁에 홍합이 올라왔다. 낯설고 머나먼 이곳 이국땅에서 웬 홍합이? 나는 눈이 휘둥그레졌다. 전혀 기대하지 않았던, 너무 과분한 술안주였다. 안주로 핑계 삼아 우리는 술을 마시고 또 마셨다. 응어리졌던 외로움과 그리움을 연신 들이켰다. 오늘 이렇게 우아한 자리를 마련해 준 J 교수 내외에 대한 고마움을, 그동안 맺어졌던 그러면서 앞으로도 계속 이어질 끈끈한 우정을 담아 연신 술잔을 주고받았다. 말이 많아지고 소리가 점점 커졌다. 술이 베푸는 망각의 기능 때문이었을 것이다. 위스키를 네 병째까지 있을 즈음에는 세상이 참 멋있어 보였다. 함박눈이 내리던 며칠 전의 그 날만큼이나 참 아름다운 밤이라는 생각이 들었다.

다음 날 아침, 잠에서 깨어났을 때 나는 하숙집 침대에 누워있었다. 안경을 찾았지만 보이지 않았다. 그곳에서는 안경을 사려면 의사의 처방이 우선 필요했다. 그때까지 어떻게 지내야 하나? 난감해하고 있을 때 J 교수가 안경을 들고 나를 찾아왔다. 풀밭에 버려져 있는 것을 주민이 발견했다는 것이다. 그 주민은 안경 주인을 찾기 위해 집마다 문을 두드렸다고 했다.

속이 더 이상 견디기 힘든 상황에서 화장실로 급히 뛰쳐나간 게 내가 기억해 낸 마지막 장면이었다. 먼 훗날, J 교수 부인은 내가 토하기 위해 들어간 곳은 화장실이 아니고 아기방이었다고 했다. 누가 부끄러움을 잊기 위해 술을 마신다고 했는가? 술은 부끄러움을 만들기 위해서 마시는 것이었다. 그 아이가 어른이 되어 시집을 갔을 때 나는 새하얀 이불 한 채를 선물했다.

술에 관한 에피소드는 또 있다.

술을 거나하게 한잔 걸치고 집에 들어오면 아이들은 벌써 잠이 들어있다. 뒤늦게 집사람에게서 들은 사실이지만 아이들은 그때 잠이 든 게 아니고 자는 척하고 있었다고 했다. 나는 자는 얘들을 깨운다. 소파에 아이들을 앉혀 놓고 안아도 보고 비비어도 보고 말을 걸어도 본다. 횡설수설이 한동안 이어진다. 했던 말을 연신 반복해서 지껄인다. 흔히 말하는 주사다. 문제는 그다음에 벌어진다.

우리 집에는 그 당시 거실 벽 면에 큼직한 액자 하나가 걸려 있었다. 그 액자에는 인천 상륙 작전을 지휘했던 아이젠하워의 기도문이 담겨 있었다. '저희 자식을 이러한 인간이 되게 하소서'라는 제목의, 한글과 한문이 뒤섞인 꽤 긴 글이었다. 나는 아이들에게 그 기도문을 읽어보라고 했다. 한글은 그렇다 치더라도 한문은 아직 읽을 수 없을 뿐만 아니라 전문 서체라 어른들도 쉽게 판독이 어려웠다. 황당하고 무리한 주문이었다. 모노드라마는 그것으로 끝이 아니었다. 그 절정은 그 기도문을 아이들에게 영어로 통역해서 읽어보라고 주문하는 장면이었다.

그 당시 나는 영어 회화를 공부하고 있었다. 직장인의 필수 과목이었다. 머뭇거리는 아이들 앞에서 나는 의기양양하게 그 기도문을 영어로 크게 읽어 내려갔다. 그것도 경상도의 억센 발음으로. 공부했던 회화 실력을 한번 확인해 보기 위해서 아이들 앞에서 추태를 부렸던 것이다. 모노드라마는 주인공이 커튼도 내리지 않은 채 코를 골며 잠이 드는 것으로 끝났다.

네 번째 별에는 장사꾼이 살고 있었다.

그는 별들을 수집하기 위해 혈안이 되어 있었다. 그래서 그는 담뱃불을 붙일 시간조차도 없었다. 그동안 바쁜 자기 앞에는 세 번 방해물이 등장했다고 말한다. 한 번은 풍뎅이가 날아와 일하는 자기를 방해했고, 두 번째는 신경통이 와서 일을 잠시 멈추게 했으며, 세 번째는 지금 어린 왕자가 말을 걸어와 일하고 있는 자기를 방해하고 있다는 것이었다. 그는 지금 금빛 나는 별들을 수집하고 있다. 왜 별들을 수집하느냐고? 그는 다른 별들을 더 소유하기 위해서라고 말한다.

그는 그것이 없으면 초라한 대접을 면할 수가 없다고 생각한다. 그것이 충족되지 않으면 불안한 현실을 견딜 수가 없어, 때로는 괴로워하고 때로는 분노를 일으킨다. 그러나 그러한 욕구와 탐욕은 아무리 충족이 되더라도 만족을 할 수가 없어 또 다른 욕망을 갈구한다. 끝없이 악순환하는 것이다. 그래서 그는 그에 수반되는 공허 때문에 늘 시뻘건 얼굴을 하고 있다. 삶의 의미와 가치를 상실한, 뿌리가 없는 버섯 같은 삶이기 때문이다.

소유는 인간의 욕구를 대변한다. 욕구는 다양한 형태로 우리를 옥죈다. 우리는 우선 의식주가 있어야 한다. 이는 자연적이면서 필수적인 욕구다. 자연적이지만 굳이 필수적이라고는 할 수 없는 욕구도 있다. 성욕 등이 그것이다. 문제가 되는 것은 자연적이지도 필수적이지도 않은 욕구다. 돈과 명예, 권력, 사랑에 대한 소유와 집착, 권태가 일으키는 사치와 낭비, 화려함과 영달, 중독과 쾌락 등이 그것이다. 아무튼, 그 욕구들은 날것의 본능적 욕망이 세상의 잣대와 기준에 맞추어 보려는 갈등의 장에서 힘겨운 싸움을 벌이고 있다. 그 이유는 바로 사회적 관계망 속의 욕구, 즉 인정 욕구를 충족하기 위해서다.

나는 공무원이 되자마자 사랑, 명예, 돈, 권력 등을 향해 딸랑거리기 시작했다. 돈도 더 많이 벌고 싶었고, 더 좋고 높은 자리를 차지하고 싶었고, 세상에 자기를 널리 알려 우쭐거리고 싶었고, 남을 짓밟고 상대를 깔아뭉개면서 경쟁에서 이기고 싶었다. 동료가 먼저 승진하면 혼자서 씩씩거렸다. 나하고 의견을 달리하는 사람이 있으면 나도 모르게 그에 대해 뒷말하곤 했다. 그때만 하더라도 결혼 적령기에 든 총각은 자동차, 아파트 그리고 금고 등의 열쇠 3개를 갖춘 상대를 찾던 시절이었다. 나도 한때 그런 상대를 찾기 위해 혹시나 하고 이리저리 기웃거린 적이 있었다. 말도 안 되고 분수도 모르는, 가당치도 않고 얼토당토않은 짓이었다.

지금도 그렇지만 그 당시에도 세상 사람들의 증권과 부동산에 대한 집착은 대단한 것이었다. 평범한 사람들이 갑자기 큰돈을 만질 수 있는 기회였기 때문이다. 땀 흘려 일하기가 뭔가 서먹하고 억울한 시기였고, 증권과 부동산으로 부자가 된 사람을 인정하지 않으려 하면서도 한편으로 부러워하던 시기였다. 특히 집이 그랬다. 집에 대해 오직 에너지를 쏟아붓고 집을 자신과 동일시하던 시절이었다. 집은 위계질서를 드러내고 외부적 신분을 결정짓는 요소였기 때문이다. 나도 이사를 13번 정도 했던 것 같다. 주로 근무지를 따라다녔기 때문이었지만, 투기를 염두에 두고 좀 더 나은 아파트를 찾기 위해 이사를 한 적도 몇 번 있었다.

국민학교 시절 중학생과 싸움을 벌인 적이 있었다. 구슬 따먹기를 하던 중에 중학생이 속임수를 써 내가 구슬을 왕창 잃었기 때문이다. 요즘 유행하는 드라마, 오징어 게임에 나오는 바로 그 놀이였다. 그때만 하더라도 구슬에 대한 소유욕은 절대적이었고, 가난했지만 수북이 담겨 있는 구슬 통을 바라보면 배가 부르던 시절이었다. 불알을 걷어차인 나는 도저히 분을 참을 수 없었다. 그를 상대하기가 버거워 나는 부엌에서 식칼을 들고나와 야산으로 도망가는 녀석을 거의 1시간 동안 뒤쫓아 다녔다. 시간이 지나니 분이 사그라졌고 더 쫓아가기가 머쓱해졌다.

언젠가 아들이 말을 듣지 않는다고 분을 못 이겨 한겨울에 아들을 팬티만 입혀 집 밖으로 내보낸 적이 있었다. 아들로부터의 권위와 인정 욕구가 좌절된 아버지로서의 망가진 체신 때문이었다. 아직도 기억이 생생한 식탐 얘기도 있다. 화엄사에서 저녁 공양했을 때였다. 절 음식이 너무 깔끔하고 먹음직스러웠다. 허기도 지고 해서 식판에 밥과 반찬을 가득 담았다. 절 음식은 한 톨이라도 버려서는 안 되기에 억지로 꾸역꾸역 먹었다. 술에 취해 도우미와 함께 모텔에 들어갔던 그 사건도 그랬다. 도우미는 도저히 몸을 가눌 수 없어 나를 할 수 없이 모텔로 데려왔다고 말하며 내게 변명의 기회를 주었다. 그러나 순간적인 성적 충동으로 오히려 내가 도우미를 잡아끌고 들어갔었을 것이라는 생각을 지울 수 없었다.

6

다섯 번째 별에는 가로등만을 켜는 사람이 살고 있었다.

그 별은 너무 작아 가로등 하나와 가로등 켜는 사람이 있을 자리밖에 없다. 세상에서 가장 힘이 없고 시달리는 직업이다. 그는 보이지 않는 곳에서 온갖 궂은일을 도맡아 하고 있다. 모두를 위해 일하지만 별 볼 일이 없는, 아무것도 아닌 사람이다. 안타까운 것은 그가 하는 일은 먹고 살기 위해 누가 시켜서 마지못해서 하는, 어떤 의무감 같은 것에서 비롯된 것이라는 점이다. 그는 가장 많은 희생을 당하고도 가장 무기력한 보통의 사람이다. 생계의 굴레에 갇혀 살아가는, 소위 먹고사니즘에 사로잡힌 사람이다.

우리 주변에서는 그런 사람들을 쉽게 볼 수 있다. 밤낮으로 뱃길을 안내하기 위해 불을 밝히는 등대지기도 그렇고, 새벽녘에 야광 띠를 두르고 거리를 청소하는 청소부도 그렇다. 고층 빌딩의 유리창을 닦는 인부도 그렇고, 머리에 붉은 띠를 두르고 정규직 전환을 요구하는 요금소 수검 원도, 하루에 수십 건의 물량을 소화해야 하는 택배원도 그런 사람들이다. 모두가 하나같이 극한 직업을 가진 사람들이거나 먹고 살기 위해 하루하루를 그냥 하릴없이 바쁘게 살아가는 사람들이다. 나의 주변에서는 바로 형을 꼽을 수 있다.

어느 해, 형은 비닐하우스 농사에 손을 대기 시작했다. 참외와 수박 농사였다. 벼농사까지 삼모작인 셈이다. 그전에는 농한기가 있었지만, 하우스 농사를 짓고부터는 하루라도 쉴 틈이 없었다. 하우스 농사는 손이 엄청 많이 가는 고된 작업이다. 벼농사를 끝내면 바로 이어서 그 자리에 비닐하우스를 설치한다. 철골을 박고 비닐을 입힌다. 겨우내 비닐하우스에서 참외 모종을 가꾼다. 하우스 밖은 늘 매서운 바람에 영하로 내려가는 혹한의 날씨다. 그러나 안은 한여름이다. 땀을 뻘뻘 흘려야 한다. 안과 밖의 기온 차가 심하다. 잘못 적응하면 건강을 잃어버리기에 십상이다. 비닐 안은 늘 같은 수준 온도를 유지해 주어야 한다. 그래서 밤이면 두툼한 검은 천으로 하우스를 덮어둔다. 천은 밖에만 덮지 않고 비닐 안에도 이중으로 덮어 놓는다. 아침 햇살이 비칠 때면 덮어두었던 그 천들을 차례차례로 다시 벗겨내야 한다. 온종일 모종과 씨름을 한 후 저녁이 되면 역순으로 천과 비닐을 차례대로 또 덮어야 하는 일상이 겨우내 이어진다.

고된 하루를 보내고 나면 푹 쓰러져 일찍 잠이 든다. 눈이 내린다는 일기 예보가 있는 날이면 잠을 잘 수가 없다. 선잠을 잔다. 눈의 무게를 감당치 못하고 비닐하우스가 폭삭 주저앉을 수도 있기 때문이다. 밤을 지새우며 비닐하우스를 지킨다. 눈이 쌓이면 빗자루나 가래로 비닐 위의 눈을 밤새도록 쓸어내려야 한다. 그날도 눈이 내린다는 일기 예보가 있었다. 형은 간밤에 폭설이 내린 것을 뒤늦게 알고 놀라서 뛰쳐나왔다. 형수가 벌써 나와 눈을 쓸어내리고 있었다. 형수는 밤새도록 비닐하우스를 지켰다. 덕분에 비닐하우스는 어제의 그 모습을 그대로 유지하고 있었다. 이튿날 아침, 주변의 몇몇 비닐하우스는 주저앉아버렸다.

참외가 익으면 이제 좋은 값에 팔아야 한다. 출하 과정도 참외를 기르는 것만큼이나 지난하다. 참외를 따서 한곳으로 모은다.

참외를 일일이 씻고 깨끗이 물기를 닦는다. 크기별로 또 분류해야 한다. 생산지와 이름이 표기된 상자를 주문한다. 참외를 상자에 담고 포장한다. 그러고 나서 농협에 경운기로 배달하면 마무리된다. 늦가을 철골로 기둥을 세우고 농협에 참외 상자를 직접 갖다 바치는 지난한 전 작업 과정이 생산자인 형이 담당해야 할 몫이다.

항만 노동자들도 형처럼 극한 직업을 가진 사람들이다. 인천항에는 한때 6천여 명에 달했던 노동자가 지금은 1천여 명만이 남아 부두에서 일한다. 130여 년에 걸친 인천항의 역사는 그들과 함께 이루어졌다. 처음에 그들은 짐을 어깨에 지고 메고 하면서 짐을 날랐다. 석탄이나 양곡 같은 화물은 직접 삽으로 떠서 작업했다. 그들의 작업을 힘들게 한 것은 열악한 환경이었다. 짐에서 떨어져 나오는 먼지와 석탄, 양곡, 고철 등에서 발생하여 뿌옇게 떠돌아다니는 분진 가루가 그들의 작업을 힘들게 했다. 온갖 궂은일은 그들의 몫이지만 먹고사는 일에 대한 절박함 때문에 그들은 어수룩함과 성실성 그리고 인내심으로 극한적 삶을 스스럼없이 받아들였다.

가로등을 켜는 일은 별 하나를, 꽃 한 송이를 더 태어나게 하고, 가로등을 끄는 일은 그 꽃이나 별을 잠들게 하는, 아름답고 유익한 일이다. 참외 농사를 짓는 사람, 하역 작업을 하는 사람들은 가로등 켜는 사람과 마찬가지로 우리의 삶을 풍요롭게 만드는 고마운 일을 한다. 참외 농사는 한겨울에 풋풋한 과일을 생산하여 저렴한 가격으로 제공하는 고마운 일이고, 하역 작업은 항만의 최전선에서 수출입 화물을 적기에 실어 나르는 데 있어 없어서는 안 될 중요한 일이다. 그들은 모두를 위한 일을 하는 사람들이지만 그 혜택을 받는 이들은 그에 상응하는 보상이나 대접을 하는 것을 알게 모르게 외면한다. 그래서 그들은 멸시 속에서 현실을 견디어 내는 아무것도 아닌 사람들이다.

형은 참외 한 상자의 값으로 그때 4만 원을 받았다. 내가 형의 일손을 거들고 집으로 돌아왔을 때, 우리 아파트 과일 가게에서는 참외 한 상자 가격이 10만 원이었다. 너무 억울한 가격이었다. 긴 겨울의 혹한을 견뎌내며 고된 작업 과정을 거쳐 생산된 참외는 겨우 유통 과정 하나를 거쳤을 뿐인데 그 가격은 그렇게 망가져 버렸다. 그동안 유통 과정에 문제가 있다며 수시로 물류 개선책을 들고나왔지만, 현실에서 달라진 것은 없었다. 항만 노동자도 마찬가지였다. 열악한 작업 환경을 개선하고 임금을 인상해야 한다는 목소리는 여전히 공허한 메아리였다. 그들은 모두 가장 많은 희생을 당하고도 가장 무기력한 군상들이었다.

별의 회전 속도가 빨라지면 가로등 켜는 사람은 바빠진다. 산업도 그렇다. 언제부턴가 산업이 자동화, 기계화되어가는 속도가 엄청나게 빨라졌다. 그 후유증 중의 하나는 실업이다. 실업자가 늘어난다. 일자리를 유지한 남은 이들은 노동 강도가 더 강해진다. 일의 효율은 올라가지만 일은 바빠지고 임금은 줄어든다. 그들은 정규직일 수도 있지만, 대부분이 비정규직이다. 그나마 유지하고 있는 일자리를 언제 잃을지도 모른다. 자동화, 기계화될수록 삶의 질이 급격히 떨어지는 것이다. 이것이 그들이 노동조합을 결성하기 시작한 이유이기도 하다.

그동안 멸시 속에서 현실을 견뎌내고 있던 그들은 연민과 기대감의 대상이자 역사 변혁의 주체가 되기도 했고, 때로는 정파의 상투적인 구호의 대상이 되기도 했다. 또한, 공정이라는 잣대를 두고 진보와 보수라는 극단적 이념 갈등을 일으키기도 했다. 그러나 그동안 바뀐 것은 아무것도 없었다. 혹시나 하는 수많은 역사적 환상과는 달리 그런 갈등은 되풀이되고 있다. 해마다 진통을 겪고 있는 최저 임금제만 하더라도 그렇다. 생계가 어렵다면 사회를 바꾸어야 하지만 생계가 붙어있는 한에서는 그 최소한의 생계를 놓치지 말아야 한다. 그들이 최저 생계비에 목을 매는 이유다.

그렇지만 어린 왕자는 말한다. 가로등 켜는 사람은 어리석긴 해도 왕이나 허영심이 많은 사람, 술꾼이나 장사꾼보다는 부끄럽지 않고, 덜 어리석고, 유익한 일을 하는 아름다운 사람이라고. 그렇다. 군이 그들로부터 한 가지 위안을 얻는다면 그들은 권력이나 허영, 돈이나 명예를 찾아 주위를 두리번거리거나, 인정 욕구에 목을 매어 살아가는 우스꽝스러운 짓은 하지 않는다는 사실이다. 그러나 그들이 처한 현실은 참 서글프다. 비록 그들의 처지가 자신의 탓이 아니라고는 해도 결코 바람직한 삶의 모델이 될 수는 없기 때문이다. 요즈음은 그래서 자신만이 잘할 수 있는 방식으로 일을 찾고, 먹고 살아가는 게 좋다고들 한다. 그러나 그런 자질이나 재능이 없는 이들에게 그런 말은 그저 허공의 메아리로만 들릴 뿐이다.

인천항 8부두는 고철을 취급하는 곳이었다. 중량 화물을 취급하기 위해 지게차가 도입되고 대형 크레인이 설치되었다. 사람이 하던 하역 작업을 기계가 대신하게 된 것이다. 항운 노조는 기계와의 투쟁을 시작했다. 사람들은 기계화되면서 몸은 편해졌지만, 실직의 두려움에 직면해야 했다. 항만 하역의 기계화는 노동조합의 존속을 위협했다. 항운 노조는 근로자의 실직에 대책이 없는 기계화를 반대하고 나섰다. 그대까지만 하더라도 기계로 인해 손상되는 노동의 대가는 노조의 강력한 요구로 보상받았다. 그래서 실제로 잘리거나 임금이 감소하는 일은 많지 않았다. 그러나 인천항 8부두는 달랐다. 정부가 기계화에 거액을 쏟아부었기 때문이다.

실직도 그렇지만 우선 직면한 것이 하역 요율이었다. 하역 요율이란 하역 대가로 화주가 하역 업체에 지급하는, 톤 단위로 책정된 요금이다. 새로 책정되는 하역 요율은 정부의 승인을 받아야 한다. 나는 그 승인의 실무 책임자였다. 새로 책정되는 하역 요율은 당연히 기계화에 해당하는 몫만큼 줄어들어야 한다. 그게 기계화에 따른 효율이고 정부 예산으로 투자하는 이유이기도 하다. 거기에는 노동조합의 몫이 들어있다. 그러므로 노동조합의 몫도 그에 상응하는 만큼 당연히 줄어들어야 한다. 그러나 노동조합은 그들의 몫은 한 치도 양보할 수 없다는 주장을 폈다. 종전에 받던 노동조합 몫의 요금을 그대로 반영해 달라고 요구했다. 관철이 안 되면 파업도 불사하겠다고 으름장을 놓았다. 극과 극의 대치 상태가 몇 달 지속되었다.

나는 나름 적정 보상을 고려한 하역 요율을 책정하여 합의를 시도했으나 그들은 막무가내였다. 파업이라는 초유의 사태에 직면하기 일보 직전이었다. 전국으로 이어지는 동조 파업은 불을 보듯 뻔한 것이었다. 물류 동맥이 끊기면 수출입 화물 수송은 아주 정지된다. 본부에 보고했으나 관계자들은 하나같이 그 문제에 직접 관여하는 것을 꺼렸다. 본부로부터 어떤 지침이나 지시도 받지 못하고 인천으로 돌아오는 지하철 안에서 등줄기를 타고 흘러내리는 식은땀이 그들의 싸늘한 시선처럼 끈적거렸다. 관계 기관도 사태의 추이를 그냥 관망만 하고 있었다. 노동조합의 요구 사항에 대해 정면에 나서는 이가 아무도 없었다. 심지어 언론도 침묵을 지키고 있었다. 하역기계화가 진행되고 있는 다른 항만에서도 사태 추이를 예의 주시하고 있었다.

그러나 나는 항운 노조의 요구를 도저히 받아들일 수가 없었다. 논리적이거나 합리적이지 않은 것은 그렇다 치더라도 다른 항만에 그런 선례를 남길 수는 없는 것이었다. 몇 달을 그렇게 보냈지만, 해결의 실마리를 도저히 찾을 수가 없었다. 그래서 결심한 것이 양심선언이었다. 사태의 근원적 치유를 위해서는 이 시점에서 그들의 불합리한 요구 사항에 대해 양심에 따라 사회적으로 호소해 보겠다는 취지였다. 양심선언이란 대게 권력기관이 저지른 비리나 부정을 사회적으로 폭로하는 것이다. 이 경우는 그 반대였다. 공무원이 노동조합을 상대로 하는, 분수도 모르고 분위기도 파악 못 하는 황당하고 엉뚱한 짓이었다.

양심선언을 한 후 사직서를 제출할 요량이었다. 제일 먼저 집사람과 이 문제를 조심스럽게 상의했다. 집사람은 힘들고 괴로워하는 나의 모습을 오랫동안 지켜보고 있었다. 박봉으로 겨우 살림을 연명하는 공무원 부인도 먹고사니즘에 예외는 아니었다. 어렵사리 거머쥔 금수저를 내려놓는 일이 그리 쉬운 일이겠는가? 며칠이 지난 어느 날 밤 집사람은, 나의 손을 잡고 그렇게 하라고 말하며 눈물을 찔끔거렸다. 나를 믿는 듯했다. 우리는 손을 서로 맞잡고 뜬눈으로 밤을 지새웠다. 그런데 그다음 날 갑작스 러운 일이 벌어졌다. 내가 부산으로 전보 발령을 받은 것이다. 미 리 준비된 의도적인 인사였을까? 나는 아직도 그 이유를 모른다. 분명한 것은 그 인사가 정기적 인사는 아니었다는 사실이다.

그 이후 8부두 사태는 우려했던 파업 사태 없이 마무리되었다. 그들의 요구 사항이 거의 관철되었기 때문이다. 지금은 다른 항 만에도 최첨단 시설의 현대화, 기계화가 마무리된 상태. 노동 조합의 인력 공급 체제도 바뀌었다. 조합 소속 일용직 근로자를 하역 회사별로 상시 고용하는 체제로 전환된 것이다. 무소불위 의 항운 노조 독점 고용권이 깨지면서 항만의 숙원 사업이 드디 어 이루어진 것이다. 그동안 있었던 갈등의 연결 고리를 끊어내 고 노사정이 다 함께 이루어 낸, 화합의 대 결실이었다. 그렇다고 노사 간의 갈등이 사라진 것은 아니었다. 노동자는 그들이 소속 된 사용자 측과 또 다른 투쟁을 이어가야 했기 때문이다.

나는 그때 내가 하려 했던 그 처신과 행동들을 돌이켜 보았다. 먹고사니즘의 삶의 현장에 논리적이고 합리적인 하역 요율 체계 를 들이댄다는 것이 정의로운 짓이었을까? 아니면 정의를 가장 한 위선이었을까? 과연 정의란 잣대를 들이댈 수 있는 합당한 기 준이 있기는 하는 것일까? 그게 아니라면 나는 무엇 때문에 그 런 처신과 행동을 취했을까? 사실, 나는 그때 정의와 공정에 대 한 확고한 잣대와 신념이 없었다. 오직 공무원이라면 법과 원칙 에 충실하여야 한다는 절박한 소명 의식만 있었을 뿐이다. 아무 래도 그때 그 처신과 행동은 주위의 평가와 시선을 의식한 인정 욕구 때문이었을 것이라는 생각을 감출 수가 없었다.

7

우리에게는 널리 알려지지 않은 욕망이 하나 더 있다. 지식욕이 그것이다.

욕망은 집착으로 이어지기에 사람을 힘들게 한다. 지식욕도 마찬가지다. 무지에 대한 불안과 지식에의 집착은 삶을 힘들고 고되게 만든다. 앎에 대한 집착이 나쁘다는 얘기는 아니다. 욕심의 차원을 넘어선 탐욕처럼 너무 집착이 과하면 삶이 피폐해진다는 말이다. 우리는 여러 분야의 지식을 기웃거린다. 그건 호기심일 수도 있고 지식욕일 수도 있다. 그런 사람을 우리는 박학다식하다고 말하며 그들을 부러워한다. 그런 논리라면 우리는 지식의 깊이도 그렇거니와 지식의 폭도 한없이 또 늘려야 하는 딜레마에 빠진다.

어린 왕자가 마지막으로 들른 별에는 지리학자가 살고 있었다. 그는 지식욕에 찌들어 있는 사람이었다. 지리학자와 어린 왕자는 서로 관점에 이견을 보인다. 어린 왕자는 별에 두고 온 장미를 소중하게 생각하고 있지만, 지리학자는 꽃은 덧없는 것이라고 말한다. 덧없다는 것은 쉽게 변한다는 뜻이다. 꽃은 결국 자라서 시들어 죽기 때문에 그렇다는 논거다. 그는 변하기 쉬운 꽃은 지리적으로 표시할 가치가 없다고 말한다. 그러면서 그에게는 변하지 않는 산, 강, 바다, 호수 같은 것이 중요하다고 말한다.

우리가 안다고 하는 것은 사실 모두 배우고 보고 검색하고 읽고 들은 것이다. 지리학자도 그렇다. 지리학자는 자기 눈으로 직접 확인한 것을 기록하는 것이 아니고 탐험가 등이 알려준 것만을 기록한다. 그래서 처음에는 연필로 기록했다가 검증이 되면 비로소 잉크로 지도에 표시하였다. 지리학자는 가만히 앉아서 남이 들려주는 얘길 검증하는 것으로 자기가 안다고 말하였다. 하지만 그건 자기가 아는 게 아니라 남이 아는 것이다. 안다는 것은 자기가 직접 경험하여 겪어보고, 살펴보고, 다녀보고, 느껴본 것을 말한다. 그게 지식과 지혜의 차이다.

지식이 편안한 상태에서 머리로 습득하는 것이라면 지혜는 대체로 고통과 난관 속에서 온몸으로 부딪혀 깨달아 습득하는 것이다. 그래서 지혜를 남에게 전달하기가 대단히 어렵다. 불행히도 우리는 지식욕을 가지고 태어나 지식과 정보에 묻혀 살아간다. 그것이 모든 것을 해결해 줄 것이라 믿고 산다. 그러나 사람과의 관계에 있어 지식이 없으면 손해를 보지만 지혜가 없으면 괴로울 일이 많아진다. 우리가 지식보다 지혜를 더 필요로 하는 이유가 거기에 있다.

어느 해 세모였다. 그해도 예외 없이 카톡이나 문자를 통해 한 해를 보내는 아쉬움과 함께 새해 인사말을 서로 주고받고 있었다. 고등학교 송년 모임도 아마 그즈음이었을 게다. 내 옆자리에 오랜 친구 S가 앉아 있었다. 그 친구는 틈만 나면 그림을 즐겨 그렸다. 그동안 자신이 그려왔던 그림들이 마음에 들지 않아 요즈음은 다른 스타일로 새롭게 시작하고 있다고 했다. 헐, 이 나이에. 속으로 그렇게 놀랐지만, 그날 그 친구가 보여 준 한 폭의 그림은 문외한이 보더라도 전혀 다른 느낌으로 다가오는, 새롭고 신선한 화풍이었다. 나는 S에게 카톡을 날려 보냈다.

친구야.

한해의 끝자락이다. 시간은 시작과 끝이 있는 모양이다. 그래서 우리는 끝자락을 붙들고 아쉬워하고 슬퍼한다. 그러나 속으면 안 된다. 영원하다는 것은 시간을 초월한 그 무엇이며 '지금 여기'의 연속이기에 더욱 그렇다. 우리는 그냥 '지금 여기'에 충실하면 된다. 이해인 수녀는 '오늘이 마지막인 듯이 충실히 살다 보면 첫 새벽의 기쁨이 새해에도 항상 우리 길을 밝혀 주겠지'라고 했다. 자네의 새로운 화풍 역시 지금 여기에서 구하고 있는 그 무엇이 아닐까? 세모의 아쉬움이나 첫새벽의 기쁨이 그냥 지금 여기에 하나이길 소망해 본다.

영원하다는 것은 시간을 초월한 그 무엇이며 지금 여기의 연속이기에 속으면 안 된다니? 그게 무슨 헛소리란 말이냐? 시작은 시작이고 끝은 끝이라야 한다. 그 둘이 합해지는 일이 있어서는 안 된다. 시작 혹은 끝이라는 개념이 있어야 시간적 유한성 개념이 탄생하고 그로부터 소멸과 죽음에 대한 공포가 시작된다. 그런데 나는 그런 사고는 우리의 시각으로 바라보는 형식 논리라며 건방을 떨었다. 그러면서 선지식의 말을 인용하며 아는 척했다. 선지식의 앎은 온몸으로 부딪혀 스스로 깨달아 습득한 것이다. 그런데도 나는 편안하게 머릿속에서 습득한 그 앎이 내 것인 양 아는 체하며 카톡을 날려 보냈다. 내가 체득한 얕은 지식을 드러내어 과시하고 우쭐대고 싶었던 것이다.

아는 척하다 무지가 드러나 스스로 망가진 얘기가 또 하나 더 있다.

공무원으로 정식 임용되기 전 중앙 공무원 교육원의 관리자 양성 과정에서 6개월간 합숙 훈련했을 때의 일이다. 그때 우리는 마치 대학에 갓 입학한 신입생처럼 시험의 굴레에서 벗어나 그동안 맺혔던 응어리를 풀고 싶었다. 늦었지만 못다 한 풋풋한 젊음과 자유를 느끼고 싶었다. 그래서 우리는 고된 훈련 틈틈이 짬을 내어 운동장에서 함께 뒹굴기도 하고 술도 마시고 노래도 부르고 책도 읽었다. 연애에 관심을 가지는 여유도 생겼다. 단체 미팅도 그 여유 중의 하나였다. 얘기로만 전해 들었던, 처음으로 해 보는 미팅이었다. 상대는 서울에서 내려온 여대생이었다. 부산에서 태어났다고 했다. 키도 훤칠하고 예뻤다. 마음이 설레고 콩닥거렸다. 키도 작고 외모도 시원찮고, 게다가 학벌도 없고 가난한 나에게는 과분한 상대였다. 우리를 이어줄 대화의 고리는 고향 얘기가 고작이었다. 내가 살았던 곳이 그녀가 살고 있던 바로 이웃 동네였기 때문이다.

동향이 우리의 만남을 이어준 것일까? 아무튼, 우리는 그때부터 만나기 시작했다. 식사를 마친 어느 날 저녁, 그녀는 자기가 다니는 학교에 가 보자고 제안했다. 대학교에 발을 들여 보는 것도 처음인데 그것도 여대에! 금남의 지대라고 생각했던 그곳에 남자인 나를 데리고? 의아하고, 당황했지만 나는 속으로 쾌재를 불렀다. 그녀는 이곳저곳을 안내하며 학교의 이모저모를 열심히 설명해 주었다. 나는 주눅이 들어 그냥 듣고만 있었다.

우리는 달빛이 쏟아지는 캠퍼스 잔디 위를 아무 말 없이 걸었다. 꽤 긴 시간이 흘렀다. 무슨 얘기라도 꺼내야 할 것 같았다. 갑자기 내가 연극 「에쿠우스」얘기를 꺼냈다. 그 당시 신문의 문화면에는 그 연극에 관한 기사가 연일 지면을 할애하고 있었다. 그녀도 반가운지 자기도 좋아하는 작품이라며 그 연극 얘기를 꺼내기 시작했다. 그러나 주고받던 대화가 이내 끊겨버렸다. 그녀가 꺼냈던 얘기에 대해 내가 더 대화를 이어갈 수 없었기 때문이다.

사실 나는 그 연극을 본 적도 없었고 그에 대해 깊이 아는 바도 없었다. 잡지나 신문에서 기웃거리며 얻은 얕은 지식이 전부였다. 눈치를 챈 그녀는 화제를 다른 데로 돌렸다. 우리는 그날 그렇게 헤어졌다. 그리고 그것으로 우리의 만남은 끝이었다. 일방적으로 연락을 끊은 것은 물론 내 쪽이었다. 지금도 나는 가끔 씁쓸한 미소를 머금은 채 그녀를 떠올린다. 그럴 때면 망가졌던 내 모습이 부끄러움과 함께 겹친다. 미련이 남아서인지 늘그막에 안양 평촌 아트홀에서 그 연극을 챙겨 보았다. 그때도 그런 느낌이었지만 참 난해한 연극이었다. 그냥 아는 척하기에는 너무 어려운 작품이었다.

선한 자기·나쁜 자아, 그 지질한 싸움

1

퇴직한 지 그새 몇 년이 흘렀다.

언젠가 안양천을 걷고 있을 때였다. 헤드폰에서 노래가 들려왔다. 내 나이와는 어울리지 않는 젊은 가수의 노래였다. 가사가 재미있어 귀를 기울였다. 내 인생은 이토록 화려한데 너무 외롭고 눈물이 난다, 고독이 온다, 나는 이 순간 진짜 행복할까, 내가 존재하는 이유가 뭘까, 하고 가수는 끊임없이 되묻고 있었다.

우리는 아무 생각 없이, 무엇을 위한 것인지도 모르면서 습관적으로 살아간다. 잠을 자고 아침에 일어나 세수하고 직장에 나가 인사를 나누며 컴퓨터를 두드리며 일한다. 집에 들어가 저녁을 먹고 TV를 켠 후 이리저리 채널을 돌리다가 잠자리에 든다. 일상의 정형화된 틀에서 아무 생각 없이 습관적이고 기계적으로 살아간다. 반복되는 삶이 지루하고 지겹다.

그래서 새로운 것을 찾아 나선다. 가끔 새로운 세상에 부대끼면 가슴이 설레기도 한다. 새로운 것이 때로는 호기심과 쾌락을 채워 준다. 삶이 그런대로 괜찮아 보인다. 어쩌면 인생이 화려해 보이기까지 한다. 하지만 새로운 쾌락이 가슴을 채워 준다 해도 늘 가슴 한쪽에는 채워지지 않는 공허함이 웅크리고 있다. 심지어 불안하기까지 하다. 문득 고독이 온다. 이 순간이 진짜 행복한 걸까? 내가 존재하는 이유가 뭘까?

돌이켜보니 내 삶이 그랬던 것 같다. 그런대로 잘 살아왔다고 생각했는데 여전히 더 나은 삶에 대한 미련이 가시지 않는다. 채 이루지도 키우지도 못한 채 묻어 둔 일이 너무 많다. 그동안 무엇을 선택했든, 다른 무언가는 선택에서 제외된 셈이고 그 일은 내 안에 어두운 그림자로 남아 왠지 나를 작아지게 한다. 더욱이 내게는 아직 아물지 않은 사건, 공사의 노사 분규가 안겨준 수치심과 죄의식이 여전히 잊히지 않는 트라우마로 자리하고 있었다.

퇴직 후 변한 게 있다면 걷는 것이었다. 하루 이틀 그렇게 걷다 보니 일상이 되었다. 거의 매일 아침 일찍 걷는 것으로 하루를 시작했다. 주로 가까이 있는 둘레길을 걷거나 야트막한 동네 뒷산을 올랐다. 먼 길을 떠나 들과 산을 찾을 때도 있었다. 설악산, 태백산, 지리산, 한라산 등 제법 높은 산에도 올랐다.

길은 음악이 흐르고 풍경이 함께한다. 길은 또한 온갖 생명체가 더불어 살아가는 조그마한 삶의 시공간이다. 끊임없이 생명체가 태어나고 사라지고를 반복하는 인연의 연속이다. 길은 또한 생각이 깊어지는 곳이다. 머리가 아닌 발자국으로 사유하게 하는 방법을 깨닫게 해주기 때문이다. 그러나 한참을 걷노라면 어느새 그 틈 사이로 온갖 망상과 잡념이 끼어들었다. 그런 생각의 중심에는 늘 허 검사원의 죽음에 따른 죄책감과 수치심이 차지하고 있었다.

집에서 조용히 눈을 감고 명상의 시간을 가질 때도 그랬다. 눈을 감고 천천히 깊이 심호흡한다. 숨을 들이마신 후 다섯을 세는 동안 숨을 멈춘 후 천천히 숨을 내쉰다. 들이마시고 멈추고, 내쉬고 또 들이마시고, 멈추고 또 내쉬기를 반복한다. 오직 호흡에만 집중한다. 몸과 마음이 이완된 뒤 의식 깊숙이 들어간다. 그러나 어느새 그 명상의 틈새로 그동안 인정 욕구의 언저리를 맴돌고 있던 공허함이 어김없이 끼어들었다.

늘 그랬듯이 그날도 조용히 눈을 감고 명상에 잠겼다.

한 아이가 떠오른다. 사진첩에 끼어 있는 어릴 적 내 얼굴이다. 흑백의 빛바랜 사진 속 아이는, 빡빡 깎은 머리에 코밑으로 콧물 자국이 반들거리지만, 얼굴은 티 없이 맑고 깨끗하다. 환하고 해 맑게 웃고 있다. 또 다른 사진 한 장이 떠오른다. 운전면허증을 발급받기 위해 시청 이발소에서 급히 찍은 사진이다.

사진 속의 한 늙은이가 나를 쳐다보고 있다. 군데군데 주름이 져 있다. 사진사의 주문대로 입가를 치켜올려 환하게 웃고 있는 모습이다. 환하게 웃으면 얼굴이 활짝 펴져야 한다. 그런데 패어 있던 주름의 골이 더 깊고 굵어진다. 그새 보이지 않던 주름도 군데군데 다시 드러난다. 그동안 가면과 껍데기를 덮어쓰고 살아왔던 아이가 이제 어른이 되어 본색을 드러낸 것이다.

그 아이가 지금 울고 있다. 그동안 덮어쓰고 있던 것들을 벗겨 달라고 보챈다. 왜 가짜 인생, 거짓 인생만을 전전하며 이따위로 살아왔느냐고 따진다. 내가 누군지, 무엇을 원하는지도 모르고, 그저 타인의 시선만을 의식하고 살아온 이유가 무엇이냐고 따져 묻는다. 내 삶의 주인이 난데 왜 그 기준이 남이 되어야 하고, 다른 사람의 한 줄 평가로 인생이 좌지우지되어야 하느냐고 따진다. 줄곧 내 것이라고 우기고, 다름을 틀린 것이라고 고집을 부리는 이유가 무엇이냐고 대든다. 늘 경계에 끌려다니고 휘둘리며 살아가다 그저 죽음으로 다가가고 있는 나는 도대체 누구냐고 따진다.

그런 정체성의 혼돈 때문이었을까? 나는 언제부턴가 인문학을 기웃거리고 있었다. 동네 도서관이나 책방에 들러 인문학 관련 서적을 뒤졌고, 인문학에 관한 대중 강연에도 참석하곤 했다. 플라톤 아카데미도 그중의 하나였고, 철학자 칼 구스타프 융과 알프레트 아들러를 만난 것도 그때였다.

2

그러던 어느 날이었다. 인정 욕구 때문에 또 황당한 사건이 벌어졌다.

늘 그랬듯이 그날도 새벽녘에 백운 호수 둘레길을 걷고 집으로 들어와 책상에 앉았다. 열어 놓은 창문 너머로 뒷산의 초록 향기가 하얀 햇살에 묻혀 스며들고 있었다. 한참 자판을 두드리고 있는데 핸드폰이 울렸다. 곁눈질해 보니 아빠, 라는 문자가 핸드폰 화면에 비치더니 이내 사라져 버렸다.

하던 일을 멈추고 문자를 확인했다.

"아빠, 휴대 전화가 망가져 AS 들어갔어. 지금 인터넷 전화를 쓰거든. 임시 카톡을 개설하게 아래 적힌 번호로 연락을 줘"

딸아이의 문자였다. 휴대 전화가 망가졌으니 딸아이 전화번호로 연락할 수는 없는 것이었다. 딸아이가 시키는 대로 새로 찾기에 딸아이의 이름으로 그 전화번호를 등록하고 전화를 걸었지만 받지 않았다. 나는 마음이 급해 바로 카톡방을 개설하고 딸아이에게 문자를 보냈다.

"조은 하루….."

딸아이와 문자를 주고받을 때 평소 서로 즐겨 쓰던 문구였다.

바로 답장이 왔다.

"아빠, 편의점에 좀 갔다 올 수 있어?"

"그러지, 뭐."

"편의점에 가서 20만 원짜리 구글 기프트 카드 두 장만 사줘. 아는 사람이 게임회사에 다니는데 한도 초과라 내게 부탁했어. 친한 사람이라 거절할 수가 없어서 그래."

"알았어."

구글 기프트가 뭔지 몰랐지만 나는 아무 생각 없이 그냥 그러겠다고 했다

"카드 뒷면 라벨을 벗긴 후에 그 사진을 보내줘. 편의점에서 벗기면 남에게 노출될 수 있으니 밖으로 나와 벗겨. 어디에 사용할 것인지 물으면 그냥 아빠가 사용한다고 해."

편의점에서 카드 두 장을 현금으로 샀다. 직원이 어디에 쓸 것이냐고 물었다. 잠시 머뭇거리다가 딸아이가 말한 대로 내가 쓸 것이라고 대답했다. 집으로 돌아온 나는 딸아이가 시키는 대로 급하게 라벨을 벗긴 후 카드 뒷면 사진을 찍어 보냈다.

"고마워, 아빠."

나는 다시 책상에 앉아 글을 쓰기 시작했다.

"아빠, 좀 더 사 줄 수 있어? 아는 사람이 내게 돈을 보내면서 또 부탁하네. 폰 AS 끝나면 바로 보내 줄게. 80만 원어치만 더 사 줘. 부탁해 아빠."

귀찮았지만 그리해야겠다는 생각이 들었다. 모처럼 딸아이의 부탁이라 다시 편의점으로 갔다. 이번에는 눈치가 보여 다른 편의점으로 갔다. 현금 지급기에서는 한도 초과라 30만 원까지만 뽑을 수 있었다. 나는 20만 원짜리 카드 한 장을 산 후 현금 지급기 옆에서 또 사진을 찍어 보냈다.

"오늘은 한도 초과라 더 안 돼."

"알았어."

얼마지 않아 다시 문자가 왔다.

"아빠, 어떻게 좀 해 줘. 친구한테 좀 빌리든지, 아니면 은행가면 될 텐데…."

"오늘은 토욜…."

토요일이라 은행 문을 열지 않는다고 말은 했지만, 딸아이의 우는 소리가 안쓰러웠다. 이런저런 궁리를 하다 절에서 초파일 행사를 준비하는 집사람에게 전화를 걸었다. 자초지종을 설명하고 집에 현금이 있는지를 물었다. 집에는 없지만, 그 정도의 돈은 지금 자기 수중에 있다고 했다. 좀 갖다줄 수 있는지 내가 물었고 집사람은 딸아이의 그런 부탁이 못마땅했는지 투덜거렸다. 그러면서 돈을 가지고 내게로 오겠다고 했다.

기다리는 동안 농협 현금 지급기 부스로 들어가 바람을 피하고 있었다. 보이스 피싱을 조심하라는 안내판이 눈에 들어왔다. 딱히 시선을 둘 데가 없었기 때문이었을까? 그 입간판이 자꾸 눈에 들어왔다. 차를 몰고 급히 달려온 집사람은 슬리퍼 차림으로 길가에서 혼자 서성거리고 있는 내 모습에 못마땅해했다. 그러면서 딸아이가 왜 그런 부탁을 하는지 모르겠다며 혼잣말하고 되돌아갔다. 집사람으로부터 돈을 건네받은 나는 다시 20만 원짜리 카드 3장을 사서 사진을 찍어 보냈다.

"고마워, 아빠"

고맙다는 딸아이의 문자에 내가 답했다.

"ㅇㅎㄷㅇ"

'아, 힘들어'라는 머리글자를 딴 것이다. 미안해할 것 같아 일부러 그렇게 문자를 보냈지만 내가 보낸 속뜻을 못 알아차린 듯 답이 없었다. 나중에 만나면 놀려 주어야지, 하고 속으로 ㅋㅋ 거리고 있는데 또 문자가 왔다.

"80만 원어치 좀 더 해주면 안 돼?"

"오늘은 한도 초과라 끝⋯."

"알았어, 아빠. 내일 좀 부탁해."

그렇게 대답하고 나니 또 마음이 쓰였다. 오늘 중으로 해줄 방법은 없을까? 집사람에게 문자를 보냈다.

"현금 80만 원이 더 필요한데 융통할 수 있을지⋯."

예상했던 대로 답이 없었다. TV를 켜놓은 채 멍하니 소파에 앉아 있었다. 밖은 어느새 해거름 산 그림자가 길게 늘어져 있었다. 뭔가 허전하고 공허했다. 그때였다. 아, 순간적으로 한 생각이 머리를 스쳐 갔다. 혹시 그랬을지도. 나는 급히 딸아이에게 전화를 걸었다. 전화를 받지 않았으면 하는 바람이었지만 스마트폰에서 딸아이의 목소리가 들려왔다. 딸아이는 그런 부탁을 한 적이 없다고 말했다. 그때 책상 모퉁이에 놓여있는 구글 카드가 눈에 띄었다. 물끄러미 쳐다보니 라벨이 붙어있는 바로 그 아래에는 빨간색의 깨알 같은 글씨로 경고문이 인쇄되어 있었다.

다른 곳에서 코드를 요구하는 경우, 각종 사기 범죄의 대상이 될 수 있습니다.

얼마지 않아 집사람이 들어왔다.

"당신은 영원한 딸 바보야."

사기를 당했다는 얘기를 채 꺼내기도 전에 집사람은 이미 알고 있는 듯, 너무 딸아이에게 집착한다는 투로, 그렇게 말을 내뱉고는 방으로 들어가 버렸다.

처음 당해보는 황당한 문자사기였다. 보이스 피싱을 조심하라는 소리를 귀가 따갑도록 들어온 터라 내가 직접 그렇게 당하고 보니 뭔가에 홀린 기분이었다. 사실, 그 사건은 그리 대단한 일은 아니었다. 남들이 들으면 그냥 피식 웃고 지나갈 지극히 사소하고 개인적인 해프닝이었다. 집사람도 지나간 일이니 얼른 잊어버리라고 했다. 그러나 그 조그만 사건은 뇌리에서 쉬이 사라지지 않고 갖가지 의문이 꼬리에 꼬리를 물고 이어졌다.

3

착한 내가 왜 그런 사기를 당했을까?

내게 다가온 첫 번째 의문이었다.

그 의문은 착한 사람은 그런 짓을 저질러서도 안 되고 그런 짓을 당해서도 안 된다는 이분법적 논리에 기초한 것이다. 세상은 착한 사람과 나쁜 사람으로 나누어져 있어 착한 사람은 언제나 착한 짓만 해야 한다는 논리다. 나는 늘 그러한 이분법적 사고에 익숙해져 있었기에, 생뚱맞은 그런 의문이 새삼 뇌리를 스쳐 간 것은 그리 놀랄 일이 아니었다.

얼핏 세상의 모든 것은 둘로 나누어진 듯하다. 모든 공간과 방향은 둘로 나누어진다. 위와 아래, 길고 짧음, 여기저기, 왼쪽과 오른쪽 등등이 그렇다. 생각하는 모든 것과 중요하게 여기는 모든 것도 그렇다. 선과 악, 자유와 굴레, 삶과 죽음, 즐거움과 고통이 그렇다. 사회적 미적 가치관도 마찬가지이다. 성공과 실패, 아름다움과 추함, 강함과 약함 등이 그것이다. 심지어는 추상적인 사고도 둘로 나뉜다. 진실과 허위, 외관과 실제, 있는 것과 없는 것 등이다. 우리가 사는 세상은 마치 거대한 양축이 갈라져 있는 듯하다.

대학 예비고사를 앞둔 시점에 학교를 때려치우고 옷 가게에서 점원 생활하고 있을 때였다. 일부 옷가지는 용달차나 자전거로 배달하는 중간도매상을 통해 샀다. 주로 유행에 민감하거나 손님의 취향이 다양한 품목이 그러했다. 넥타이를 고르면서 문제가 생겼다. 주인과 의견이 달랐기 때문이다. 내가 고른 것은 상앗빛에 청색 물방울이 점점이 박힌 잔잔한 무늬였다. 주인은 색상이 밝고 채도가 높은 줄무늬 넥타이를 골랐다. 나는 내가 고른 넥타이에 대해 제법 논리를 담아 주인을 설득했다. 화려하면서도 깔끔한 인상을 주고 유행을 타지 않는 게 잔잔한 물방울무늬라고. 주인도 의견을 굽히지 않았다. 주인의 고집을 도저히 이해가 할 수가 없었다. 답답한 나머지 오기가 발동되었다. 주위 사람들에게 한번 물어보자는 제안을 했다. 주위의 동료 점원들은 내 편을 들어 줄 것 같았다. 어느 것이 더 나은지를 물어보는 단순한 블라인드 테스트였다. 그들은 하나같이 체크 줄무늬를 지목했다. 결과는 참패였다. 한참 후에도 그것이 고집이고 오기였다는 것을 알아차리지 못했다.

그 조그마한 사건은 머릿속에 각인되어 지금까지 오고 있다. 일찍이 경험한 경계의 끄달림이었다. 그건, 내 잣대로 남을 재지 않고, 내 앎으로 남의 앎을 짓밟지 않고, 내 생각으로 남의 생각을 덮어버리지 않고, 내 말로 남의 마음을 아프게 하지 말라는 가르침이었다. 사람은 누구나 타고 난 깜냥이 다르다, 같은 일도 사람에 따라 마무리가 다르고, 같은 것을 보고도 다른 생각을 한다는 참 단순한 진리였다.

눈이 하얗게 내린 한겨울이었다. 태백산 산행을 마친 후 기차를 타고 강릉으로 향했다. 정동진역에 내렸다. 까르르 웃음소리가 이곳저곳에서 들렸다. 예닐곱 되어 보이는 사내아이가 허리를 굽히고 두 다리 사이로 얼굴을 거꾸로 내밀며 먼 데 바다를 보고 있었다. 갑자기 그 아이는 자기 엄마에게 달려가더니 엄마도 자기처럼 해 보라고 했다. 마지못해 그 엄마는 어린아이처럼 거꾸로 엎드려 바다를 쳐다보았다. 그러더니 재미있다는 듯이 환하게 웃으며 일어나자마자 남편에게 따라서 해 보라고 했다. 그 사내아이를 따라 주위에 있던 사람들이 허리를 굽혀 바다를 쳐다보기 시작했다. 나도 궁금해서 따라 해 보았다.

바다는 전혀 다른 모습이었다. 잿빛 물감으로 수놓은 한 폭의 추상화였다. 새롭고 낯설었다. 바다는 어느새 현란한 경계로 밀어닥쳤다. 저리도 자유롭고, 저리도 넓고, 저리도 맑은, 마음의 경계로 새롭게 다가왔다. 바다는 또 다른 세계였다. 바다는 하나인데 둘이었다. 그 이후로 골프장에 들러 앞 팀에 밀려 진행이 지체될 때면 가끔 그 짓을 하곤 했다. 경계에 끌려 달리며 살아가는 우리의 모습이 산에도 바다에도 그리고 내 안에도 있었다. 곳곳에 자리하고 있었다.

우리가 세상을 둘로 보는 것은 우리의 무의식 속에 자신에 대한 어떤 내적 이미지를 갖고 있기 때문이다. 이것을 자기와 동일시하여 견고한 틀을 만들고, 유지하고, 놓지 않고, 붙들어 맨다. 그러면서 내적 이미지가 무너지면 아, 나는 누구인가? 하고 자신의 정체성에 의문을 가지면서 어찌할 줄 모른다. 우리는 세상의 경험을 자기의 질서로 편입시키며 그 환상을 유지하기 위해 자아의 일관성과 연속성에 해당하는 것들은 탐욕스럽게 삼켜대고, 그렇지 않은 것들은 분노로 뱉어내 버린다. 그게 집착과 욕망이다. 그 집착과 욕망은 세상을 둘로 나누게 한다.

사실 세상은 둘이 아니다. 자연에는 위와 아래도, 선과 악도, 아름다움과 추함도, 진실과 허위도 없다. 자연은 둘로 나누는 경계라고 하는 세계를 알지 못한다. 자연 속에는 어떤 장벽도 담장도 없다.

세상이 둘이 아니라면 선과 악이 따로 있을 수 없다. 우리는 선하면서도 악하고, 장점이 있지만, 단점을 가지고 있다. 빛나면서도 어둡고, 강하면서도 약하고, 기발하면서도 때로는 완전히 어리석다. 그것은 한편으로, 이성과 양심, 도덕 등이 내는 목소리이며, 또 한편으로 두려움과 수치심, 이기심 등의 목소리다. 한쪽 목소리는 편하고 믿음직하고 안정적이고, 또 한쪽의 목소리는 무섭고 초조하고 타산적이다.

선과 악이 따로 없다면 세상에는 착한 사람과 나쁜 사람도 따로 없는 것이다. 그러니까 우리는 도덕적 딜레마라는 실존적 한계에 부딪혀 살아가고 있는 셈이다. 도덕적 딜레마란 그 누구도 선할 수 없다는 것을 의미한다. 이것이 인간성의 밝은 측면과 어두운 측면 사이의 내적 투쟁이라는 딜레마다. 이 두 목소리는 서로 자기 목소리를 들으라고 싸우고 있다. 그때부터 선한 자기와 나쁜 자아와의 지질한 싸움이 시작된다.

우리는 통상 선한 자기는 착한 욕망을, 나쁜 자아는 탐욕을 부른다고 말한다. 착한 욕망은 자신을 풍요롭게 하는 것이지만 한편으로 나쁜 욕망을 경계하는 말이다. 내 안에 일고 있는 수많은 욕망 중에 어느 하나가 자기의 독존을 외치며 편향되기 시작하면 그건 탐욕이 된다. 탐욕은 나쁜 욕망이다. 나쁜 욕망을 붙들고 있는 마음을 내려놓으면 우리의 몸은 늘 새봄을 키우는 기쁨을 누리고 살게 된다.

착한 욕망이 작동하면 우리 몸에는 뭔가를 하고자 하는 힘을 만든다. 그 힘은 파릇한 새싹의 기운들이 넘나드는 순진함이나 순수함에서 나온다. 순진함은 때가 묻지 않은 것이고 순수함은 묻은 때를 털어 낸 것이다. 이제 우리에게 주어진 일은 착한 욕망을 잘 흐르게 하여 내 몸을 충만하게 하는 일만 남는다.

한 가지 분명한 것은 그 욕망이 이분법적으로 나누어질 수 없다는 사실이다. 그 욕망은 내 안에 복합적으로 직조되어 들어앉아 있기에 나쁜 욕망은 영원히 그 상태에서 체류하거나 악한 감정 그 자체로 끝맺는 것이 아니라 언젠가는 선한 감정으로 흐르다가 어느새 착한 욕망에 와 닿는 것이다. 그러면서 두 욕망의 지질한 싸움은 계속 이어지는 것이다.

그해 여름, 페루와 볼리비아 여행을 갔을 때의 일이다.

리마에서 비행기로 한 시간 거리의 쿠스코에 도착했다. 저녁 6시에는 푸스코 광장 부근에 있는 관광회사에서 트레킹에 관한 설명회를 열기로 계획되어 있었다. 위치 확인도 할 겸 푸스코 광장을 찾아 나섰다. 갑자기 어지럽고 메스꺼워 오기 시작했다. 광장이 나타났다. 도시가 중후하고 고풍스럽다. 우선 대성당이 눈에 띈다. 관광 명승지에서 보듯 이곳도 인산인해다. 호텔에 돌아와 트레킹 가방을 챙겼다. 역시 난감했다. 무엇을 넣고 무엇을 또 뺄까? 비우는 게 그리 쉽지 않다. 다시 집어넣으니 무게가 부담스럽다.

관광회사를 찾아가기 위해 택시를 탔다. 이곳은 택시를 타려면 우선 목적지를 말하고 요금을 흥정해야 했다. 설명회 참석을 위해 택시를 탔다. 벨보이가 6솔로 흥정해주었다. 우리 돈으로 환산하면 3천 원꼴이다. 길이 막혔다. 7솔을 줄까? 속으로 생각하며 휴대용 가방 안의 손지갑을 만지작거렸다. 차는 여전히 그 자리에 서 있었다. 아니야, 8솔은 주어야지, 하고 마음을 고쳐먹었다. 다시 손지갑 안에 있는 동전을 만지작거렸다. 주소대로라면 이 주변일 것이라며 기사가 차를 세웠다. 1솔짜리 동전 8개를 집어 주었지만, 기사는 별 반응이 없었다.

　호텔에 도착하여 택시비를 내려는데 손지갑이 없었다. 온몸 구석구석을 뒤졌지만, 손지갑은 사라져 버렸다. 기억을 되살려 보지만 생각이 나지 않았다. 혹시나 하고 트레킹 회사에 전화를 걸어 보았지만 그런 손지갑은 보이지 않는다고 했다. 택시에서 동전을 만지작거리다 빠뜨린 듯했다. 손지갑에는 1,000솔 남짓 들어있었다. 친구는 액땜한 것이라며 잊어버리라고 했다. 짐을 꾸리는 데 영 찜찜했다. 늦게 잠자리에 들었지만 잠은 쉬이 오지 않았다. 두려움과 설렘이 가슴을 조여왔다. 어느새 친구의 코 고는 소리가 천둥처럼 들려왔고, 트레킹 전야는 그렇게 깊어갔다.

　볼리비아의 우유니 일정 다음 목적지는 수도, 라파즈였다. 다음 날 아침 일찍 공항으로 가기 위해 택시를 탔다. 택시 요금은 30볼리비아노였다. 수중에는 20볼리비아노 1장과 100볼리비아노 몇 장이 있었다. 100볼리비아노 한 장을 내밀자 기사는 거슬러 줄 돈이 없다며 그냥 20볼리비아노만 달라고 했다. 기사를 떠나보내고 미안한 마음에 계속 께름칙했다. 공항 수속 절차를 밟던 중 호주머니에서 20볼리비아노 한 장이 잡혔다. 아차, 20 볼리비아 대신에 100 볼리비아를 주었구나. 미안함이 순식간에 아까움으로 변해 버렸다. 게이트로 걸어가며 생각에 잠겼다. 때 묻지 않은 자신의 순진함에 피식 웃었지만 순진함 깊은 곳에 웅크리고 있는 페르소나를 감출 수가 없었다. 착한 욕망과 나쁜 욕망을 쉼 없이 넘나드는 잔정의 실체는 무엇일까? 기사에게 동전 몇 닢을 더 줄까 말까 손지갑을 만지작거리다 지갑을 잃어 후회했던 쿠스코의 밤이 생각났다. 늘 선한 자기와 나쁜 자아와의 지질한 싸움을 벌이는 소소한 일상의 한 단면이었다.

영국 카디프 대학에 다닐 때 있었던 일이다. 시험을 며칠 앞두고 막바지 준비에 몰두하고 있을 때였다. 밤늦게 귀가한 집사람이, 집으로 오다가 길옆에 주차되어있는 남의 차를 들이박았다고 했다. 느낌으로는 살짝 스친 것 같은데 밤이라 정확하게 확인을 할 수 없었다고 했다. 연락처를 남겨두고 왔느냐고 물으니 집사람은 미처 그 생각을 못 했다고 했다. 우리는 현장으로 갔다. 차는 이미 사라져 버리고 없었다. 할 수 없지 뭐. 집사람이 혼잣말하고 있는데 내가 신고하자고 했다. 집사람은 그런 일로 굳이 신고할 이유가 없다고 우겼지만 나는 그다음 날 파출소를 찾아가 신고했다.

문제는 신고만으로 끝나는 게 아니었다. 운전면허증이 문제였다. 영국에서 얼마나 체류하셨나요? 파출소장이 물었다. 나는 1년이 조금 지났다고 대답했다. 그러면 면허증 유효기간이 지났군요. 아차 싶었다. 국제면허증의 유효기간이 1년이라는 사실을 깜박 잊고 있었다. 그러면 무면허 운전이 된 셈이다. 집사람은 이곳 적응을 위해 첫해에는 운전하지 않았습니다. 얼떨결에 나는 그렇게 변명했다. 몇 번이고 그게 사실이라며 선처를 부탁했다.

그럴듯하게 들렸는지 경찰은 고개를 갸우뚱거리며 한참을 망설이고 있었다. 그러나 결국 사안이 애매하다며 경찰서에 이첩해야겠다는 것이었다. 일이 커져 버렸다. 거의 3개월이 지났지만, 경찰서에서는 아무 연락이 없었다. 출국 일자가 곧 다가오고 있었다. 미제의 사건을 두고 출국한다면 출국은 가능할까? 출국이 가능하더라도 혹 공무원 신분인 나에게 범죄 통보가 온다면? 새가슴을 안고 하루하루를 보내고 있는데 경찰서로부터 통보가 왔다. 무혐의 처분이었다. 자진 신고의 정황을 고려하고 피해 당사자의 신고가 없었다는 게 무혐의 사유였다.

군이 신고해야 할 사안이었을까? 집사람은 참 미련하고 순진한 짓이라고 했지만 내가 군이 신고한 이유는 따로 있었다. 이곳 사람들의 신고 정신은 철저했기에 나는 주민 누군가의 신고를 의식했기 때문이었다. 신고 정신 깊은 곳에 웅크리고 있던 그 페르소나는 늘 착한 욕망과 나쁜 욕망을 넘나들며 지질한 싸움을 벌이는 소소한 일상의 또 다른 모습이었다.

사실, 그런 지질한 싸움은 세상의 잣대와 평가라는 고삐와 굴레에 묶여 인정 욕구의 늪에서 헤어나지 못하는 삶의 대부분에서 벌어지고 있다. 착한 내가 왜 그런 짓을 저질렀을까? 공사에서 노사 분규를 치렀을 때의 그 수치심과 죄책감은 내 안에 일고 있던 지질한 싸움의 대표적인 것일 터이다. 하지만 내 안에 짙은 그림자로 드리워진 그 지질한 싸움을 군이 한 가지 더 들라고 하면, 나는 진보와 보수에 대한 편견과 오해를 들 수 있다.

우리가 주요시하는 가치가 자유와 평등이라면, 복지와 분배를 통한 평등을 중시하는 시선이 진보이며, 개인과 시장의 자율성을 통해 자유를 중시하는 시선이 보수다. 특히 우리나라의 경우, 건국과 산업화를 이룬 세력이 보수요, 민주화를 주도한 세력이 진보라는 인식이 지배적이다. 그러나 이는 절대적인 옳고 그름이 아니고 처한 상황에 따라 언제든지 바뀔 수 있는 상대적인 인식체계다.

나는 한때 노 전 대통령을 장관으로 모셨다. 장관으로 부임했을 때 그분은 특유의 환한 웃음으로 직원들에게 다가왔다. 특유의 환한 웃음 뒤에는 늘 유머가 있었다. 언젠가 직원들 회식 자리에서 장관이 우스갯소리를 꺼낸 적이 있었다. 경상도 사투리를 못 알아들은 소대장 때문에 병사들이 죽었다는 얘기다. 그 우스갯소리는 그동안 시중에 널리 퍼져 있었던 것이지만 나는 장관의 입을 통해 그 유머를 처음 들었다. 한때 우리는 회식 자리에 그 얘기를 안주 삼아 배를 움켜쥐고 킥킥거리며 떠들곤 했다.

언젠가 장관과 함께 골프를 친 적이 있었다. 동반자 한 사람이 골프 핸디가 어떻게 되는지 장관에게 물었다. 한 접입니다. 한 접은 단감 100개를 말한다. 100타를 친다는 말이다. 골프를 잘 치는 핸디 싱글의 경우, 82타 이내로 치는 사람을 말한다. 그러니까 100타는 엄청나게 버벅거리는 수준이다. 그의 일상은 늘 그런 가벼운 유머와 함께하는 듯했다. 바쁨 속의 여유였다. 어느 일간지 기자가 장관을 인터뷰했다.

"장관님은 공직에 계시면서 왜 부산에 이렇게 자주 내려오십니까? 그것도 격주마다."

장관은 그 당시 대통령 후보로 거론되고 있었다. 일간지에는 그분의 일거수, 일투족에 관한 기사들이 지면을 크게 차지하던 때였다.

"아니 제가 이곳에 격주마다 내려오다니요.“

"······“

기자들은 장관의 의아한 반응 때문에 질문을 멈추고 다음 말을 기다리고 있었다.

"아닙니다. 저는 매주 내려옵니다.“

그것은 사실이었다. 그 당시 장관은 거의 매주 부산에 내려왔다.

나는 퇴직 후 찹쌀떡 한 상자와 술 한 병을 들고 집사람과 함께 봉화 마을을 찾았다. 노 전 대통령은 이렇게 위험한 곳을 왜 찾아왔느냐며 반갑게 맞이해 주셨다. 사저는 그때 공사가 한창 마무리되고 있었다. 문을 들어서니 문간 옆에 외부 손님용으로 예닐곱 명이 앉을 수 있는 식당이 있었다. 그 당시 세상을 떠들썩하게 했던 아방궁치고는 식탁이 너무 초라했다. 권 여사가 우리를 안내했다.

우리 내외가 앉은 자리는 오른쪽 창 너머로 부엉이바위가 바라다보이는 곳이었다. 권 여사는 풍광이 너무 좋아 평소에 자기들이 즐겨 앉는 자리지만 오늘은 귀한 손님에게 특별히 배려하는 것이라고 말하며 환하게 웃었다. 얼마지 않아 그 부엉이바위에서 일어난 노 전 대통령의 안타까운 소식을 들었다. 한 치 앞을 내다볼 수 없는 삶의 아이러니였다.

유머가 있으려면 일에 대한 열정과 자신감, 솔직함, 그리고 합리적이고 창조적인 사고가 뒷받침되어야 한다. 장관이 그랬다. 나는 그분의 특유의 환한 웃음과 함께하는 솔직함에 반해버렸다. 그 유머와 솔직함은 조직에 활기를 불어넣었고 장관으로 모시는 것 그 자체가 가슴이 뛰고 설레는 것이었다. 내가 그분의 진보적 성향에 관심을 가지게 된 것은 그분 특유의 솔직함, 그리고 논리적이고 합리적인 덕목 때문이었다.

그런 진보적 시선 때문에 나는 지금까지도 가까운 이웃과 지질한 싸움을 벌이고 있다. 늘 보수적 시각으로 바라보는 그들과의 갈등 때문이다. 조직이나 이웃 그리고 친구들의 사적 모임에서도, 카톡방에서도, 심지어 딸아이와의 논쟁에서도 나는 그들과 의견을 달리했고, 혼자서 씩씩거렸다. 나는 그들에게 내 시각과 의견을 주입하려 했고, 그런 처신과 행동은 아직도 진행형이다.

고교 동창생 몇몇이 매달 한 번씩 만나 점심을 먹는 모임이 있었다. 그날도 예외 없이 누군가가 현 정권에 대한 성토를 벌였고, 그것은 정치 이념에 대한 입씨름으로 이어졌다. 늘 그랬듯이 나도 질세라 그들의 주장에 반기를 들며, 부라리고 씩씩거렸다. 물론 그날도 결론은 없었다.

모임을 끝내고 귀가 버스에 올랐다. 라디오에서 노래가 요란하게 들려왔다. 가사 내용이 흥미로웠다. 가만히 귀를 기울여보니 가수 싸이의 '나팔바지'였다.

세상이 나를 뭐라 판단해도 그냥 사는 거야 생긴 대로. 나팔바지를 입고서, 짝다리를 짚고서, 한쪽 다리를 떨면서, 건들건들거리면서. 틀린 게 아니야 다른 것뿐이야. 판단하지 마! 그냥 느끼라니까. 다르다고 틀리다고 하지 말란 말씀이야. 인마 인마 하지마 듣는 인마 기분 나빠 인마.

서너 명의 승객을 태운 한낮의 시내버스는 한가했다. 모두 창밖을 쳐다보고 있었다. 노래를 듣는 이는 아무도 없는 듯했다. 또다른 노래가 계속 이어졌다. 젊은이들이 즐겨 듣는 노래라 그런지 너무 시끄러웠다. 나는 버스에서 내렸다. 안양천 변을 걸어서집으로 돌아갈 요량이었다.

　한참 걷노라니 버스 안에서 들었던 그 노랫말이 떠올랐다. 세상이 나를 뭐라 판단해도 너무 남의 평가나 인정에 휘둘리지 말고 그냥 생긴 대로 살아가라는 얘기였다. 그들의 생각과 주장은, 틀린 게 아니고 다른 것일 뿐이고, 그건 남의 과제이지 나의 과제가 아니므로 괜하게 남의 일에 간섭하지 말라는 것이었다. 생각을 끼워 넣어 세상을 판단하려 들지 말고 그냥 있는 그대로를 느끼라는 노래였다. 아무튼, 싸이의 유행가요 노랫말이 대중에게전하려는 속뜻을 내가 이렇게 깊이 헤아려 본 것은 참 놀라운 일이었다.

　그러나 우리는 그 노랫말처럼 살아가기가 만만치 않다. 그렇더라도 우리는 우리가 가야 할 바를 마음속에 묻고 그것이 우리가가야 할 길이라면 그렇게 가야 한다. 생각에 너무 깊이 빠졌기 때문이었을까? 어느새 집에 도착했다. 늘 그랬듯이 서재에 들어서면서 바로 라디오를 켰다. 프랭크 시내트라의 My Way가 흘러나오고 있었다.

5

내 안의 욕망은 때로는 날것의 욕망이었고, 때로는 사회적 관계망 속의 욕망이었다. 때로는 순수하고 고유한 자신의 욕망이었는가 하면, 때로는 타인의 욕망이기도 했다. 그 욕망은 한편으로 착한 욕망이었고, 또 다른 한편으로 나쁜 욕망이었다. 그러나 분명한 것은 그 욕망이 이분법적으로 나누어질 수 없다는 사실이다. 그래서 융은 차라리 온전함을 추구하라고 말한다.

융이 던진 이 메시지는 우리가 살아가며 씨름해야 할 여러 가지 역설 중의 하나다. 그 누구도 선할 수 없다는 도덕적 딜레마에 빠진 우리는 너무 착한 것만을 추구하며 살아갈 수는 없다는 말이다. 너무 완벽하고 착하게 살려고 애쓸 이유는 없다는 것이다. 그래서 융은 완벽함이 아니라 온전함을 추구하라고 말한다.

온전함을 추구하기 위해서는 내 안의 그림자를 껴안아야 한다.

그림자는 하나같이 부끄럽고 창피하고 쑥스러운 것들이다. 나의 것으로 인정하기 싫고, 남에게 드러내고 싶지 않은 것이다. 숨기고 싶은 것이고 꾹 참아온 것이고 한편으로 두려운 것이다. 그래서 우리는 견디기 힘든 그런 감정이나 생각들을 때로는 억눌러버리고, 때로는 고통스럽거나 받아들이기 힘들어 부정해 버린다. 때로는 더 참을 수 없어 폭발해 버리고, 때로는 그럴듯한 이유를 붙여 그것을 정당화한다. 때로는 비위를 맞추기 위해 아부하거나 딸랑거리고, 때로는 그 욕구가 나의 것임에도 그것이 상대방의 것인 양 그것을 남에게 투사해버린다.

그러나 내 안의 그림자를 자세히 들여다보면 꼭 어둡고 부정적이며 두려운 것만이 아니라, 밝고 긍정적이며 창조적인 측면도 있다. 스스로 부인해왔던 자신의 측면 중에는 순수함과 순진함도 있고, 자질과 재능, 야망과 꿈도 포함되어 있다. 다만 자기 잠재력에 못 미치게 살아온 것은 단지 자기 잠재력을 미처 일깨우지 못했을 뿐이다.

이제 우리는 내 안의 그 그림자를 껴안아야 한다. 그동안 받아들이지 않았던 성질의 목소리를 끌어안고 화해해야 한다. 수치심, 두려움, 양심의 가책, 믿음의 부족으로 내쳐버린 그림자를 찾아내고 외면했던 속성들을 껴안아야 한다. 껴안는다는 것은 자신의 한계와 약점을 인정하는 것이다. 틀린 게 아니라 다른 것이기에 어떤 수치심이나 죄책감에 대해서도 두려움 없이 자신의 솔직한 감정을 인정하는 것이다. 부정했던 것에 대한 철저한 정직이, 부끄러워했던 부분에 대한 연민이, 인정하기 싫고 두려웠던 것에 대한 용기가 필요한 것이다.

그렇게 되면 우리는 더는 감정에 휘말리거나 판단하지 않고, 있는 그대로를 그냥 느낄 수 있을 것이다. 더 숨길 것도, 부인할 것도, 인정하기 싫어할 것도 없이, 있는 그대로를 드러내는 삶을 살게 될 것이다. 소중하지 않은 나, 여러모로 부족한 나, 바보 같은 나의 이러한 모습을 진정 사랑하게 되고, 결국 우리는 온전한 모습으로 아름답게 피어날 수 있을 것이다.

6

나는 어른이 되었어도 여전히 어린아이같이 순진하고 순수한 면이 있었다.

내 사진첩에는 독사진 한 장이 있다. 사진 속의 주인공은 하얀 설원에 혼자 서 있는 펭귄이다. 펭귄이 서 있는 곳은 동물원이 아니고 남극이다. 안타깝게도 내가 그 펭귄과 함께 나란히 찍힌 인증 사진은 없다. 아마 그 사진은 누군가 다른 사람들의 카메라에 담겨 있을 것이다. 그렇게 짐작할 만한 이유가 있다.

1990년도에 세계 해양장관 회의가 있었다. 장소는 남극 맥머도 미군 기지였다. 그때 나는 장관을 수행했다. 뉴질랜드 크라이스트처치에 도착한 우리는 국제 남극센터에서 기본 교육을 이수하고 방한복 등 남극에서 지낼 때 필요한 장구들을 받았다. 그곳은 미국의 남극 기지에 물자를 제공하는 베이스캠프였다. 우리 일행은 미군 수송기에 몸을 실었다. 우락부락한 기계 장비가 그대로 드러나 있는 기내는 엔진 소리가 굉음을 내며 돌아가고 있었다. 닥지닥지 붙어있는 간이식 의자에 앉은 우리는 마치 전장으로 떠나는 무장 군인이 된 기분이었다. 공항 활주로는 눈을 걷어낸 얼음판이었다. 세계에서 가장 위험한 공항 중의 하나라고 했다.

남극 일정 마지막 날이었다. 버스에 나른한 몸을 싣고 공항으로 향하는 귀국길이었다. 갑자기 누군가가 고함을 질렀다.

"펭귄이다!"

남극에서 펭귄이 뭐 그리 대수로운 일이라고. 나는 속으로 그렇게 중얼거리고 있었다. 그러나 그건 대수로운 일이었다. 남극의 곳곳을 살펴보고 다녔지만, 그때까지만 하더라도 펭귄은 한 마리도 눈에 띄지 않았다. 나중에 안 사실이지만 그 지역은 펭귄의 서식지가 아니었다. 시찰단 단원들은 모두 버스에서 내렸다. 인증 사진을 찍어야 하는 데 펭귄이 달아나 버리면 낭패다. 모두 숨을 죽여 가며 펭귄에게 다가갔고 카메라를 눌러대느라 여념이 없었다. 그 와중에 그 펭귄과 함께 포즈를 취하면서 사진을 좀 찍어달라고 남에게 부탁하는 주책을 부릴 겨를은 없었다. 그게 우리 집 사진첩에 펭귄의 독사진은 있지만, 그 펭귄과 함께 나란히 찍힌 인증 사진이 없는 안타까운 이유다.

그 당시에는 한일 어업 협정 문제로 온 나라가 떠들썩했다. 장관은 출장 당일까지 남극 출장을 가야 할지를 결정을 못 내리고 있었다. 그런 탓에 우리는 그곳에서 보내는 기간 동안 내내 좌불안석이었고, 얼굴은 늘 찌그러져 있었다. 남극 회의가 끝나면 장관은 일본에서 회의 일정이 잡혀있었다. 그러나 펭귄을 본 그 순간, 장관은 모처럼 찌든 일상에서 벗어나 환하고 해맑게 웃고 있었다. 때 묻지 않고 순진한 어린아이의 모습이었다. 장관의 얼굴만 그랬을까? 아마 내 얼굴도 그랬을 것이다. 한 번씩 그 독사진을 들여다볼 때면 남극의 설원처럼 하얀 마음으로 그 펭귄을 바라보았을 내 모습이 생각난다.

나는 온순하고 순종적이었지만 반드시 그런 것은 아니었다. 여건이 여의찮은 환경 속에서는 이를 악물고 참으려 하고 해결하려는 용기도 내고 열정을 보이기도 했다.

88올림픽이 개최되기 1년 전, 서울에서는 국제항만협회IAPH 총회가 개최되었다.

항만에 종사하는 500여 명의 국내외 총회 회원이 한자리에 모이는 큰 행사였다. 나는 그 총회의 준비 사무국 책임자였다. 총회, 세미나, 환영 오찬 및 만찬, 관광 등 다양한 기획 행사가 계획되어 있었다. 그때만 하더라도 우리나라에서는 그런 규모의 국제 행사는 드물었고, 해운 항만청에서는 처음 치르는 큰 행사였다. 행사 중에는 인천항 갑문을 시찰한 후 용인 민속촌을 들르는 관광 프로그램이 들어 있었다. 수백 명이 한꺼번에 움직이는 행사이기 때문에 교통편, 식사, 안내 등 여러 분야에서 세심한 주의와 준비가 필요한 행사였다.

온종일 이것저것을 챙기며 직원들을 독려하고 집으로 퇴근하는 길이었다. 문득 계획된 동선상에 문제가 있다는 생각이 뇌리를 스쳐 갔다. 인천항을 들러 용인 민속촌까지 가려면 최소한 서너 시간이 걸린다. 중간에 화장실에 들러야 하지만 인천항 갑문에는 공중화장실이 없다. 나는 급하게 사무실로 되돌아갔다. 사소한 듯하지만 엄청난 낭패를 볼 수 있는 사안이었다. 직원들과 대책 회의했지만 뾰족한 대안이 없었다.

갑자기 동선을 변경하면 더 혼란에 빠질 수 있다는 게 더 큰 문제였다. 한밤중에 잠을 설치며 뒤척거리고 있을 때 한 생각이 머리를 스쳐 갔다. 그래, 임시 간이 화장실을 설치하자. 그 당시 다행히도 88올림픽에 대비하여 간이 화장실을 준비하고 있는 업체가 더러 있었다. 궁하면 통한다고 했던가? 그날 그 행사는 다행히 잘 마무리되었다.

그런 일은 또 있었다.

영국 런던에는 국제해사기구IMO가 있다. 국제 해상안전 문제를 다루는, 175여 개국의 회원국으로 구성된 UN 산하 국제기구다. 주영국 한국 대사관에서 해무관으로 근무하고 있던 나는 1997년도 12월에 개최된 IMO 총회에 참석했다. 회의는 사무총장의 기조연설부터 시작하였다. 사무총장은 연설 도중 그해 초 일본해역에서 일어난, 원유선 나호드카호 오염사고를 언급하면서 회원국의 주의를 환기하고 있었다.

문제는 그 선박이 좌초된 장소였다. 사무총장은 그 선박이 좌초된 장소를 'at the SEA OF JAPAN'으로 언급하면서 연설을 이어갔다. 'SEA OF JAPAN'이라는 표현은 국제 사회에서 용납될 수 없는 우리에게 민감한 사안이다. 일반적인 회의에서 'SEA OF JAPAN'이라는 표현이 회의 자료에 표기되거나 발표 도중 언급되면, 한국 대표단들은 즉각 어필하면서 시정을 요구한다.

그러나 기조연설에서 그 문제를 시정 요구하기에는 적절치 않았다. 연설은 그렇다 치더라도 회의록이 문제였다. 사무총장의 연설을 포함한 모두 회의 내용은 그대로 회의록에 기록되어 회원국에 배포되기 때문이다. 총장의 연설은 이미 끝나버렸기 때문에 어찌할 도리가 없었다. 그렇다고 외교 문서에 'SEA OF JAPAN'이 표기되는 것을 대표단으로서는 그냥 넘어갈 수 없었다.

내가 할 수 있는 유일한 방법은 IMO 사무국에 시정 요구를 하는 것이었다. 사무국도 난처한 처지였다. 회의록을 함부로 건드려도 안 되거니와, 사무국에서도 그 표기가 상당히 민감한 사안이라는 것을 익히 잘 알고 있었기 때문이었다. 그 후로도 몇 번 더 시정 요구했지만, 사무국의 입장은 변하지 않았다. 궁하면 통한다고 했던가? 언젠가 국제항만협회 총회 때 떠올랐던 아이디어처럼 한 아이디어가 머리를 스쳐 갔다. 고유 명사를 사용하는 대신 사고가 발생한 장소를 서술식으로 표기하는 것이었다.

사무국에서는 나의 제안을 받아주었다. 1996년도 IMO 총회 회의록을 들추어 보면 사무총장 연설문은 'SEA OF JAPAN' 대신 'off the coast of JAPAN'으로 표기되어 있다. 어떻게 그런 기발한 아이디어가 나왔을까? 순수함은 묻은 때를 털어낸 것이기에 성숙하고 지혜로운 측면이 있다. 거기에는 어떤 사념이나 편견, 욕망이 들어설 여지가 없다. 국가 간의 민감한 외교적 다툼에 대해, IMO 사무국이 내 아이디어를 이해하고 수용한 것은, 어쩌면 순수함 뒤에 숨어 있었던 열정 때문이었는지도 모를 일이다.

나는 말과 행동이 빨랐다. 빠르다는 것은 성질이 급하다는 말이다.

술좌석에서 성질이 급하면 우체국장이 되기에 십상이다. 지방에는 기관장 모임이 있다. 우체국장이 자기 술잔을 누구에게 돌린다. 그러나 누구에게 돌린 그 잔은 우체국장에게 바로 돌아오지 않는다. 그 잔은 우체국장이 아닌 다른 누구에게 건네졌기 때문이다. 그 잔은 또 다른 기관장 앞에서 딸랑거리고 있다. 그러면 우체국장 앞에는 꽤 오랫동안 술잔이 없다. 바쁘게 돌아가야 할 술좌석에서 혼자 머쓱하다. 그때만 하더라도 기관장 중에는 우체국장 자리가 제일 한가했다. 한가하다는 기준은 아마 사회적

선망이거나 권력이었을 것이다. 나도 술좌석에서 우체국장이 된 적이 한두 번이 아니었다. 성질이 급한 나는 내게 잔이 오면 서둘러 잔을 비우고 그 잔을 바로 남에게 건넸기 때문이다. 머쓱하고, 초조하고, 쪽팔리게도 그 잔은 쉬이 내게 돌아오지 않았다.

성질이 급해 난감했던 일은 부지기수였다. 골프스윙이 너무 빨라 골프가 망가진 적도, 식사하는 속도가 너무 빨라 동석한 상대방을 불편하게 한적도, 성질을 참지 못하고 화를 불같이 낸 적도 한두 번이 아니었다. 그러나 성질이 급하다는 것이 굳이 나쁘고 부정적인 것만은 아니었다. 여러 가지 장점도 있고 긍정적인 측면도 있었다는 말이다. 매사에 일 처리가 민첩한 것은 큰 장점이자 경쟁에서 살아남을 수 있는 큰 무기였다.

부산항을 관리하는 공공기관을 영문으로는 'Busan Port Authority'로 표기한다. 그 기관 재직 시 나는 BPA 머리글자를 이용해 경영이념을 만든 적이 있었다. Best, Passionate, Agile이 그것이다. Agile은 기민하고 날렵하다는 뜻이다. 주어진 일을 민첩하게 처리하는 것을 최우선으로 삼자는 취지였다. 민원을 상대하는 조직에서 빼놓을 수 없는 이념 중의 하나다.

군 시절에도 빠른 동작 때문에 무난하게 군 복무를 마칠 수 있었다. 무선통신에 쓰이는 음어를 누가 빨리 풀어내고 또 암호화하느냐 하는 음어 경연대회에서 우승하여 포상 휴가를 받은 것도 그 민첩함 때문이었다. 나는 왼손잡이 콤플렉스를 가지고 있었지만 바른 손잡이보다 훨씬 유리한 점이 많았다. 특히 탁구나 테니스같이 팔을 사용하는 운동을 할 때가 그랬다. 상대방의 수비에 혼선을 줄 수 있기 때문이다.

내 이름이 여자 이름 같아 한때 쪽팔렸던 어린 시절이 있었다. 어른이 되었어도 그런 일은 자주 벌어졌다. 언젠가 J 항만청장을 수행하여 유럽 출장을 간 적이 있었다. 탑승 시간이 다 되었다. 귀빈실 안내원이 내 이름을 부르며 J 사모님을 찾고 있었다. 안내원은 내가 J 청장의 사모님으로 알았던 모양이다. 클럽하우스에서 내 골프가방이 사라진 일이 있었다. 나중에 알고 보니 기사가 내 가방을 자기가 모시던 사모님 것으로 잘못 알고 챙겨가 버린 것이었다.

그러나 어른이 된 지금 내 이름이 자랑스럽다. 특이한 이름이기에 사람들은 나를 잘 기억해 준다. 내 이름 갑甲자는 할머니 환갑 년에 태어났다고 해서, 숙淑은 항렬을 따라 붙여진 이름이다. 굳이 한자를 풀이하자면 으뜸 甲자에 맑을 淑이다. 헐, 맑음 중에 으뜸이라니. 이보다 더 멋지고 아름다운 이름이 있을까? 나름 내 이름의 깊은 의미를 뒤늦게 알아차리고 혼자 배시시 웃었다.

사랑이라는 이름의 집착, 딸바보

1

왜 딸아이에게 이렇게 집착하는 것일까?

또 다른 의문이 이어졌다.

사실, 나는 집사람의 말대로 딸바보다. 딸바보는 딸밖에 모르는 바보라는 말이다. 딸을 너무 사랑하는 부모를 칭하는 말이다. 다른 표현을 빌리자면 딸바보는 선하고 착한 사람이 되어 딸아이로부터 인정받고 싶어 하는 부모의 애쓰는 마음을 말한다. 세상 사람들은 서로 안기고 싶어 하는 의존 욕구가 있다. 특히 가족 구성원 간의 관계는 그들의 인성과 인생이 결정될 만큼 절대적인 영향을 주고받는 복잡한 관계이기에 의존 욕구는 더욱더 강하다. 아이들은 보호받는 것을 곧 사랑을 받는 것으로 알고, 부모는 보호해주는 것이 곧 사랑을 주는 것이라고 인식한다. 그러나 이러한 의존 욕구가 집요하면 집착으로 이어진다.

평소 나는 딸아이가 그냥 예쁘고 좋았다. 딸아이 일이라면 만사를 제쳤고, 딸아이 말이라면 무조건 믿었다. 딸아이가 태어났을 때, 나는 딸아이 사진 한 장을 지니고 영국으로 어학 공부를 떠났고, 딸아이 사진을 쳐다보며 6개월간 외로운 시간을 보냈다. 귀국길에 잠시 프랑스에 들렀다. 그때 어깨에 메고 다니던 여행 가방에는 본차이나 그릇 몇 개가 들어 있었다. 딸아이 선물이었다. 그 그릇은 딸아이만큼 앙증맞고 예뻤다. 귀국할 때까지 나는 딸아이를 안고 가듯, 그 그릇이 혹시나 깨질세라, 신줏단지 모시듯 들고 다녔다. 나의 딸바보 이력은 그렇게 시작되었다.

그동안 딸아이가 어른이 되기까지 애가 많이 탔다. 그 말은 딸아이 일에 사사건건 간섭하고 개입했다는 뜻이다. 그건 딸아이를 위해 당연히 해야 할 아빠의 몫이었다. 딸아이를 위한다는 명분으로, 딸아이를 사랑한다는 이름으로. 그러나 그 간섭과 개입은 딸아이의 의사와 상관없이 딸아이의 진로나 삶의 방향을 강요하는 것이었다. 그건 내 그림자를 딸아이에게 투사한 가련한 몸짓이고 집착이었다. 그동안 딸아이도 아빠를 그렇게 대했을 것이다. 사랑한다는 이름으로, 효도한다는 이름으로, 착한 딸이라는 이름으로, 부모의 기대에 부응한다는 이름으로, 자기 위안을 위한 에고의 이름으로.

사실, 이번 문자사기는 조금만 주의를 기울였으면 알아차릴 수 있었을 만큼 허점투성이였다. 그러나 나는 딸아이의 부탁이라 의심의 여지가 없었다. 어떻게 해서든지 모처럼 부탁하는 딸아이의 부탁을 빨리 처리해 주어야지 하는 생각에만 몰입되어 있었다. 나는 그날 현금 지급기가 있는 농협 부스에서 집사람을 기다리고 있었다. 그 부스에는 보이스 피싱을 조심하라는 내용의 입간판이 서 있었다. 나는 그 경고문을 스쳐 지나가는 광고문 바라보듯 쳐다보고 있었다. 내 머릿속에는 어떻게 하면 딸아이의 부탁을 빨리 처리해 줄 수 있을까 하는 생각으로 가득 차 있었기 때문이다. 그건 참 아이러니한 일이었고, 사랑이라는 이름을 빌린 집착이었다.

당신은 영원한 딸바보야. 집사람이 무심코 던진 그 넋두리는 사실, 나만이 아니라 자기도 그렇다는 자책이 담겨 있는 말이었다. 자기 모습을 내게 투사한 것이기에 집사람도 딸바보다.

딸아이가 고등학교와 대학에 진학할 때였다. 세상의 부모들이 그랬듯이 우리도 애가 탔다. 집사람은 온 정성과 노력으로 딸아이를 뒷바라지했다. 절에서 입시 기도하던 집사람의 그 집착은 눈물겨웠다. 그때 나는 직장을 핑계로 딸아이에게 관심을 보이지 않은 척했지만, 애가 타기는 나도 마찬가지였다. 애가 탔던 이유 중의 하나는 혹시 진학 실패가 내 탓은 아닐까, 하는 죄책감이었다. 죄책감은 뒷바라지를 잘못한 것에 대한 자책처럼 보일 수 있었지만, 엄밀히 따져 보면 그건 나 자신을 보호하기 위한 것이었다. 혹시 나쁜 부모가 아닐까, 하는 생각이 앞선 것은 딸아이보다는 나의 이미지와 역할을 먼저 인식했기 때문이었다.

딸아이도 마찬가지였을 것이다. 부모의 잔소리와 간섭에 지쳤다. 딸아이는 친구의 약속은 깨더라도 엄마와의 약속은 깨지 못한다. 엄마의 잔소리가 더 신경이 쓰이기 때문이다. 내가 왜 이래야 해? 나무라고 책망하는 엄마 앞에서 딸아이는 이렇게 따지고 대든다. 그냥 네가 잘되라고 그러는 거야, 엄마의 대답을 듣고 딸아이가 또 묻는다. 잘된다는 게 무슨 뜻이야?

그 질문에 엄마는 할 말을 찾지 못하고 잠시 머뭇거린다. 그러면서 툭 내뱉는다. 그렇게 따질 거면 네가 알아서 해. 딸아이는 엄마의 애매하고 모호한 태도에 혼란스럽다. 사춘기를 겪고 있는 자기에게 다가오는 변화와 정체성을 부정하는 부모가 밉다. 네가 알아서 하라는 엄마의 이중적인 메시지가 무섭기도 하고 한편으로 죄책감이 들기도 한다. 딸아이는 결국 속으로 이렇게 외쳐댄다.

엄마, 이제 내가 다 알아서 할게.

아들러는 그러한 딸아이의 외침에 대해 과제를 분리하라고 말한다. 나의 과제와 남의 과제를 분리하여, 내가 할 수 있는 일과 타인이 할 수 있는 일을 철저히 분리하라는 말이다. 나는 내가 할 수 있는 일에만 집중하고 타인의 평가와 인정, 그러니까 내가 할 수 없는 일에는 더 개의하거나 안달하지 말라는 것이다. 그건 남의 과제를 침범하는 것이기 때문이다. 나를 봐주고 안 봐주는 것도 상대방의 몫이고, 나를 예뻐하고 안 예뻐하는 것도 상대방의 몫이며, 나를 이해하고 이해하지 않는 것도, 상대방의 것이기에 상대방이 어떻게 하는지에 너무 매달리지 말라는 말이다. 딸아이와의 관계에는 엄마와 딸, 두 여자, 두 사람이라는 성장 여정이 있기에 그런 관점에서 상대방과 서로 건강한 거리를 두라는 말이다.

딸아이는 과제를 분리하라는 아들러의 이 메시지를 수용할까?

아무래도 딸아이는 아들러의 이러한 사유에 대해 강하게 항의하며 대들 것 같다. 내 과제에만 집중해야 한다면 타인의 사정을 전혀 고려하지 않고 마음대로 하라는 말인가, 라고 따질 것 같다. 딸바보가 사랑이라는 이름을 빌린 집착이라니, 부녀지간에 정을 끊을 일이 있느냐며 울먹일 것 같다. 너무 몰인정하고 삭막하지 않나요? 일그러진 개인주의거나 자기중심적인 사람이 아닌가요? 라고 말할 것 같다. 아무래도 그건 미운털이 박히고 손가락질당할 짓 아니냐면서 고개를 설레설레 저을 것 같다.

인정 욕구는 타인과의 관계를 수평적으로 바라보지 못하고 인간관계를 수직적 관계로 바라보는 태도이다. 인정하는 기쁨도, 인정받는 기쁨도 모두 수직적 관계에서 오는 열등감이나 우월감이 주는 기쁨이다. 인정 욕구에 시달리는 사람들에게 타인이란 자신을 인정해 주기에 소중한 사람이다. 그 사람은 나를 인정해 주어야 할, 나를 위한 수단에 불과한 것이다. 이런 만남은 독립적이지 못하고 나의 부족한 부분을 남에게서 채워 나가는, 상호의존적인 만남이다. 인간의 가장 절실한 욕구는 바로 고독이라는 감옥을 떠나고 혼자라는 외로움에서 벗어나는 것이다. 이런 만남은 다른 사람을 부리고 지배함으로써, 결국 견디기 어려운 고립감과 분리 감에서 벗어나려는, 거짓된 만남이다.

아들러의 시선을 빌리면 진정한 만남과 사랑이란, 타인을 인정하는 기쁨과 타인으로부터 인정받는 기쁨에서 나의 존재감과 가치를 찾는 것이 아니라, 타인에게 소중한 사람이라는 느낌, 그 자체에서 내 삶의 의미를 찾는 것이다. 내가 할 수 있는 일에만 집중하고, 내가 할 수 없는 타인의 일은 더 개의하거나 안달하지 않는 것이다. 만약 타인이 도움을 청할 때는 언제라도 스스로 그리고 기꺼이 도울 수 있는 위치, 바로 그쯤에서 타인을 인식하고 배려하는 것이다. 그 인식과 배려는 타인의 평가와 인정이 아니라 내가 타인에게 도움이 된다는 주관적인 소속감이면 그것으로 충분한 것이다. 세상의 관점에서 인정받고 싶은 욕구는 보편적이기에 특별히 문제 될 것이 없다. 그러므로 집착이 아닌 순수한 사랑으로 그곳에 머물고 싶어 하는 마음에서 소소한 행복을 찾으면 그것으로 충분한 것이다.

2

누군가가 우리 아이들한테 너희 집 가훈이 무엇이냐고 물으면 아이들은 희미한 기억을 되살리며 '욕심을 부리지 말자'라고 대답할 것이다. 그 이유는 가훈이 그들에게는 크게 각인되어 있지 않을 것이기 때문이다. 딸아이가 초등학교 1학년이었을 때 일이다. 가훈을 적어 오라는 학교 숙제를 받아왔다. 나는 저녁 식사하면서 오늘부터 우리 집 가훈은 '욕심을 부리지 말자'로 한다고 일방적으로 선포해 버렸다. 딸아이는 울먹이면서 그게 무슨 가훈이냐며 자기 엄마에게 따져 들었다. 딸아이의 항의가 일리가 있다고 생각한 엄마는 '참된 지혜'를 가훈으로 정해 그날 학교 숙제를 대신했다. 그날 이후, 나는 내가 정했던 그 가훈을 한 번씩 들먹였지만, 아이들은 여전히 시큰둥한 반응을 보였다.

나는 아직도 이제 어른이 된 아이들에게 우리 집 가훈 얘기를 한 번씩 꺼낸다. 그 가훈의 깊은 뜻을 이제는 이해할 나이가 되지 않았느냐고. 그러나 아이들은 여전히 욕심 없이 어떻게 지낼 수 있어? 욕심을 부리지 않는 사람이 어디 있어? 그렇게 반문하며 대든다. 그럴 때면 나는 대답할 자신이 없어 슬그머니 꼬리를 내린다. 욕심에서 벗어나지 못하는 것은 나도 마찬가지이기 때문이다. 그러면서 '애들아, 그건 집착에서 벗어나라는 뜻이란다.'라고 혼자서 중얼거린다.

우리는 상대방의 눈을 똑바로 바라보아야만 거기에 비친 자기 얼굴을 발견할 수 있다. 만약 거짓이나 숨겨둔 다른 마음이 있다면 상대방의 눈망울에서 자신을 바라보지 못할 것이다. 서로가 눈을 마주하고 있을 때, 함께하려는 나의 마음이 상대방의 눈망울에 비친 것이다. 이는 서로를 존중하고 나의 진정한 실체를 상대방을 통해서 발견하는 것이다. 그게 진정한 만남이고 사랑이다. 그 모습은 내 모습이니 나이기도 하고, 상대방의 눈망울에 맺혀진 상이니 너 이기도 하다. 이때 너와 나의 구분은 사라지고 우리만 있을 뿐이다.

문득, 딸아이의 티 없이 맑고 영롱했던 어릴 적 눈망울이 떠오른다. 어릴 적 딸아이의 눈망울에는 내가 비쳤다. 눈부처였다. 그때 딸아이의 눈망울에 비친 내 모습이 너무 아름다웠다. 진정한 사랑의 시선이었기에 그랬을 것이다. 딸아이가 나의 딸인 것은 다른 아이보다 예뻐서가 아니다. 딸아이가 나의 딸인 것은 다른 아이보다 야무지고, 똑똑해서가 아니다. 딸아이가 나의 딸인 것은, 내 가슴속에 눈부처로 이미 자리 잡고 있기 때문이다.

늦은 나이지만 이제부터라도 딸아이의 눈동자에 그런 아빠의 얼굴을 다시 비출 수 있다면 얼마나 좋을까? 라는 생각해 보곤 했다. 그런 평소의 소망 때문이었을까? 언젠가 아들이 장가가던 날, 아들의 눈에서 딸아이의 어릴 적 그 눈망울을 보았다. 아들은 주례 없이 예식을 치렀다. 주례사는 양가 아버지가 한마디씩 하는 것으로 대신했다. 내가 먼저 주례석에 섰다. 아들아, 하고 막 주례사를 시작하려는 순간이었다. 아들의 눈망울에 내가 비쳤다. 그건 눈부처였다. 아쉽게도 아들의 눈망울에 비쳤던 그 눈부처는 이내 사라져 버렸다. 아들의 눈가에 촉촉이 젖은 눈물 때문이었다.

아들아,

네가 다섯 살 때구나. 그때는 제닉스 오락기가 유행이었고, 너는 그걸 사달라고 떼를 썼지. 선뜻 사 주기에는 버거운 가격이었단다. 그라모, 이불을 개서 옷장에 어디 한번 올려놔 봐라, 지나가는 소리로 그냥 내뱉어 본 거였어. 어린 체구로는 도저히 해낼 수 없는 무리한 주문이었으니까. 그러나 너에게는 그건 하나의 약속이었어. 얼마나 지났을까? 너는 혼자서 낑낑거리며 그 일을 기어이 해냈어. 이마의 땀을 훔치며 의기양양한 눈길을 보내더군. 제믹스를 내놓으라고 말이지.

　너는 바로 이 아비를 따라 영국엘 갔단다. INFANT SCHOOL
에 입학하기 전, 너는 한동안 집에서 혼자 보내고 있었지. 영어를
한마디도 할 수 없으니 친구를 사귈 수가 없었어. 그러던 어느 날
이었지. 너는 2층 창문을 열고 지나가는 영국 아이들한테 갑자기
큰 소리를 냅다 지르는 거야.
　"야, 바보, 똥개, 축구, 병신, 쪼다 새끼들아!"
　유창한 한국말이었지. 아이들은 두 손을 크게 흔들며 화답하더
군. 같이 놀자며 내려오라는 거였어. 학교에 들어갔지만, 말이 통
하지 않으니 축구 말고는 소통할 수 있는 길이 없었지.

　하루는 학교 연극 공연에서 네가 왕의 배역을 맡아 온 거야. 우
리는 얼마나 놀랐는지 몰라. 다행히 말이 한마디도 필요 없는 배
역이었어. 그러던 어느 날, 너는 영국 아이들이 하던 체스 게임을
기웃거리기 시작했지. 말이 필요 없이 어울릴 수 있는 유일한 길
이었으니까. 집에 와서도 혼자서 체스와 씨름을 하더군. 얼마지
않아 너는 학교 챔피언이 되었지. 나중에는 웨일스 지역 챔피언
까지 올라가더군. 너는 그렇게 자랐단다. 한 번씩 우리를 깜짝깜
짝 놀라게 하면서 말이야. 그런 일이 최근에 또 있었단다.

　불과 몇 개월 전이었어. 네가 살을 뺀 거야. 무려 10킬로를 뺐
지. 늘 걱정스러운 눈길을 보내며 제발 살 좀 빼라고 했지만, 네

엄마 말은 그동안 먹혀들지 않았지. 그런 네가 살을 뺀 거야. 놀란 건 네 엄마였어. 네 엄마의 사랑이 채 미치지 못하고 채워지지 않는 자리. 그 자리에는 어느새 네 인생의 반려자가 될 사람이 우뚝 서 있는 거야. 엄마는, 너희들의 만남을, 너무 소중하고 귀한 인연이라며 좋아했지. 하늘에서 내려오던 눈꽃 한 송이가 해운대 백사장에 꽂아 놓은 바늘 끝에 내려앉은 만남이라고 말이야. 오늘은 그래서, 소중하고 귀한 그 인연을 사랑으로 확인하고 세월 너머 영원히 기약하는 날이란다.

아들아,

사랑은 온화하고 부드러운 것이다. 서로 믿고 따습게 위로하며 영혼을 담아 보듬어라. 사랑은 상대를 배려하는 것이다. 상대방에게 먼저 귀를 기울이고 다가가거라. 사랑은 오래 참는 것이다. 늘 상대방의 입장에 서서 말과 행동을 하여라. 먼저 인정하고 받아들여라. 깊어진 그런 사랑으로 이웃도 돌아보거라. 가까운 인연을 소중히 여기고 늘 고맙게 생각해라. 세상의 그늘지고 아픈 구석도 한 번씩 돌아볼 줄 아는 그런 넓은 사랑을 이어가거라. 사노라면, 사랑 못지않게 삶의 지혜도 필요하단다.

유리하다고 교만하지 말고 불리하다고 비굴하지 말라. 사슴처럼 두려워할 줄 알고 호랑이처럼 무섭고 사나워져라. 때로는 누운 풀처럼 자기를 낮추어라. 무엇을 들었다고 쉽게 행동하지 말고 그것이 사실인지 깊이 생각하여 이치가 명확할 때 과감히 행동해라. 형편이 잘 풀릴 때를 조심하고 때로는 마음껏 풍류를 즐겨라.

우리 집 탁자에 놓여있던 삶의 지혜가 담긴 '불자의 길'이란 글이다. 이제, 너희들만의 사랑을 키워가거라. 너희들만의 삶의 지혜를 찾아라. 그래서 지금 여기, 너희들이 주인이 되는 삶으로 거듭나거라.

아들아,

결혼을 축하한다.
잘 살아라.

아들이 결혼한 지 이태 만에 바로 손녀가 태어났다.
요즈음은 손녀의 눈망울을 바라보며 손녀와 손잡고 노는 재미가 쏠쏠하고 즐겁다. 어릴 적 딸아이의 바로 그 눈망울이다. 가끔 손녀의 눈망울에 내가 비친다. 그럴 땐 손녀와 눈부처에 관한 얘기를 주고받으며, 때로는 손녀와 주고받는 그 동화 같은 얘기를 가끔 써 보기도 한다.

4

토니야, 안녕.

토니는 내가 지어준 할아버지 이름이다. 할아버지를 만날 때면
나는 늘 이렇게 인사한다. 그러면 할아버지도 안녕, 주니야, 하고
반갑게 대답한다. 할아버지는 내가 토니라고 부르면 너무 좋아
하신다. 언젠가 할아버지는 내 생일 카드를 직접 만들어 주셨는
데 거기에도 '사랑하는 주니에게, 토니가.'라고 적혀 있었다. 나
는 뒤늦게 할머니 이름을 '하니', 내 동생 이름을 '우니'라고 따
로 지어주었지만, 할머니나 동생 이름을 그렇게 부를 때는 뭔가
자연스럽지 못하고 어색했다. 사실, 나는 할아버지를 토니라고
부를 때가 제일 좋고, 훨씬 정답게 느껴졌다. 우리가 서로를 그렇
게 부른 지 벌써 5년째 접어들고 있기 때문이다.

나는 할아버지와 함께 서재에서 자주 그림을 그렸다. 색연필
을 들고 그림을 그릴 때면 망설임이 하나도 없이 술술 그려 나갔
다. 그러나 할아버지는 무엇을 그려야 할지 몰라서 내 그림을 곁
눈질하면서 쩔쩔매고 있었다. 처음에는 색연필을 사용했는데 자
주 고치다 보니 그림이 자꾸 망가졌다. 그래서 그런지 할아버지
는 지우개를 아예 곁에 두고 연필을 사용하는 것이었다. 연습 덕
분에 요즈음은 할아버지도 그림을 꽤 잘 그리신다. 내게 보내 준
그 생일 카드도 내가 보기에 그런대로 근사해 보였다. 언젠가 할
아버지는 그림에 재미를 붙이셨는지 색연필을 새로 샀다며 그

색연필을 사진에 담아 엄마에게 문자로 보내 주셨다. 너무 예쁘고 색깔도 다양했다. 어서 빨리 할머니 댁에 달려가고 싶었다. 엄마 아빠를 졸랐지만, 차일피일 미루어졌다. 그러던 어느 날이었다. 엄마가 유치원에 가야 한다며 나를 깨웠다. 나를 왜 깨웠느냐며 나는 울고불고 떼를 쓰며 난리를 쳤다. 놀란 엄마가 왜 그러느냐고 물었다. 나는 그때 그 색연필로 할아버지와 함께 한창 그림을 그리는 중이었다.

나는 3.9킬로 우량아로 태어났다. 누워만 있다가 어느 날 뒤집기에 성공했다. 아빠는 놀라 호들갑을 떨었고, 쌀미음 먹은 지 이틀 만에 뒤집을 힘이 생겼다며 엄마는 밥의 위력에 흐뭇해하고 있었다. 나는 태어나고 바로 1년여를 할머니 댁에서 보냈다. 할머니는 거의 매일 절에 다녔으므로 나는 주로 할아버지와 놀았다. 놀이터에 가면 할아버지는 위험하다며 나를 쫄쫄 따라다녔다. 내가 다람쥐처럼 놀이 기구를 번갈아 갈아탈 때면, 타고난 나의 운동 DNA를 발견한 듯 대견해하시는 눈치였다. 할아버지는 유격 훈련 중이라며 내 모습을 수시로 동영상에 담아 엄마 아빠께 보내곤 했다. 놀이터에서는 자주 할아버지와 달리기 시합했는데 언제부턴가 내가 이기기 시작했다. 처음에는 할아버지가 그냥 져 주는 듯했는데 그게 아니었다. 눈여겨보니 할아버지는 나를 이겨보려고 정말 있는 힘을 다해 뛰시는 것이었다.

어느 날 할아버지는 내게 '섬 집 아기' 동요를 틀어 주셨다. 대부분 아이가 그랬듯이 나도 예외가 아니었다. 눈물이 주르륵 흘렀다. 놀란 할아버지는 얼른 다른 노래로 바꿔 주셨다. 악쓰고 떼쓸 때 흘린 눈물과는 전혀 다른 느낌이었다. 한참 지난 어느 날 할아버지는 '엘 콘도르 파사El Condor Pasa'를 틀어 주시면서 혹시나 하고 내 반응을 살피시는 것이었다. 어른들의 노래였지만 또 눈시울이 붉어졌다. 할아버지는 그런 나의 감수성이 재미있는 있는 듯 이번에는 '사랑의 트위스트'를 크게 틀어 주셨다. 그날 나는 그 곡에 맞추어 할아버지와 함께 땀이 뻘뻘 나도록 신나게 춤을 추었다.

그날은 금요일 저녁이라 할머니가 나를 우리 집으로 데려다주는 길이었다. 할아버지는 운전석에서 내가 좋아하는 얼음 왕국의 'Let it go!'를 틀어 주셨다. 사당역에서 차가 꽉 밀려 있었다. 그때 내가 곁에 앉아 있던 할머니에게 불쑥 한마디 건넸다.

"할머니?"

"왜?"

"나중에 내가 크고 할머니가 작아지면 할머니께 잘해 줄게."

"그게 무슨 말이야, 할머니가 작아지다니? 그런데 왜 잘해 줄 건데?"

할머니는 놀란 듯 이것저것 물으셨다.

"할머니가 내게 너무 잘해 주니까."

할머니는 믿기지 않은 듯 할아버지께 방금 주니의 말을 들었느냐고 물었다. 한쪽 귀가 살짝 가 버린 할아버지는 못 들었다고 했다. 집에 도착하자마자 할머니는 아빠께 내가 아까 했던 말을 전했다.

"에이, 애가 무슨 그런 말을….."

언젠가 할머니가 작아질 것이라는 내 말에 대해 아빠는 믿기지 않은 듯 할아버지께 사실이냐고 물었다. 그날 어른들은 내 말의 진실 공방으로 한참을 웃고 떠들었다.

언젠가 차 안에서 엄마가 내게 물었다.

"주니는 의왕 할머니가 좋아? 방배 할머니가 좋아?"

방배 할머니는 외할머니다. 엄마 역시 케케묵은 꼰대 질문을 내게 던지는 것이었다.

"엄마, 지금 우리 어디로 가?"

"응, 방배동으로 가지."

"그럼, 나는 방배동 할머니가 좋아."

나는 기지를 발휘하여 그 위기를 겨우 모면할 수가 있었다.

지난달에는 가족들이 속초에 함께 모여 할머니 칠순 잔치를 벌였다. 나는 생일 카드를 만들어 할머니께 선물로 드렸다.

"할머니, 생일 축하해요, 그리고 무럭무럭 자라세요."

나는 그 생일 카드에 할머니 얼굴을 그린 후 한 모퉁이에 이렇게 적어 넣었다. 생일 카드를 받아든 할머니는 정말 고맙다며 나를 꼭 껴안아 주셨다. 생일 카드를 펼쳐 보던 할아버지는 배꼽을 잡고 웃으시는 것이었다. 곁에 서 있던 고모와 고모부도 킥킥거리며 따라 웃고 있었다.

그날도 우리 가족은 할머니를 따라 절에 들렀다. 절 마당 주위로 온 사방에 국화꽃 화분이 즐비하게 늘어져 있었다. 가을이 되면 신도들은 저마다 각자의 이름으로 국화꽃 화분을 꽃 보시한다고 했다. 할아버지는 우리 가족 이름으로 국화꽃 화분 한 개를 샀다. 그리고 그 화분에 엄마와 아빠 그리고 내 동생 이름이 적혀 있는 팻말을 꽂았다. 그러면서 할아버지는 나에게 그 국화꽃 화분 옆에 서라고 하며 카메라에 담았다.

"오늘은 우리 주니 눈망울에 예쁜 국화꽃이 폈네."

그렇게 말하면서 내게 이렇게 물었다.

"이 국화꽃은 누구의 것이게?"

나는 할아버지가 산 국화꽃이므로 할아버지의 것이라고 했다.

"아니야, 국화꽃은 국화꽃의 것이지."

"……."

그건 당연한 얘기였다. 할아버지는 말을 이어가셨다.

"그런데 말이야, 국화꽃은 국화꽃의 것이지만 이제 주니의 눈동자에 비쳤으니 주니의 것이기도 해."

나는 무슨 말인지도 모르고 할아버지를 쫄쫄 따라 법당으로 갔다. 할아버지는 절하는 내 모습이 대견한 듯 환하게 웃으시며 나를 빤히 쳐다보았다.

"이번에는 우리 주니 눈망울에 부처님이 비쳤네."

그러면서 할아버지는 내게 이렇게 물으셨다.

"부처님은 누구의 것이게?"

나는 아까 할아버지가 했던 말이 생각나 망설임 없이 부처님의 것이라고 말했다.

"그래, 맞아. 부처님은 부처님의 것이지. 그런데 이제 우리 주니 눈망울에 비추어졌으니 주니 것이기도 해."

나는 그 말이 도저히 무엇을 뜻하는지 몰라 할아버지를 빤히 쳐다보았다.

"아, 이번에는 우리 주니 눈망울에 할아버지도 보이네."

할아버지는 내 눈망울에 할아버지가 보이는 것이 놀랍다는 투로 이렇게 말하는 것이었다. 그러면서 할아버지는 나를 꼭 껴안아 주셨다. 그때 할머니가 동생을 안고 엄마 아빠와 함께 우리의 모습을 지켜보고 있었다.

그날도 나는 할머니를 따라 절에서 돌아오는 길이었다. 차 안에서 할머니가 말했다.

"할머니는 이 세상에서 주니가 제일 좋아."

"응, 나도 할머니가 제일 좋아."

망설임 없이 나도 그렇게 말했다. 그러나 곰곰이 생각해 보니 그건 사실이 아니었다.

"그런데 어떡하지, 할머니?"

"왜?"

"나는 이 세상에서 엄마가 제일 좋거든."

나는 속마음을 이실직고할 수밖에 없었다.

"그래, 알아. 주니는 엄마를 제일 사랑해. 그래도 나는 주니가 제일 좋아."

할머니는 참 마음이 넓은 것 같았다.

"그런데 할머니, 내 눈동자에 할머니도 비쳐?"

언젠가 할아버지가 했던 말이 생각나 내가 물었다.

"그렇고말고."

"그러면 내 눈동자에는 모든 게 다 비쳐?"

"그렇고 말고, 주니 눈동자에는 별도, 하늘도, 국화꽃도 뜨고, 엄마 아빠, 할머니 할아버지도 다 비치지."

"그럼 할머니 눈동자에도 모든 게 다 비쳐?"

내가 자꾸 따져 물었다.

그 질문에 할머니는 선뜻 대답을 못 하고 잠시 망설이더니 이내 말을 이어 나갔다.

"아무에게나 다 비치는 건 아니야, 착하고 예쁜 마음을 가진 사람들끼리 서로서로 사랑스럽게 눈을 마주하고 있을 때만 비치는 것이지."

"아, 그래서 내 눈망울에는 늘 우리 가족이 다 비치는 거구나, 할아버지도, 할머니도, 아빠도, 엄마도…."

"그럼 부처님도 우리 가족이야?"

언젠가 내 눈망울에 부처님이 비친다며 좋아하시던 할아버지가 생각이 나서 내가 다시 물었다.

"그럼, 부처님도 주니를 사랑스럽게 바라보니까 우리 가족이지. 그래서 주니의 눈동자에 비친 그 모습을 어른들은 눈부처라고 한단다."

"눈부처?"

"그래, 눈부처. 그래서 우리는 눈부처 가족이지."

나는 우리 가족을 손으로 헤아려 보았다. 새삼 식구들 얼굴을 떠올리니 신이 났다. 부처님도 우리 가족이라는 생각에 더욱 신이 났다.

자성의 빛, 참회와 용서

1

내가 너무 늙었기 때문일까?

내게 다가온 세 번째 의문이었다.

사람들은 보이스 피싱 사기는 남녀노소를 불문한다고 말한다. 주위를 둘러보면 나이와는 상관없이 사기를 당하는 것이 사실이기도 하다. 그러나 나는 늙었기 때문에 그랬을 것이라는 생각을 지울 수가 없었다.

언젠가 나는 동네 사우나탕에서 쓰러진 적이 있었다. 바로 일어나 집으로 돌아왔지만, 순간 지난 일들이 기억나지 않았다. 놀란 가족들이 응급실로 바로 나를 입원시켰고, 부정맥이 불규칙하게 뛰는 심방세동 진단을 받았다. 언제 재발이 될지 알 수가 없는 무서운 질병이다. 늙었다는 것은 죽음이 점점 다가온다는 것이다. 이제 내게도 죽음을 생각할 때가 온 듯했다. 삶의 시간에서 어둠이 드리우고, 간헐적으로 두렵고 약한 마음이 스쳐 간다. 때로는 짊어진 고통이 버거워지기도 한다.

누군가가 그랬다. 죽기 전에 꼭 해야 할 버킷리스트 두 가지를 들라 하면, 죽음을 통해 온전한 삶을, 책을 통해 진정한 삶을 성찰하는 것이라고 말하겠다고.

죽음이 다가오면 사람들은 삶과 죽음 사이에서 늘 딜레마에 빠진 자신을 되돌아본다. 육체는 유한하지만 무한하고 거대한 영혼이 늘 내 안에 자리하고 있기 때문이다. 죽으면 아무것도 없는 것이라고, 쉽고 편안하게 생각하는 사람에겐 죽음은 그것으로 끝이다. 그러나 내가 수많은 탄생과 죽음을 거쳐 이곳에 온 존재라면 그 영원 속에서 지금 나는 무엇을 어떻게 해야 할 것인가? 하는 물음이 무겁게 어깨를 짓누른다.

일상적인 삶에서 죽음이란 무엇일까?

그것은 생각하기조차 두렵고 불길한 것, 삶에 몰두하기 위해 그냥 잊어야 하는 것, 삶은 삶이고 죽음은 죽음이기에 오로지 삶이 전부이고 그것이 끝나는 것이 죽음이다. 죽음은 그래서 아름다운 삶의 종말이자 불행한 사건일 뿐이다. 죽음은 현재의 사건이 아니고 미래의 사건이기에 미완의 대서사이며 잠시 유예된 필연이다. 아이러니하게도 죽음에 대한 공포와 불안은 내가 살아 있음을 상기시킨다.

그동안 우리는 죽음을 잊고 살았다. 죽음이란 늘 남의 그것으로 생각하기 때문이다. 우리는 죽음을 잊음으로써 진정한 삶도 잊어버린다. 죽음에 대한 망각은 온전한 삶에 대한 망각을 뜻하기에 그렇다. 죽음을 망각한 생활과 죽음이 시시각각으로 다가옴을 의식한 생활은 완전히 다르다. 그것을 기억함으로써 우리는 무엇을 위해 어떻게 살아가야 할 것인가 하는 물음에 대한 답을 얻을 수 있기 때문이다.

삶을 살아가는 것으로, 죽음을 죽어가는 것으로 본다면, 살아가는 것이 죽어가는 것이고, 죽어가는 것이 살아가는 것이다. 이러한 역설은 지금 여기를 중심으로 삶과 죽음이 한데 어울려있고 엮여 있다는 말이다. 그러니까 죽음은 미래의 사건이 아니고 현재의 사건이다. 나는 항상 어느 순간의 '이것임'이다. 그렇다면 지금, 이 순간에 집중하는 것으로 충분하다. 그러니까 삶과 죽음의 역설이 우리에게 전하는 삶의 메시지는 바로 지금 여기에 늘 깨어 있으라는 것이다.

그런데도 우리는 세상을 사느라 자신을 살지 못하고, 미래를 사느라 현재를 살지 못한다. 이 순간, 지금 여기에 늘 깨어 있지 못한 채 일상을 반복하고 있다. 반복되는 삶은 참 공허하고 덧없고 또 지겹다. 이 반복 앞에서 아무것도 하지 않는다면, 시간은 무디어지고 무감각해질 수밖에 없다. 사건은 내 의지와 무관하게 닥쳐오고, 일상도 내가 예상한 대로 흘러가지 않기 때문이다. 그렇다면 내가 지금 여기에서 할 수 있는 일은 무엇일까? 내 안의 우는 아이를 달랠 방법은 따로 없는 것일까?

그건 내 안의 주름을 펼쳐 보는 여정, 바로 글쓰기였다.

주름은 피부가 쇠하여 생긴 생채기다. 주름은 우리의 몸과 얼굴에만 있는 게 아니다. 주름은 때론 마음속에도 삶의 발자취로, 깊은 상처의 흔적으로, 켜켜이 쌓인 삶의 흔적으로 고스란히 남아 있다. 우리가 존재를 이해한다는 것은 그것에 아로새겨져 있는 주름을 펼쳐 보는 것이고, 그 사람을 완벽히 이해한다는 것은 그 사람이 가진 주름의 골의 깊이를 아는 것이다. 그의 삶을 아름답게 마무리하는 것은 시절 인연의 흔적인 주름을 재해석하여 의미를 부여하고, 그 주름에 새로운 생명을 불어넣어 보는 일이다.

글을 쓴다는 것은 자기 삶을 서사로 꿰매는 작업이며 일상의 반복 속에서 차이를 포착하고, 지금 여기 한순간 한 조각이 빚어

내는 차이를 붙들어 매고 꿰매는 작업이다. 삶에서 재료를 끄집어내고, 그것을 구체적으로 조형해서, 그 결과물을 삶에 다시 돌려주는 과정이다. 글은 삶의 틈바구니에서 길어 올려지지만, 삶은 글로서 적힐 때만 흩어지지 않고 모습을 드러낸다.

그러나 글을 쓴다는 것은 단순히 삶의 결과물을 꿰매는 작업이 아니다. 권태롭고 시시했던 나날들, 별 볼 일 없던 자신과 빛나는 순간을 그냥 붙들어 매려는 작업이 아니다. 글쓰기의 진정한 과정은 이미 겪은 일, 혹은 겪고 있는 사람이나 시간을 다시 한번 살아내는 과정이다. 그러니까 글을 쓴다는 것은 세상의 잣대와 평가에서 벗어나 내식대로 세상을 조명해 보고, 나의 삶에 단순한 박자 대신 건강한 리듬을 불어넣으려는 작업이다.

늘그막에 이런 시도가 무슨 의미가 있을까? 공허하고 덧없다는 생각이 들었다. 그러나 나는 심하게 고개를 저었다. 우리는 누구든 늘 죽음을 대면하고 있기에 그건 젊고 늙음의 문제가 아니지 않으냐고. 오늘 하루를 망치면 내일이 있고, 올 한 해를 놓치면 내년을 기약할 수 있지만 잘못 보낸 삶에는 다음 인생이 없지 않으냐고. 굳이 결과물을 기대할 이유가 없으므로 그냥 지금 여기에 집중하면 그것으로 충분한 것이 아니냐고. 지난 삶을 재해석하여 삶을 다시 한번 살아낸다면 지나쳐간 그런 삶들이 새로운 부피와 깊이를 입고 재부상하지 않겠느냐고. 그렇게 되면 울고 있는 내 안의 아이를 달랠 수 있지 않겠느냐고.

2

　사실, 나는 고등학교 시절 습작으로 단편 소설을 한번 써 본 경험이 있다. 가난의 질곡에서 벗어나지 못하는 어린 시절의 고향 마을을 배경으로, 형제간의 갈등을 소재로 한 것으로 기억된다. 아쉽게도 그 원고는 내 수중에 없다. 원고를 그 당시 국어 선생님께 드렸기 때문이다. 습작을 한번 읽어봐 달라며 새가슴으로 원고를 내밀었다. 원고에 대한 멘트를 기대했는데 멘트는 고사하고 원고조차 돌려받지 못했다. 그때는 선생님을 찾아갈 용기도 없었고 한 번 더 써 보고자 하는 열정도 없었다. 소설로서는 처음이자 마지막 습작인 셈이다.

　성북동 삼선교는 전통 한옥 마을이 밀집된 곳이다. 서울로 발령받아 삼선교의 어느 전통 한옥에 세를 들게 되었다. 옆집도 안가安家라는 현판이 고풍을 내뿜는 전통 한옥이었다. 우연히 그 집주인이 고등학교 시절 그 국어 선생님이었다는 것을 알게 되었다. 선생님께서는 대입을 준비하는 학생들에게 과외 수업을 지도하셨다. 어느 일요일 아침, 동네 아이들과 야구공 던지기를 하는 데 선생님이 대문 앞에 서 계셨다. 두근거리는 마음으로 인사를 드렸고 선생님은 머뭇거리면서 인사를 받으셨다. 두근거렸다는 것은 오랜만에 은사를 뵙게 되는 설렘도 있었지만, 가슴 조이며 원고를 내민 기억의 일면이 은연중에 남아 있었을 터이다. 머뭇거렸다는 것은 나에 대한 기억이 없다는 것을 의미했다.

　그날은 술이 한잔 되었다. 만취가 되어 늦은 밤에 골목을 비틀거리며 헤집고 다니는 모습을 그때는 종종 이런 식으로 점잖게 표현했다. 옆집 대문을 두드렸다. 선생님 댁이다. 서재로 안내하는 선생님 멱살을 잡고 갑자기 객기를 부리기 시작했다.

"선생님, 꺼억, 우째 그리 고마 깔아뭉개 부릴 수가 있습니꺼?"

술이 한잔 들어가니 사투리가 더 유창했다. 습작 소설에 관한 얘기였다. 선생님은 갑작스러운 나의 질문에 당황하시면서 어물어물 답하신 것으로 기억된다. 어물어물 답하신 것은 선생님의 기억 속에 내 습작은 없었기 때문이다. 옛 은사의 멱살을 잡은 희대의 사건이 벌어졌다. 다행히 현장에 계신 사모님과 집사람의 도움으로 사건은 빨리 수습되었다. 나는 그 이후에도 술이 한잔 들어가면 뜬금없이 친구들이나 회사 동료들 앞에서 예의 그 습작 얘기를 꺼내며 큰 소리로 떠벌리며 흥분하곤 했다.

부산 지역에는 동백회란 기관장 모임이 있었다. 모임이 끝나고 귀갓길에 당시 부경대 K 총장과 합승하게 되었다. 총장은 그날 국제신문 한 모퉁이에 실린, 부산항에 관한 내 칼럼을 읽으시고 한마디 건넸다. 이 청장, 제법 문자 속이 있습디다그려. 그냥 의례적으로 하신 총장님의 말씀을 취중이지만 놓칠 리가 없었다. 나는 뜬금없이 예의 그 습작 얘기를 장황하게 풀어놓기 시작했다. 뜻밖에도 총장님은 선생님의 박사 학위 지도교수였다. 그날 귀갓길이 왜 그렇게 짧았던지. 성북동에서 부산으로 내려오신 선생님은 학위를 마치신 후 경성대 교수 겸 시인으로 활동하고 계신다는 소식을 들었다.

다원 마을은 밀양시 산외면에 있는 전원주택 단지다. 선생님께서 15년 넘게 전원생활을 하고 계신 곳이다. 성북동에서 헤어진 지 20년이 지난 어느 해 늦은 봄, 나는 집사람과 함께 다원 마을을 찾았다. 조그맣고 아담한 1층 단층집은 산수유나무, 살구나무, 배롱나무, 단풍나무로 둘러싸여 있고 텃밭에는 제비꽃, 양지꽃, 꽃다지, 금란초 등 형형색색의 키 작은 들꽃들이 다투어 피어 있었다. 『뒤란이 시끌시끌해서』는 선생님의 시집 이름인 동시에 시의 제목이다. '뒤란이 시끌시끌해서 문을 열고 나가 보았더니, 지난봄 와자지껄 살구꽃 피던 살구나무 밑동에 낙엽들이 지천으로 모여 재잘거리고 있습니다.'로 시작되는 글이다. 선생님께서는 전원생활을 하시면서 글을 쓰고 계셨다. 선생님 텃밭에서는 멀리 칠탄정이 바라다보였다. 기억의 몇 겹 필름을 풀어내도 모자라는 많은 애환과 추억을 간직한 곳이다.

피천득은 그의 수필, 「인연」에서 아사코를 세 번 만난다. 그 글의 제목을 '인연'이라고 붙인 건 피천득이 아사코와의 기억을 어떻게 생각하는가에 대한 농밀한 단서다. 그것은 아사코에 대한 그리움이 키워낸 짝사랑이다. 나도 그동안 선생님과 세 번의 만남이 있었다.

나에게도 선생님과의 인연은 아쉬움과 그리움이 키워 낸 짝사랑이다. 그러나 아쉬움과 그리움의 대상은 정작 선생님이 아니고 글쓰기다. 선생님께서는 그 당시 내 습작을 돌려주지 아니하셨다. 성북동에서 멱살을 잡았을 때도 선생님의 나에 대한 기억은 없었다. 그 이유를 나는 오래전부터 이미 알고 있었다. 내 습작은 너무 서툴고 어설펐기 때문이다. 그런데도 나는 그리움과 아쉬움이 키워낸 그 짝사랑의 기억을 인연으로 간직하고 그 인연을 계속 이어가고 싶다. 그리고 들꽃으로 가득한 조그마한 전원주택에서, 때로는 낙숫물 소리나 차이콥스키를 들으며, 때로는 뒤란의 시끌시끌한 낙엽들에 다가가는, 정겨운 노인으로 남은 삶을 마무리하고 싶다.

3

   나는 그동안 여러 시절 인연들을 만났다.

   시절 인연이란 사람과의 만남, 일과의 만남, 자연과의 만남, 깨달음과의 만남 등 모두 만남을 말한다. 더불어 살아오며 삶의 흔적으로 남아 있는 기억의 조각들이고, 사랑하고 미워했던 가까운 인연들로 촘촘히 엮어진 그물이다. 다투고 부대꼈던 삶의 현장들이며, 함께 살아 숨 쉬며 견뎌왔던 자연과의 내밀한 속삭임이다. 내 안의 우는 아이를 달래주기 위해 어느 날 문득 다가온 부처님의 법이요, 살아가며 다가온 소소한 알아차림이다.

   내게 다가온 그 소소한 알아차림은 어느 날 벌어진 보이스 피싱이 계기였다. 사실, 우리가 만날 수 있는 인연은 내 밖의 상대를 만나는 것이 아니라 내 안의 또 다른 나와 마주치는 것이다. 모든 만남은 내 안의 놓치고 있던 나를 만나는 일이다. 보이스 피싱 사기도 그랬다. 소소한 일상에서 벌어진 그 사건은 갖가지 의문으로 이어지고 결국 내게 작은 알아차림으로 다가왔다. 딸 바보란 사랑이라는 이름을 빌린 집착이 바로 인정 욕구에서 비롯된 것이라는 사실을. 딸아이와의 진정한 만남과 사랑의 연결 고리는 딸아이의 눈망울에 비친 눈부처의 시선임을.

그동안 길들었던 인문학적 사고에 힘입었던 것일까? 시간이 흐르면서 점점 생각이 깊어졌고, 딸아이의 눈망울에 비친 눈부처의 시선은 점점 '우리'라는 시절 인연으로 외연이 확대되고 있었다.

융은 마음을 '섬'이라 했다.

섬들은 얼핏 보면, 서로 분리된 것처럼 보이지만 섬과 섬은 사실상 해저 면을 통해 서로 연결되어있다. 섬이라 알고 있는 부분을 의식으로, 조류에 의해 드러났다 사라졌다 하는 중간 부분을 개인 무의식으로, 바닷속에 잠겨 있는 부분을 집단 무의식으로 보았다. 개인 무의식을 출생 이후 억압된 개인의 경험이나 단순하게 잊은 기억이라면, 출생 이전에 이미 형성된 인류 보편적 경험을 집단 무의식으로 본 것이다. 어떤 사람이 무의식적인 충동과 욕구가 있다면 그것은 인류 전체의 역사에게서 온 것이다. 이게 집단 무의식이다.

그러니까 나는 누구인가, 하는 질문은 사실, 우리는 누구인가, 하는 질문에 달려있다. 우리 각자는 집단 무의식에 연결되어있기 때문이다. 무의식은 나에 관한 것이 아니다. 그것은 우리에 관한 것이다. 이는 너와 내가 다르지 않고, 세상은 둘이 아니라 우리라는 공동체 의식으로 설계되어있다는 것이다. 자신이 바라보며 판단하고, 부러워하고 미워하는 모든 대상이 바로 자기 자신이라는 것이다. 너와 내가 다르지 않고, 장단점, 좋음과 나쁨, 사랑과 미움이 모두 내 안에 들어있다는 말이다.

U·덕분에♡

한여름, 백운호수 둘레길을 걷노라면 볏논에 까만 벼로 새겨 놓은 이런 글씨가 눈에 띈다. 풀이하자면 '당신 덕분에 행복합니다.'라는 뜻이다. 계속 길을 따라가다 보면 둘레길 난간에 또 다른 팻말이 보인다. 거기에는 네가 있어야 우리가 된다는 글귀가 쓰여있다. 의왕을 사랑하는 시민들에게 우리라는 공동체 의식을 전하려는 메시지 같았다.

더불어 살아가는 우리는 늘 '고맙습니다', '감사합니다', '덕분입니다', '미안합니다'라는 말을 즐겨 쓴다. 이런 인사말에 대해 영국 사람들은 "It's my pleasure."라고 답한다. 풀이하자면, 아니에요, 그냥 내가 좋아서 기꺼이 한 것이에요, 그렇게 하니 오히려 내가 즐겁고 행복하네요, 라는 함축적인 의미가 담겨 있다. 요즈음은 나도 상대방의 인사말에 대해 자주 그렇게 내뱉는다. 그렇게 내뱉고 나면 기분이 좋아진다. 마음이 포근해지고 따뜻해진다. 이는 상대방도 마찬가지일 것이다.

그러니까 이웃과의 만남과 사랑은 내가 즐거우므로 기꺼이 한다는 주관적 소속감이면 충분한 것이다. 그들이 내 이웃인 것은 그들이 다른 이웃보다 돈이 많고 권력이 있어서가 아니다. 그들이 내 이웃인 것은 다른 이웃보다 내게 더 많은 도움을 주어서가 아니다. 그들이 내 이웃인 것은 진정한 사랑으로 서로서로 눈부처로 바라보기 때문이다. 이태원 대참사를 바라보던 나의 시선도 그런 것이었다.

참사가 일어난 그다음 날 새벽녘이었다. 친구 J가 카톡으로 문자를 보내왔다.

새벽 예불처럼 생각에 잠기다, 문득 밀양의 은은한 일박이일의 여정이 떠 오른다. 전도연 주연, 이창동 감독의 영화, 『밀양』속의 명대사가 참사 소식과 오버랩되어 감회가 인다.

참사가 일어나기 얼마 전, 고향이 밀양인 고등학교 친구 11명이 함께 밀양을 찾았다. 그동안 잃어버렸던 시간과 공간을 찾아 나선, 늦깎이 노인들의 추억 여행이었다. J와 나는 칠탄정의 추억을 간직하고 있었기에, 비록 고향은 아니지만, 그들과 합류할 수 있었다. 1박 2일의 짧은 여정이었지만 우리는 친구들의 옛집을 일일이 하나하나씩 찾아 나섰다. 칠탄정도 그중의 하나였다. 여행 중에 J는 불쑥 영화 『밀양』얘기를 꺼냈다. 그날 우리는 꽤 오랫동안 그 영화에 관한 얘기를 주고받았다.

내 친구 J는 울보다. 그날 『밀양』얘기를 주고받았을 때 J는 영화 속의 명대사를 떠올리며 가끔 울먹거리곤 했다. 카톡으로 문자를 보낸 그 날 새벽녘에도, 친구는 영화 속 신애의 절규를 떠올리며 혼자서 울고 있었을 것이다. 참사로 자식을 잃은 수많은 부모, 그들이 겪어야 할 황당함, 분노와 억울함 그리고 애별리고愛別離苦를 어찌해야 한단 말인가?

소망교회 K 목사는 주일 설교에서 어느 한 희생자의 장례식 조문을 다녀온 소회를 말했다. 영정만을 멀뚱히 쳐다보며 넋 놓고 앉아 있던 미망인에게 무슨 위로의 말을 건네야 할까? 왜 하느님은 이 유족에게 이렇게 가혹한 형벌을 내리시는 걸까? 하느님을 향한 뾰족한 마음이 갑자기 도드라지는 것은 웬일일까? 할 말을 잃은 그는 유족 앞에서 하느님께 오직 기도만 하고 돌아왔다고 했다. 이런 아픔을 견뎌야 하는 수많은 유족에게 위로할 수 있는 치유의 언사를 베풀어 달라고.

친구의 문자를 받아든 나도 새벽 예불처럼 생각에 잠겨 며칠 밤을 보냈다.

과연 치유의 언사란 무엇을 말하는 것일까?

치유의 언사란 어쩌면 하느님의 말씀일 것이다. 목사는 그의 설교를 마무리하며 그들이 스스로 치유할 수 있는 길은 오직 믿음이라고 했다. 그 믿음은 전지전능하고 영원하신 하느님의 현존 앞에서 하느님의 말씀을 믿고 하느님의 말씀대로 실천하는 일이다. 부처님의 법에서는 이를 신행이라고 한다. 부처님의 가르침을 믿고 이를 실천하는 일이다. 하느님의 말씀이나 부처님의 법은 모두 그 근간이 세상은 공정하고 평등하다는 진리에 바탕을 두고 있다. 그래서 우리는 그 믿음 앞에서 억울함과 분노를 삭일 수 있고, 아픈 상처를 스스로 어루만지며 비로소 위로와 평온을 얻을 수 있는 것이다.

그러나 우리는 그 믿음의 힘으로만 상실의 아픔을 극복하기에는 너무나 무력하고 나약하다. 그래서 더불어 살아가는 우리가 필요로 하는 것은 이웃의 위로다. 믿음이 참사 유가족 스스로가 자신을 치유할 수 있는 언사라면, 이웃의 위로는 타인이 참사당한 유가족에게 베풀 수 있는 치유의 언사다. 상처받아 고통스러워하는 자를 구원할 수 있는 자는 굳이 신이 아니라 내 이웃일 수도 있다는 말이다. 영화 『밀양』에서는 그 치유의 언사를 'Secret Sunshine'이라고 말한다. 'Secret Sunshine'은 密陽이라는 한자를 영어로 번역한 영화 제목이기도 하다.

영화 속의 주인공 신애는 죽은 남편의 고향인 밀양에 아들과 둘이 살러 내려온다. 피아노 학원을 운영하면서 삶에 익숙해져 갈 때쯤, 아들이 유괴당하고, 결국 죽은 채 발견된다. 범인은 아들이 다니던 웅변 학원 원장. 터질 듯한 상처를 가슴에 안고 지내다 그녀는 교회를 가게 된다. 눈에 보이지 않는 것은 믿지 않는다던 그녀는 신의 기운을 느끼며 삶의 활력을 되찾는다. 드디어 그녀는 적을 용서하라고 하신 하나님의 말씀을 따르기 위해 교도소에 있는 웅변 학원 원장을 찾아간다. 그를 용서하기 위해서다. 그는 그녀를 바라보며 자기는 이미 하나님께 용서받았다고 말한다. 웅변 학원 원장의 평온한 얼굴과 담담한 고백 앞에서 신애는 절규한다.

내가 용서하지 않았는데 누가 그 사람을 용서했단 말인가?

교도소 면회를 마치고 나오자마자 신애는 거리에서 기절하여 쓰러지고 만다. 그동안 신앙으로 견뎌왔지만, 신애는 그 배신감을 심리적으로 받아들이기 힘들어 의식을 잃은 것이다. 그날 이후 신애의 모든 것은 혼란으로 들어간다. 세상 사람들더러 보란 듯이, 신을 비웃으며 하나님이 싫어할 일들을 저지르며 훼방을 놓는다. 인간의 구원이란 인간끼리의 책임과 관계 속에서 용서받은 다음 이루어지는 것이기에 용서는 피해자의 몫이다. 신애는 그렇게 울부짖으며 넋을 놓고 하루하루를 살아가고 있다. 그러던 중 어느 날, 신애는 자살을 시도하다 정신병원에 입원한다. 퇴원 후 신애는 길어진 머리를 자르려 미용원을 찾지만, 미용사가 원장의 딸이라는 것을 안 신애는 밖으로 뛰쳐나간다.

영화의 마지막은 종찬이 들어준 거울을 보며 신애가 머리를 스스로 자르려는 장면이다. 카메라는 지저분한 마당에서 바람에 날리는 머리카락에 초점을 맞추고, 마당에 드리워진 햇살을 꽤 오랫동안 비추면서 막을 내린다.

종찬은 지역 토박이, 카센터 주인이다. 신애는 고향으로 내려오다 차가 고장이 나, 종찬을 만나게 된다. 그 뒤로 종찬은 이래저래 신애를 돕기도 하고 동정도 하지만, 때로는 텃세를 부리는, 적당히 속물인 평범한 이웃이다. 종찬은 신애 주변을 맴돌면서 특별한 간섭 없이 신애의 감정을 마음으로 느끼고 공감해준다. 신애의 옆을 처음부터 끝까지 지키고 서 있었기에 신애에게 종찬은 그저 존재해 주는 것만으로도 고마운 사람이다.

신애는 일상으로 돌아가기 위해 이제 스스로 머리를 자르려 한다. 새로운 삶의 출발을 위한 의지다. 그건 신애 곁에 비밀스러운 빛이 함께 있었기에 가능한 일이었다. 신애를 비추는 따뜻한 빛,

지저분한 마당의 응달까지 파고드는, 맑고 순수한 마음의 빛, 그 빛은 종찬이라는 존재의 Secret Sunshine이었다.

요즈음 그 참사에 대한 책임 문제로 세상이 떠들썩하다. 이번 참사의 가해자는 누구인가? 안타깝게도 이번 참사의 경우는 영화 『밀양』속의 가해자처럼 누구라고 특정 지을 수 없는 안타까움이 있다. 희생자의 이름을 밝혀야 하는지에 대한 정치적 논쟁 또한 시끄럽다. 과연 이러한 정치적 논쟁이 얼마나 유가족의 아픔을 치유할 수 있을까? 다 부질없고 덧없는 일이다. 그들에게 정녕 필요한 것은 그들을 바라보는 따뜻한 위로의 시선이다. 바로 눈부처로 세상을 바라보는 시선이다. 나는 본래 부처이니 부처처럼 생각하고 행동하며, 가까이하는 내 이웃도 모두 부처임을 알고 부처처럼 대하는 일이다. 연민과 참회 그리고 사랑으로 서로가 서로에게 향기로 다가가는 자비로운 시선이다.

4

나는 내게 다가온 그 소소한 알아차림을 글에 담아 보기 시작했다.

글을 써 내려가며 시절 인연이 안겨준 그 경험과 사고를 이해하려고 그들과의 관계에 대해 스스로 물어보고 수시로 내면의 감정을 들여다보았다. 거기에는 욕망과 집착, 사랑과 미움, 회한과 죄책감 등 무수한 감정들이 뒤엉켜 있었다. 그러나 그 감정들은 하나같이 타자를 배제하고 나 이외의 것은 모두 나의 곁가지로 환원시키는 것들이었다. 지금 써 내려가고 있는 이 글이 과연 날 것으로 완전히 드러내고 있는 것일까? 트라우마에서 벗어나기 위해 가면을 쓴 또 다른 몸짓은 아닐까?

그럴 때면 나는 수시로 글 쓰는 작업을 멈추었다. 그리고 혼자서 조용히 방에 앉아 명상의 시간을 가졌다. 때로는 안양천을 걸었고, 모락산 '명상의 숲' 길을 찾았고, 때로는 절에 들러 참선의 시간을 가졌다.

착한 내가 왜 그런 일을 저질렀을까?

언제부터인가, 나는 그 화두를 다시 꺼내 들었다. 저변의 무의식과 부단히 만나 내 안의 어두운 그림자를 드러내고 인정하며 받아들이기 위해서다. 나는 그때부터 참회의 글을 쓰기 시작했다. 지서를 칠탄정에서 만났을 때, 췌장암으로 죽은 허 검사원의 여자 친구가 바로 그녀라는 기막힌 사실을 나는 이미 알고 있었기 때문이다.

허 검사원의 장례식이 끝나자마자 바로 사내 인트라넷에 장례식 발인 현장의 동영상이 올라왔다. 동영상을 올린 것은 지방에 근무하는 직원과 해외 주재원들을 고려한 조치였다. 애도의 글이 많이 올라왔다. 나도 늦었지만, 애도와 속죄의 마음으로 그 동영상을 보게 되었다. 지나가는 화면에 낯익은 얼굴이 보였다. 지서였다. 동영상을 다시 돌려 보았다. 분명히 지서였다. 나는 급하게 수행 비서를 불렀다.

"김 비서, 이 사람을 알아?"

나는 영구차에 오르고 있는 한 여자를 가리키며 물었다. 눈여겨보더니 수행 비서가 말했다.

"아, 차지서 씨군요, 허 검사원 여친입니다."

"……."

나는 잠시 머뭇거리다 말을 이어 갔다.

"여친이라면 애인?"

"네"

"……."

나는 말을 더 잇지 못했다. 수행 비서는 허 검사원과는 입사 동기였다. 그동안 서너 번 병문안했었고, 그때마다 허 검사원 어머니를 뵈었다고 했다. 장례식에 참석했을 때, 어머니가 지서를 자기에게 소개해 주었다는 것이다.

그동안 허 검사원의 죽음을 생각할 때면 가끔 가슴이 퍽퍽해질 때가 있었다. 그럴 때면 감정이 소용돌이쳤고 그때마다 불편한 그 감정을 회피하고 억누르려 했다. 안타깝게도 그러한 감정은 억누르면 억누를수록 나를 속이는 것 같았다. 진정한 만남과 사랑의 관계가 더욱더 일그러지는 것 같은 느낌이었다. 지서가 허 검사원의 여자 친구라는 기막힌 우리의 시절 인연을 생각할 때면 더욱 그런 느낌이 들었다.

그러나 나는 그 사실을 인정하기 싫었다. 그렇지만 내가 느끼는 그 감정은 오롯이 나의 몫이었다. 그러한 감정이 부정적일지라도 내 안의 그 감정을 온전히 내어 맡기고 신뢰해야 한다는 생각이 들었다. 아끼고 보듬고 받아들여야겠다고 생각했다. 그래야만 남은 삶이 편안하고 자유로울 것 같았다. 그때 불쑥 강숙 씨의 소설 한 대목이 스쳐 지나갔다.

고통에서 빠져나오려면 그 고통으로 들어가 그것을 뚫고 나와야 한다.

그렇다. 수치심이나 죄책감은 자신의 고통에 직면하지 않으려는 비겁함 때문에 생겨난다. 그 비겁함에서 벗어나는 일은 그 고통으로 들어가 그것을 뚫고 나오는 일이다. 나를 붙들고 얽어매고 있는 그 실체를 가만히 들여다본다. 알고 보니 죄책감이 나를 붙들고 있는 게 아니라 내가 죄책감을 붙들고 있었던 게 아닌가? 그것을 놓으면 된다. 놓는다는 것은 타인의 아픔에 대해, 내가 저질렀던 나의 처신과 행동에 대해 잘못을 인정하고 책임을 지는 일이다. 책임이란 자신의 현실을 직시하고, 스스로 판단하고, 그에 적합한 행동을 직접 선택해 나가는 것이다. 그 적합한 행동이 내게는 바로 지서와 허 검사원에게 참회와 용서를 구하는 일이었다.

과거 전체를 되돌아보는 일은 버거운 일이지만 그 작업이 선행되어야만 우리는 진정 과거의 트라우마에서 벗어날 수 있다. 그러려면 그 트라우마에 대한 능동적이고 긍정적인 인식과 해석이

뒤따라야 한다. 사람들은 제각기 다른 렌즈를 통해 과거의 트라우마를 바라본다. 이는 어떤 특정 사건을 각각 다르게 인식하고 해석한다는 말이다. 분명한 것은 그 사건에 대한 책임을 회피하고 잘못을 비난하는 것도, 그 사건을 인정하고 수용하며 또 화해하는 것도, 그 인식과 해석의 주체는 그 누구도 아닌 바로 나라는 것이다.

참회는 잘못에 대해 부끄러워하는 것이다. 먼저 자신의 양심에 비추어 자신을 스스로 부끄러워할 뿐 아니라 다른 사람이 자기 잘못으로 인해 상처받거나 고통받은 것에 대해 부끄러워하는 것이다. 그러면서 자기 잘못을 감추지 않고 스스로에게나 타인에게 드러내는 것이다. 그리고 잘못의 원인을 확실히 규명함으로써 다시는 그런 잘못을 되풀이하지 않는 것이다.

그러니까 참회란 아무것도 숨기지 않고, 자신이 저지른 짓거리가 잘못임을 알고 통렬히 후회하며 용서를 비는 일이다. 그러나 용서는 피해자의 몫이다. 피해자가 죽고 없다면 내가 할 수 있는 일이 과연 무엇일까? 나는 그 문제에 한동안 골몰했다. 지서에게 허 검사원의 영가 천도를 부탁해야겠다는 생각이 불쑥 떠올랐던 것은 내 글이 거의 마무리될 무렵이었다.

바르도의 강, 윤회

1

의식은 저녁 예불이 끝난 후 지장전에서 일곱 차례에 걸쳐 치르기로 했다.

사실, 『티베트 사자의 서』는 죽음 이후 49일 동안에 일자별로 일어나는 사후의 세계를 다루고 있다. 그래서 이 경전은 죽은 후 49일 동안 험난한 바르도의 강을 건너고 있는 죽은 자에게 들려주어야 한다. 그러나 『티베트 사자의 서』는 말한다. 죽음이란 생명이 영원히 끝난 것이 아니고 단지 마음이 육체를 떠난 것뿐이며, 마음이 새로운 육체를 찾아 떠나는 여정이라고.

죽음이 결코 끝이 아니라면 바르도는 굳이 사후에만 존재하는 것이 아닐 것이다. 그래서 그 가르침은 산 자에게도 유효하다. 그도 살면서 그 가르침을 듣고, 사유하고, 수행하면서 자기 죽음을 대비해야 한다. 그래서 그 가르침은 굳이 사후 49일이라는 제한된 시간에 얽매이거나 죽은 자의 귓가에만 들려주어야 하는 것은 아니다. 이 깨달음의 노래는 살아 있는 사람, 죽어가는 사람, 죽은 사람 모두에게 들려줄 수 있는 것이다.

그렇다면 이 깨달음의 노래는 선배와 당신, 그리고 아저씨를 위한 것이고, 어쩌면 나를 위한 것일지도 모를 일이다. 물론 이 경전은 생전에 죽은 자의 스승이 읽어주면 좋지만, 가족이나 동료, 친지 등 평소 가까이 지내던 사람이 그 역할을 대신할 수 있다. 내가 혼자서 의식을 치르려는 이유이기도 하다.

먼저 공양물을 올리고 향을 피운 뒤, 부처님께 삼배하고 좌정한다. 그리고 깨달음의 노래가 들어 있는 명상의 소리를 튼다. 이는 『티베트 사자의 서』를 기초로 하여, 인도의 깨달은 스승, 오쇼의 명상과 각성을 현시대에 걸맞은 새로운 이해의 방식으로 만든 오디오 북(CD)이다.

죽은 자는 바르도의 강을 세 번 건너야 한다. 첫 번째 강은 죽음의 순간이다. 이 기간은 숨이 멎고서 3일 반 동안 지속된다. 이때 죽은 자 앞에는 두 번에 걸쳐 투명한 빛이 출현한다. 두 번째 강은 존재의 본래 모습을 체험하는 단계로서, 죽음 이후 4일에서 14일간 지속하는 기간이다. 세 번째 강은 육도의 빛이 내비치는 마지막 단계로서 환생의 갈림길에 서 있는 기간이다. CD도 그 단계에 맞춰 세 개로 구성되어 있다.

바르도는 단계마다 온갖 환영들이 펼쳐진다. 『티베트 사자의 서』는 그때마다 눈앞에 나타나는 모든 현상이 자기 마음의 투영이라는 것을 계속해서 이야기한다. 그러면서 청정한 마음의 빛을 바르게 인식하고 그곳에 머물러야 한다고 줄곧 주문한다. 명상의 소리가 흐르는 동안 나는 영가들을 하나하나 떠올리며 절을 이어간다. 그러면서 불보살님들께 가호를 청하고, 바르도의 실상을 밝혀 주며, 바르도의 공포에서 벗어나게 하고, 바르도의 험로에서 구원해 주길 바라는 기도를 올린다.

명상의 소리가 끝나고 나면 조용히 눈을 감고 고요한 마음으로 그 깨달음의 노래를 관조해 본다. 때로는 그 깨달음에 담긴 붓다의 가르침을 나를 둘러싼 시절 인연에 접목하여 내 식대로 해석하고 의미를 부여해 보며, 또 꼬리표를 달아 본다. 그런 후 그날 의식을 마무리한다.

그러나 걱정이 앞섰다. 아무래도 『티베트 사자의 서』에 담긴 붓다의 가르침이 잘 이해가 안 되고 생뚱맞으며 또 낯설다는 생각이 들었기 때문이다. 그래서 나는 의식을 시작하기 전에 미리 『티베트 사자의 서』에 관한 여러 해설서를 공부하고, 그중 이해가 잘 안되는 부분에 대해 여러 스님께 그 가르침에 대한 자세한 설명과 해설을 부탁드렸다. 특히 나는 지명 수배를 피해 정혜선원에 머물렀을 때 선재 동자와 어린 왕자를 만날 기회가 있었다.

선재 동자와 어린 왕자는 오늘을 살아가는 바로 우리 자신이다. 그들은 우리에게 누구든지 구도의 길에 동참할 수 있다는 희망을 준다. 누구나 진리에 쉽게 다가갈 수 있다는 길을 열어주고 있다. 누구나 스스로 뜻을 세우면 바로 그가 어린 왕자요 선재 동자다. 나는 선재 동자와 어린 왕자에게 길을 묻고 도움을 청하기로 했다. 때로는 어린 왕자를 가슴에 품고서 내 마음속 어린 왕자를 일깨우며, 죽음 여행을 떠나보려는 것이다.

『화엄경』은 크게 두 부분으로 나누어진다.

전반부는 정각을 이룬 붓다의 깨달음에 초점을 맞춘다. 그러나 붓다의 깨달음 세계는 너무나도 깊고 넓어서 우리 인간의 사변으로는 가늠할 수 없는 불가사의한 경지에 있다. 화엄경은 그래서 우리들의 이해를 돕기 위해 후반부에 선재 동자를 등장시킨다. 전반부의 깨달음에 관한 전 과정이, 선지식을 찾아 나서는 선재 동자의 해탈 여정으로 화엄경의 후반부에 다시 한번 펼쳐지는 것이다. 우리에게 필요한 것은 이론이나 관념적 사변이 아니라 현실적이며 구체적인 실천 행동이기 때문이다. 무대의 배경은 우리가 사는 실제 사회이며, 주인공도 우리와 같은 평범한 인간이다. 선재 동자는 구도의 여정에서 모두 53명의 선지식을 만나 그들로부터 배움을 얻고 결국 깨달음을 얻는다.

소설, 『어린 왕자』는 어느 조종사가 어린 왕자를 만나, 본래의 자기를 찾아가는 마음의 여정이다.

조종사는 비행기 사고를 당하여 사하라 사막에 불시착한다. 주위를 둘러보지만, 끝없이 펼쳐지는 모래 바다는 황량하기 그지 없다. 도와줄 사람도, 대화를 나눌 상대도 없다. 가진 것은 일주일 동안 마실 물뿐이다. 그는 이제 죽느냐 사느냐 하는 삶의 갈림길에 서 있다. 밤하늘에는 어깨너머로 수많은 별이 쏟아지고 있다. 자신과 우주는 서로서로 껴안은 듯 경이로운 광경이 펼쳐진다. 한낮에는 끝없이 펼쳐지는 사막의 모래더미에 파묻혀 적막한 고독 속으로 깊이 빠져든다. 자신의 처지가 너무 초라하고 또 외롭고 두렵다.

조금씩 내면으로 침잠해 들어가는 침묵의 시간이 흐른다. 삶의 갈림길에 섰을 때 누구든지 한 번씩 자신을 되돌아보는 그런 시간이다. 한없이 바쁘게만 살아왔던 삶의 여정을 되돌아본다. 아, 나는 누구인가? 정체성에 혼돈이 온다. 그때, 별에서 온 어린 왕자가 나타난다. 조종사는 어린 왕자와 함께 우물을 찾아 나선다. 어린 왕자는 내면의 자기이고, 우물은 마음의 이미지다. 황량한 사막을 아름답게 만드는 것은, 어딘가에 숨어 있을 우물이 있기 때문이다.

선재 동자와 어린 왕자는 서로 닮은 데가 많다. 그들은 각자 구도의 길을 나선다. 선재 동자는 깨달음을 찾아 나서고, 어린 왕자는 마음을 찾아 나선다. 구도의 길을 걷는 그들의 공통점은 만남과 배움이다. 선재 동자는 보살, 비구, 비구니, 바라문, 왕, 동자,

뱃사공, 몸을 파는 여인 등 53 선지식으로부터 배움을 얻고, 마침내 실천과 행동의 상징인 보현보살로부터 보살도의 깨달음을 얻게 된다. 지구별에 들어선 어린 왕자는 뱀, 장미, 사막여우, 전철수, 약장수 등으로부터 배움을 얻고 마침내 중요한 것을 마음으로 볼 줄 아는 눈을 얻게 된다. 그들은 구도의 끝 돌에 이르러 결국 고향인 본래 자리로 돌아간다. 선재 동자는 불성을 찾아 본래 모습으로 되돌아가고, 어린 왕자는 떠나왔던 자기 별로 돌아간다.

월정사의 동은 스님은 법보신문 기고문에서 어린 왕자와 선재 동자의 만남을 이렇게 표현했다.

그대 아직도 가슴속에 어린 왕자를 품고 있는가? 꽃비 내리는 봄날, 오대산 선재길을 걸어 보라. 운 좋으면 어린 왕자와 선재 동자가 섶다리에서 놀고 있는 것을 보게 될 것이다.

2

죽음의 순간이 시작되는 첫째 날이다. 이 단계에서 망자에게 주문하는 게송의 내용을 요약하면 다음과 같다.

/ 눈부처

그대는 이제 막 죽음의 순간을 맞이했다. 날숨은 끊어졌지만, 호흡은 아직 남아 있다. 이 기간은 숨이 멎고서 3일 반 동안 지속한다. 그대는 의식체가 신체와 분리되었다는 사실을 모르고 기절한 상태에 있다. 이제 그대의 몸을 구성하는 흙, 물, 불 그리고 바람 등 4대 원소가 차례로 없어진다. 그런 후에는 성내는 마음, 탐내는 마음 그리고 어리석은 마음 등 오염된 마음이 차례로 없어진다.

이제 그대에게는 첫 번째 청정한 빛이 나타난다. 이는 모든 존재의 근원이 되는 빛이다. 텅 비어 있고, 모습도 없고, 색깔도 없는, 중심도 둘레도 없는, 아무것도 걸치지 않은 티 없이 맑은 빛이다. 자연 그대로, 있는 그대로, 맑고 깨끗한 마음의 본바탕으로 돌아가는 청정한 마음의 빛이다. 그대는 이 청정한 빛을 바르게 인식하고 그곳에 머물러야 한다. 그러나 전생의 업 때문에 그대는 이 빛을 깨닫지 못한다.

그러면 이제 두 번째 청정한 빛이 나타난다. 그대의 몸은 의식이 거의 육체에서 이탈한 환신의 상태다. 친지들이 보이고 그들의 우는 소리도 들린다. 그러나 아직 이 단계에서는 무서운 업의 환영들이 나타나지 않고 소름 끼치는 공포도 찾아오지 않는다. 지금이야말로 청정한 빛을 깨달을 수 있는 더없이 좋은 기회다. 그러기 위해서 그대는 지금 보리심을 일으켜야 하고 공성의 상태에 머물러 있어야 한다. 그리고 생전에 익힌 모든 수행과 가르침을 기억해야 한다. 그러면 그대는 영원한 자유를 얻을 것이다.

윤회의 고리를 끊고 해탈을 이루게 된다.

지금 죽음의 순간에는 두 차례에 걸쳐 청정한 빛이 비친다. 『화엄경』에서는 그 빛을 '비로자나'라고 부른다. 깨달음이 빛의 이미지로 재현된 것이다. 비로자나는 두루 빛을 비추는 존재라는 의미다. 깨달음에 이른 순간, 인간인 붓다는 빛의 붓다로 변신한다. 그래서 그 빛의 붓다를 비로자나불이라고 말한다. 붓다가 유체 이탈하여 법신인 비로자나불로 변신한 것이다. 법신은 영원불변하고 유일한 깨달음을 부처님으로 형상화하고 인격화한 것이다.

달 밝은 밤이다. 하늘에 떠 있는 달이 수천 개의 강과 호수에 비치고 있다. 달빛이 강과 호수를 비추니 수천 개의 호수와 강에 비친 달은 수천 개의 모습으로 나타난다. 그러나 달빛을 담은 물도, 강과 호수에 비친 달그림자도 진짜 달이 아니다. 하늘에 있는 달만이 하나밖에 없는 진짜 달이다. 그래서 하늘에 떠 있는 진짜 달을 법신에 비유한다.

『화엄경』은 붓다가 보리수 아래에서 삼매에 접어드는 장면으로 시작된다. 삼매에 접어든 붓다가 깨달음의 절정에 이른 순간, 그 깨달음의 정신적 에너지는 빛이 되어 전 우주로 내뿜어진다. 그 빛을 받은 주변의 모든 존재는 자신이 가진 고유한 빛으로 반응하면서 서로 중첩적인 상호 작용을 통해 각기 자기 존재의 본성을 드러내면서 화려한 빛의 축제를 전개한다.

『화엄경』에서는 모든 존재의 본성이 깨어나 빛의 축제로 나타나는 장면을 연화장 또는 화엄의 세계라 부른다. 화엄의 세계는 깨달음의 경지에서 보이는 우주를 아름다운 연꽃으로 이미지화한 세상이다. 보살이 만행의 꽃으로 부처의 세계를 장엄하게 장식한 세상이다. 붓다는 이제 21일간 연화장세계에 머물면서 그 깨달음의 세계를 문수, 보현 등의 보살들과 함께 설법의 형식을 빌려 정신 감응으로 공유하게 된다.

비로자나 빛을 받은 주변의 존재들은 모두 서로 중첩적인 상호 작용을 통해 화려한 빛의 축제를 전개한다. 중첩적인 상호 작용이란 온통 서로 의지하고 영향을 주고받는 관계라는 뜻이다. 우주의 모든 사물은 그 어느 하나라도 홀로 있거나 일어나는 일이 없이 모두가 끝없는 시간과 공간 속에서 서로의 원인이 되며, 대립을 초월하여 하나로 어우러진다. 너와 나는 다르지 않고, 나와 자연은 서로 다르지 않다. 한데 어울려 아름다운 화엄의 세계를 펼친다. 그래서 화엄의 세계는 분별이 없는 마음의 세계, 차별이 없는 평등의 세계, 서로를 아우르고 베풀며, 나누고, 보듬는 자비의 세계다.

한편 비로자나의 빛을 받은 주변의 존재들은 모두 자신이 가진 고유한 빛으로 각기 자기 존재의 본성을 드러내면서 반응한다. 자신이 가진 고유한 빛이란 각자가 지닌 불성을 말한다. 자연 그대로, 있는 그대로, 번뇌 망상이 없는, 맑고 깨끗한 마음의 본바탕이다.

모든 것은 불성을 갖추고 있다. 우리는 각자 움트고 있는 붓다다. 싹은 진작부터 존재했으며 이 싹은 언제라도 꽃으로 피어날 수 있다. 다만, 내면에 그 불성을 숨기고 있어 보이지 않을 뿐이다. 세상의 모든 것은 그만의 고유성을 지닌 채 그저 그냥 태어나고 피어난다. 그들은 모두 하나같이 각자 불성을 지녔기 때문이다.

그래서 화엄의 세계는 존재들이 모두 자기만의 가능성과 삶을 긍정하며 활짝 피는 세계다. 아름다운 다양성의 삶이기에 그 다양성으로 그 어떤 것도 이룰 가능성을 꽃피울 수 있다. 그들은 각자 있는 그대로 세상을 장엄하고 아름답게 빛내는, 화엄의 주인인 차별과 다름의 세계다.

결국, 화엄의 세계는 한데 어우러져 차별이 없는 평등의 세계를 이루니 아름답고, 각자가 주인인 차별과 다름의 세계이니 이 또한 아름답다.

화엄의 세계는 그 바탕이 연기緣起이다.

세상에 존재하는 그 어떤 것도 영원하거나 변하지 않는 것은 없다. 단순한 이 사유는 연기의 시작이며 결론이다.

모든 것은 변한다. 우주도 그렇고 물질도 그렇다. 우주는 이루어지고 머무르고 흩어지고 사라진다. 나뭇잎도 스스로 끊임없이 꽃이 피고 지고, 색깔과 모양이 변한다. 바람은 머무는 게 아니고 지나가는 것이며 이랑은 언젠가 고랑이 되고 고랑은 또 이랑이 된다. 생명은 어떨까? 생명도 나고 늙고 병들고 죽는다. 그렇다면 마음은? 마음도 변한다. 한 생각이 쑥 나왔다가, 그 생각이 유지되다가, 흩어지고 죽 끓듯이 하다가, 사라진다. 『법구경』의 구절처럼, 물 밖으로 내던져진 물고기가 마른 바닥에서 몸부림치듯 마음은 온종일 파닥거린다.

겨울 유리창에 피어난 눈꽃, 성에는 새로 생긴 게 아니다. 차가움과 물, 그리고 실내의 온기가 결합하여 눈꽃이 된다. 눈꽃을 만든 모든 것이 뭉쳐져서 주름진 것이 눈꽃이다. 성에꽃은 없던 게 새로 만들어진 것이 아니다. 이는 수분, 적당한 온도, 사람들의 호흡 등의 배치로 생성된 것이다. 쌀 한 톨에는 수없이 많은 땀방울과 인연이 서로 얽히고설켜 있고, 한 송이 국화꽃을 피우기 위해, 소쩍새는 또 그렇게 울었다. 장석주는 그의 시,「대추 한 알」에서 이렇게 얘기하고 있다.

저게 저절로 붉어질 리는 없다.
저 안에 태풍 몇 개, 저 안에 천둥 몇 개, 저 안에 벼락 몇 개.
저게 혼자 둥글어질 리는 없다.
저 안에 무서리 내리는 몇 밤, 저 안에 땡볕 두어 달, 저 안에 초
승달 몇 날.

존재하는 모든 것은 시공간에서 일어났다가 없어지는 연기적 과정에 있다. 이것이 있으므로 말미암아 저것이 있다. 이는 연기를 공간적 시각에서 바라본 것이다. 이것이 생김으로 말미암아 저것이 생긴다. 이는 연기의 진리를 시간적 시각에서 바라본 것이다.

연기의 본질적 사유는 모든 것을 둘이 아닌, 하나로 보는 시선이다. 세상을 둘로 나누어보는 것이 아니라, 조화와 공존의 관계에서 바라보는 것이다. 삶은 정반대되는 양극을 통해 움직인다. 삶과 죽음이 만나고, 밤과 낮, 여름과 겨울, 남자와 여자, 젊음과 늙음, 아름다움과 추함, 몸과 영혼, 장미와 가시, 보수와 진보가

만난다. 그러나 모든 존재는 조건에 따라 다르게 나타난다. 산은 산이요, 물은 물이다. 그러나 물은 물이지만 무엇이 물과 배합되느냐에 따라 모양이나 색깔, 향기가 달라진다.

한편, 연기의 속성은 무상이고, 무아다. 만물은 고정된 실체가 없고 끊임없이 변한다. 모든 것은 서로 의지해서 발생하고 관계 속에서만 존재한다. 모든 것은 흐름이고 관계 속에서 나고 없어진다. 따져 보면 어떤 것도 실체가 아니다. 무상이다. 사람도 그렇다. '나'라는 주체를 무상에 대입하면 무아가 된다. 몸도, 사회적 지위나 명예도, 생각도, 감정도, 의지도, 이름도, 영혼도 내가 아니다. '나'는 없다. 자아라고 하는 것은 존재하지 않는다. 무아일 뿐이다. 주체는 어떤 생각이나 행동이 출발하는 불변의 출발점이 아니라, 그 자체로서 텅 빈 자리일 뿐이며, 그것을 둘러싼 관계 속에서 채워지는 결과물에 불과하다. 그러기에 인간은 고정불변의 자성이 없다.

또한, 비로자나의 그 빛은 모든 존재의 근원이 되는 빛이다. 텅 비어 있고, 모습도 없고, 색깔도 없는 빛, 중심도 둘레도 없는, 아무것도 걸치지 않은 티 없이 맑은 빛이다. 자연 그대로, 있는 그대로, 맑고 깨끗한 마음의 본바탕으로 돌아가는 청정한마음의 빛이다.

봄이 오면 꽃이 피고 새들은 지저귑니다. 망울 튼 버들가지는 싱그럽고 시냇물은 졸졸 흘러갑니다. 농부는 밭을 갈고 아낙네들은 봄나물을 뜯고 있습니다. 수액을 초록으로 물들이는 녹 빛의 숲속 깊은 계곡에서는 아이들이 물장구를 치며 놉니다. 쏟아지는 가을밤의 별빛 아래에서 소녀는 별을 헤아립니다. 모든 것을 버리고, 텅 빔으로 돌아가는 한겨울의 황량한 들판을 나그네는 그냥 지나갑니다.

이는 자연이 우리에게 내리는 준엄한 법문이다. 우리는 그 법문을 그냥 듣는다. 거기에 아무 마음도 들여놓지 않는다. 오고 가는 모든 것들을 그냥 허용하고 내버려 둔다. 어떠한 해석이나 꼬리표를 달지 않는다. 그냥 있는 그대로를 바라본다. 세상은 이제 나와 너, 나와 세계의 이분법을 넘어선 절대 평등의 무분별 지가 된다. 모든 개별적 사물이나 개체 의식의 경계가 사라진다. 경계가 사라진 그 자리는 텅 비어 고요하다. 바로 공이다.

공은 텅 비어 있지만, 그 자리에서도 신령스러운 앎은 어둡지 않다. 텅 비고 고요하되 신령스럽게 아는 이 마음이야말로 바로 모든 사람이 갖추고 있는 자연 그대로의 얼굴, 곧 본래면목이다. 공은 신령스러운 반야의 지혜를 밝히고 깨달음에 이르는 빛이기에, 윤회의 고리를 끊고 영원한 자유의 길로 이끌어 준다.

3

어린 왕자는 그 청정한 빛을 마음의 눈으로 바라보아야 한다고 말한다.

어린 왕자를 만난 조종사는 이제 우물을 찾아 나선다. 우물은 청정한 마음의 빛의 이미지다. 조종사의 내면에는 페르소나에 지친 에고가, 어린 왕자의 내면에는 본래면목인 불성이 들어앉아 있다. 그들은 우물을 찾아 나서며 끊임없이 에고와 불성과의 대화를 이어간다. 페르소나는 사회적으로 만들어진 가짜 모습이고 자기 모습으로 착각하는 가면이고 껍데기다. 본래면목은 페르소나를 벗어던진 원래 민얼굴을 말한다. 어떤 페르소나도 착용하지 않은 마음이다.

그들은 걷기 시작한다. 몇 시간 동안을 걷고 나니 해가 지고 별들이 불을 밝히기 시작한다. 낮에는 없던 별이 밤에 나타난다. 사실, 별은 낮이나 밤이나 늘 하늘에서 빛나고 있다. 보이지 않을 뿐이다. 현시되지 않는 빛의 세계다. 별이 하늘에서 늘 빛나고 있다는 사실은 진리다. 왜 보이지 않을까? 밤하늘을 바라보는 우리의 생각과 해석 그리고 판단 때문이다. 보이지 않는 것은 실체다. 실체는 투영과 욕망, 생각에 따라 우리의 주변에서 창조해 낸 것이다. 실체는 진리에 대한 우리의 생각이며 해석이고 판단이다.

그들은 새벽녘에 드디어 우물에 도착한다. 그들이 찾아낸 우물은 모든 걸 갖추고 있다. 그들은 물을 길면서 도르래의 노랫소리를 듣고 출렁이는 물속에서 일렁이는 햇살을 본다. 햇살 아래 들려오는 노랫소리는 축제처럼 즐겁고, 물은 보통 음료와는 다르다. 이 모든 게 별빛을 바라보며 사막을 걸었던 긴 여정, 도르래의 노래 그리고 두 팔의 노력으로 얻어낸 결실이다. 마치 어릴 적 크리스마스 선물을 받았을 때 느꼈던 그런 기쁨이다.

어린 왕자의 내면에는 드디어 의식의 비약이 일어난다. 중요한 것은 마음으로 들여다볼 줄 아는 어떤 알아차림이다. 마음의 눈을 얻은 어린 왕자는 조종사에게 말한다. 우리가 찾은 우물은 오아시스의 샘과는 달리 우리 주변의 마을에 있는 우물과 흡사하다고, 그렇다면 우리가 찾고 있는 마음도 멀리 있지 않고 우리 주변에서 얼마든지 찾을 수 있다고. 그것은 꽃 한 송이나 물 한 모금에서도 발견할 수 있는 것이라고. 물은 마음에도 좋은 것이고 사막이 아름다운 것은 그것이 어딘가 샘을 숨기고 있기 때문이라고, 별들도 보이지 않는 한 송이 꽃 때문에 아름다운 것이며 그 아름다움과 빛남은 모두 마음에서 나오는 것이라고, 그래서 중요한 것은 오로지 마음으로만 보아야 하는 것이라고….

진리는 단순히 여여하다. 여여하다는 것은 이미 있다는 의미다. 아무것도 이질적이지 않고 아무것도 낯설지 않은, 단순히 자연스러운, 있는 그대로의 상태다. 그러나 우리는 분별심 때문에 모양이 있는 모든 존재를 색안경을 쓰고 이러니저러니 판단하고 저울질한다. 산은 산이고 물은 물이다. 진리는 단순히 여여한 것이기에 산은 산으로 보고 물은 물로 보아야 한다는 말이다.

그러나 사람들은 모두 다르게 해석한다. 눈으로 보는 사람, 있는 그대로 보는 사람, 인과를 꿰뚫어 보는 사람 등 자신의 안목에 따라서 보고, 말하고, 해석한다. 어리석은 사람은 산속에서 산을 찾고, 물속에서 물을 찾기도 한다.

사실 우리에게 감지되는 모든 대상은 그 대상 자체로는 중립적이다. 좋은 것도 아니고 나쁜 것도 아니다. 내 안의 욕망, 탐욕, 바람, 의도 등이 그것을 좋은 것이다, 나쁜 것이다, 라고 분별할 뿐이다. 대상이 가지고 있는 본질적이고 고유한 본성을 분별하기 때문이다.

외부 경계는 늘 여여하게 오고 갈 뿐이지만, 같은 경계를 언제, 어떤 상태에서 마주하느냐에 따라 세상은 달리 보인다. 그것은 관점의 차이, 습관의 차이, 생각의 차이다. 어쩌면 업의 차이인지도 모른다. 산과 물이, 바다와 하늘이, 너와 내가 모두 평등한 자리에서 어우러져 그냥 여여하게 존재한다. 모든 존재는 그저 있는 그대로 있을 뿐인데, 우리의 마음만 바람에 흔들리는 갈대처럼 널뛰기해대고 있다.

어린 왕자는 말한다. 지금 여기서 보고 있는 건 껍질뿐이며 오로지 마음으로만 보아야 잘 볼 수 있고, 가장 중요한 것은 눈에 잘 보이지 않는 것이라고. 오로지 마음으로만 보아야 하는 중요한 그 무엇은 청정한 빛으로 바라보아야 하는 화엄의 세계요, 연기의 세계이며 공의 세계라고.

4

이제 망자가 건너야 할 바르도의 두 번째 강이 시작되는 첫째 날이다.

게송의 내용을 요약하면 이렇다.

그대는 이제 중간 세계에 접어든다. 죽음 이후 4일에서 17일까지 지속하는 기간이다. 기절 상태에서 깨어난 그대는 조금씩 죽음을 자각하게 된다. 진정한 사후 세계가 시작된 것이다. 모든 존재는 빛의 몸을 하고 있다. 먼저 불보살들이 장엄하게 나타난다. 첫째 날은 비로자나불이 나타난다. 당신의 가슴으로부터 투명하고 아름다운 푸른빛이 뿜어져 나온다. 하늘은 온통 푸른색이다. 이 빛은 진리의 세계에서 나오는 지혜의 빛이다. 다음 날부터는 흰빛의 금강살타 부처님, 노란색의 보생 부처님, 붉은색의 아미타 부처님, 녹색의 불공 성취 부처님이 차례로 등장한다. 불보살들은 갖가지 색깔의 빛을 뿜어대며 그대에게 깨달음에 이를 기회를 준다. 그러나 그 빛은 너무 강렬하고 두려워 그대는 이를 피하려 한다.

이제 그대에게는 나쁜 빛이 나타난다. 윤회 계를 암시하는 다양한 빛들이다. 불보살들이 신중들로 변한 것이다. 그들은 하나같이 공포를 일으키는 기괴한 모습을 하고 있다. 때로는 화염에 휩싸인 채 죽은 자를 위협한다. 그대는 이제 흰빛과 지옥계의 어두운 회색빛, 노란빛과 인간계의 어둡고 푸르스름한 빛, 붉은빛과 아귀계의 흐릿한 노란빛, 녹색과 아수라계의 어두운 붉은빛을 분명하게 분별해야 한다. 그러나 그대는 안타깝게도 그 빛을 분별할 수가 없다. 이 빛들은 죽은 자의 카르마가 만들어 낸 환영들이다. 그대는 그 빛을 바르게 인식하고 그곳에 머물러야 한다. 죽은 자는 결국 빛의 실상을 깨닫지 못하고 두려워하다가 혼미에 빠져든다.

지금 죽은 자 앞에는 현란한 빛들이 난무하고 있다. 그 빛들은 너무 강렬하여 망자를 혼란케 하고 두려움과 공포에 떨게 한다. 사실, 그 빛들은 비로자나불이 수많은 불보살, 분노의 모습을 한 신중들로 변하여 나타난 것이다. 불보살은 먼저 갖가지 색깔의 빛을 뿜어대며 아름다운 모습으로 나타난다. 죽은 자에게 무명과 환영에서 벗어나 깨달음을 이룰 기회를 주기 위해서다.

불보살은 붓다가 비춘 깨달음의 빛과 그 빛의 안내로 화엄 보살도를 따라 수행한 보살이 마침내 붓다가 된 것이다. 불보살들은 망자에게 업의 흐름을 끊을 수 있는 길을 제시한다. 그 길은 불성을 찾아가는 긴 여정이다.

불보살은 보신이다. 보신은 이타적인 수행과 서원이 완성되어 그 과보로 부처가 된 보살을 일컫는다. 법신인 하늘의 달은 달빛을 담은 물이 있어야 달을 비출 수 있다. 달빛을 담은 물은 달그림자가 비추어질 수 있도록 도와준다. 그래서 달빛을 담은 물을 보신에 비유한다. 보신은 달빛인 법신의 영원성과 달그림자인 화신의 유한성을 매개하는 부처라 할 수 있다.

보신은 법신이 인연 따라 나타난 것이다. 아미타불은 보살로서 여러 생을 수행하며 원을 성취해 부처가 되었고, 스스로 극락이라는 정토를 만들어 중생을 교화시킨 보신불이다. 약사여래는 중생의 아픔과 슬픔을 소멸시키려는 원을 세웠고 그 공덕으로 부처가 되었다. 비록 보살이긴 하나 관세음보살은 중생들을 고통으로부터 지켜주는 대자대비를 근본 서원으로 한 보신불이다. 그들은 모두 과거 생에 지은 공덕의 결과로 얻은 몸이다.

붓다가 성취한 정각의 세계는 붓다와 보살들이 설법의 형식을 빌러 정신 감응으로 공유하게 된다. 그래서 정각의 세계에서는 붓다가 설하는 것이 아니라 붓다를 설하는 것이다. 이 경을 설하는 자는 문수보살, 보현보살 들이다. 천상과 지상을 드나들며 일곱의 장소를 옮기면서 아홉 번의 설법이 장엄하게 펼쳐진다. 천상에서는 5회에 걸쳐 설 주를 바꾸어가며 이 경을 설한다.

이는 보살의 수행을 단계별로 체계화하는 내용으로 되어 있다. 믿음, 머무름, 실천, 되돌려 줌 그리고 터 닦기 등 5위位가 바로 그것이다. 각각의 위는 단계마다 10가지씩의 방편을 제시한다. 그 중심 사상은 10신信, 10주住, 10행行, 10회향回向, 10지地이다. 10지는 보살 도의 완성 단계이며 매 단계는 마지막 10지에 오르기 위한 발판이다. 마치 바둑의 급수를 연상케 한다. 그래서 보살마다 보살 도의 수행 단계는 각기 다르다.

5위는 바로 보살이 걸어야 할 길이다. 천상에서 화엄 보살 도의 체계적 수행을 마친 다음 서사극은 다시 지상에서 이루어진다. 천상의 설법 다음에 지상에서 내려와 보현보살이 주도하는 설법은 천상에서 설법한 보살 수행이 지상에서는 어떤 의미가 있고 어떤 방법으로 수행할 수 있는지를 다룬다.

보살의 길은 우선 믿음, 10신을 전제로 한다. 부처님을 친견하고, 경전의 말씀을 듣고, 부처님을 따라 수행한다면 성불할 수 있다는 믿음이다. 이 믿음은 맹신이나 미신이 아닌 깨끗한 믿음이어야 한다. 이 믿음은 깨달음의 바탕이기에 그렇다. 또한, 믿음의 내용을 완벽히 이해하고, 이해되면 실천해야 한다. 즉 믿고 실천해야 한다는 뜻이다. 그래서 이 믿음을 우리는 신앙이라 하지 않고 신행이라 부른다.

다음 단계는 머무름, 10주다. 머무름이란 주어진 환경에 적응하는 것이다. 보살이 부처님 집에 머물기 위해 가져야 할 마음가짐을 말하는 것이다. 한곳에 머문다는 것은 집착을 말한다. 집착 때문에 끊임없이 마주치는 새로운 상황과 어울릴 수 없다면 우리의 삶은 고달프고 피폐할 것이다. 그래서 머무름이란 주어진 조건과 인연에 편안하게 어울리는 것이다. 그렇게 하려면 마음을 단련해야 한다.

다음은 실천, 10행이다. 마음과 외부 세계를 이어주는 실제의 연결 고리는 행동이다. 화엄경에서 말하는 행동은 생각과 감정을 표출하고 욕망을 실현하는 과정이 아니다. 그것은 모든 집착을 떠난 청정한 행위이며, 존재와 어울릴 수 있는 인간의 본성을 드러내는 과정이다. 우리의 일상적 행동이 본마음을 바탕으로 하지 않으면, 습관화된 행동이 반복되고 세상의 잣대나 규범의 굴레에 얽매이게 된다. 그러면 우리의 삶은 소외되고 외부 세계와 어긋나게 된다.

다음은 되돌려 주는 단계, 10회향이다.

회향은 나눔이며 베풂이다. 행동이 마음의 본바탕에서 나온 것이라면, 그 행동은 외부를 지향하고 외부의 존재와 어울려야 한다. 마음의 본바탕은 분별의 마음이 없어야 하기 때문이다. 이게 이타행이다. 우리에게는 자기와 남을 나누어보는 일상적 행동이 굳어져 있다. 자아의식을 삶의 뿌리로 삼고 있다는 것이다. 이게 자아 정체성이다. 그러나 자아의식을 해체하는 일은 그리 간단하지 않다. 에고 때문이다. 그래서 우리는 행동을 통해 자아의식을 해체하는 수행을 해야 하며 수행의 공덕을 남에게 되돌려 주어야 한다.

마지막 단계는 터전 닦기, 10주다. 보살도의 완성 단계다. 이는 어떠한 환경에서라도 주변을 자기의 삶터로 만드는 것을 말한다. 우리의 마음이 주변의 인연을 자신의 품으로 안고 녹여 자신을 일체화시키는 것이다. 자리이타다. 보살은 전체적인 수행을 통하여 자신을 위하여 깨달음을 구하는 동시에, 다른 사람도 깨달음으로 향하게 한다. 일체는 허망하여 오직 마음의 활동에 지나지 않음을 깨닫는다. 스스로 대자비심을 일으켜 중생의 무명 번뇌를 꺼버리는 경지 등이 그것이다.

5

이제 망자 앞에는 불보살이 사라지고, 분노의 모습을 한 무시무시한 신장들이 나타나 정신을 번쩍 들게 한다. 죽은 자는 그래도 그 빛을 분별하지 못하고 빛의 실상을 깨닫지 못한다. 이는 죽은 자가 평상시의 업에 따라 휘둘리기 때문이다.

업은 몸과 입 그리고 마음으로 짓는 말과 동작과 생각, 그리고 그 인과를 의미한다. 신체적 행동으로, 언어적 표현으로, 정신적 활동으로 나타나는 업은, 넓은 의미로는 살아생전에 생각하고 행동했던 모든 경험을 망라한다. 생각과 말 그리고 행동에 관한 모든 짓거리를 일컫는 것이다. 우리 마음의 가장 심층부에는 자신이 경험했던 모든 것이 일종의 무의식적인 기억으로 남아 있다.

모든 짓거리로 인한 에너지나 영향력이 우리의 무의식에 잠재해 있다가 다음 행위에 영향을 주게 된다. 인간의 모든 행위는 사라지는 것이 아니라 저 깊은 무의식에 저장되기 때문이다. 불교에서는 그곳을 가리켜 아뢰야식이라 한다. 그곳에 저장된 기억이 우리의 삶에 직접 관여하는 것이다. 좋다·나쁘다고 하는 분별 의식을 아뢰야식에 기억으로 저장시킨다. 그 분별 의식은 애착이나 증오를 일으키는 괴로움의 원인이 된다.

한편, 업은 좁은 의미로 선행과 악행에 대한 인과응보로 이해된다. 신약에서는 심는 대로 거둔다고 말하고, 불교 경전에서는 마차 바퀴가 소를 따라가듯이 원인이 있으면 결과도 따르게 되어있다고 말한다. 현재의 행위는 그 이전 행위의 결과로 생기는 것이며, 그것은 또한 미래의 행위에 대한 원인으로 작용한다. 그러한 인과관계 때문에 모든 짓거리는 반드시 과보를 낳는다는 것이다.

한 사람의 가치는 그 사람이 가진, 뇌 속에 저장된 정보의 질과 양에 의해서 결정된다. 결국, 그 정보를 좋은 일에 쓰게 되면 선업을 쌓게 되고, 나쁜 일에 쓰게 되면 악업을 짓게 된다. 그래서 업은 어떤 사람도 피할 수 없으며, 그림자가 형체를 따라다니듯 서 있는 자의 곁에 서 있고, 가는 자의 뒤를 따라가며, 행위 하는 자에게 작용한다.

업은 수많은 겹이 있다. 집착과 욕망을 버리면 한 겹의 업이 벗겨지지만, 또 다른 업이 양파 껍질처럼 나타난다. 그것은 가면을 벗자마자 또 다른 가면이 나타나는 민얼굴을 똑 닮았다. 업은 자신의 관념, 감정, 습관 등의 형태로 강하게 들러붙어 있으므로 대부분 사람은 그 업을 자신의 정체성과 동일시한다. 이는 각자의 무의식 속에 자신에 대한 어떤 내적 이미지를 갖고 있다는 말이다.

이것을 우리는 자기와 동일시하여 견고한 틀을 만들고, 유지하고, 놓지 않고, 붙들어 맨다. 그러면서 내적 이미지가 무너지면 아, 나는 누구인가, 하고 자신의 정체성에 의문을 가지면서 어쩔 줄 모른다. 세상의 경험을 자기의 질서로 편입시키며 이 환상을 유지하기 위해 자아의 일관성과 연속성에 해당하는 것들은 탐욕스럽게 삼켜대고, 그렇지 않은 것들은 분노로 뱉어내 버린다. 이게 '나'라는 증상, 바로 에고다.

오쇼의 CD에서 흘러나오는 명상의 소리는 에고를 이렇게 설명한다.

우리의 본질은 본래 형상도 실체도 없는 공이다. 창조성과 지혜를 지닌 순수한 의식이다. 이것이 존재의 본래 모습이다. 이 순수한 의식은 물질세계의 시간 흐름으로 들어감에 따라 여러 가지 환영이나 상념을 만들어낸다. 우리는 전체로부터 분리된 의식으로 이루어진 몸, 즉 사념체가 된다. 그 전체로부터 분리된 상태가 바로 에고이다. 우리가 전체와 분리되어 있다고 믿는다면 그것은 우리 본래의 진정한 본성을 잊는 것이다.

우리의 본성은 창조성을 지닌 의식이기 때문에, 우리는 자기의 생각과 공포, 욕망 등을 투영하여 한 사람, 한 사람 각자의 특유한 현실 세계를 만들어낸다. 그러나 우리는 자기 자신의 세계를 만들어내고 있다는 것은 물론, 우리에게 그러한 능력이 있다는 것조차 잊고 있다. 스스로 만든 세계에 동화되어버린 것이다. 우리는 스스로 행하고 있는 에고의 게임에 빠져 있을 뿐만 아니라, 타인과 에고의 게임에도 역시 빠져 있다. 이러한 에고의 게임은 집단적이며 동시에 개인적이기도 하다.

6

　생텍쥐페리는 어릴 적 속이 보이지 않는 보아 뱀을 그려본 적이 있다. 제 몸보다 더 큰 맹수를 통째로 삼키다 꼼짝 못 하게 된 보아 뱀의 모습을 그린 그림이다. 그는 그 그림을 어른들에게 보여 주며 자기 그림이 무섭지 않으냐고 물어본다. 어른들은 그 그림에 대해 하나같이, 모자가 왜 무서운 것이냐고 반문하면서 낙서 같은 그런 그림으로 어떻게 화가가 될 수 있겠느냐는 투로 모욕을 주고 비웃는다. 그는 그때 어른들은 왜 맹수를 삼키고 있는 보아 뱀을 모자라고 생각하는지 참 이상하다고 생각하게 된다.

　그래서 그는 보아 뱀의 뱃속에 담긴 코끼리의 모습을 그려 다시 어른들에게 보여 준다. 그때야 어른들은 그 그림의 의미를 정확히 알아차리지만 그런 그림들은 집어치우고 차라리 지리, 역사, 산수 그리고 문법 쪽에 관심을 가져 보는 게 좋겠다고 충고한다. 그래서 그는 눈에 보이지 않는 세계에 관한 대화는 멈추고, 어쩔 수 없이 어른의 수준에 맞는 대화로 화제를 돌린다. 어른들의 바람에서 벗어날 때는 꿈조차도 마음대로 꿀 수 없다는 것을 알아차린 그는 결국 화가가 되기를 포기하고 조종사가 된 것이다.

왜 어른들은 보이지 않는 보아 뱀을 모자로 바라보는 것일까? 알면서도 그렇게 말하는 것은 세상의 잣대를 향해 딸랑거리기 위해 가면과 껍데기를 덮어쓴 경우일 것이다. 그러나 정말로 모자로 착각하는 무지도 있다. 그게 무명이다.

무명은 밝은 햇볕이 내리쬐는 대낮에 구름이 태양을 가려서 어둡게 되는 것을 말한다. 빛과 어둠은 낮과 밤, 선과 악, 흰색과 검은색, 천사와 악마처럼 모두 상대적 사유의 기본적 틀이다. 무명은 연기법을 지각하지 못하는 어리석음이다. 독립적인 실체가 없는 내가 영원히 존재할 것이라고 믿는 착각과 망상이다.

어린 왕자는 어느 소행성에 혼자 살고 있다. 하루에 저녁노을이 44번이나 지는 외롭고 슬픈 곳이다. 그 별에는 없는 듯이 있다가 조용히 사라지는, 꽃잎이 하나인 소박한 꽃들이 있다. 그것이 외부에서 날아온 씨앗으로부터 싹이 튼다. 다른 싹들과 닮지 않은 그 싹은 자기 모습이 충분히 빛날 때 비로소 모습을 드러낼 작정을 하고 있다.

며칠에 걸쳐 화장하고 신중하게 색을 고르며 옷을 차려입는다.

그 싹은 마침내 일출 시각에 맞춰 기지개를 켜며 일어난다. 아, 이제 겨우 눈이 떠지네, 미안해요, 아직도 머리가 부스스하네. 그러면서 장미는 드디어 모습을 드러낸다. 당신은 어쩌면 그렇게 아름다운가요? 어린 왕자는 감탄을 억누르지 못하고 말한다. 그렇죠? 나는 태양과 함께 태어났는걸요. 꽃은 부드러운 목소리로 응답한다.

그 싹은 홀연히 아름다운 장미의 모습으로 그렇게 어린 왕자 앞에 나타난다. 어린 왕자의 첫사랑으로 태어난 것이다. 그러나 장미는 자의식이 강하다. 꽃은 끊임없이 어린 왕자에게 트집을 잡고 고의로 마음을 상하게 한다. 꽃은 자기 가시를 가리키며 자기는 발톱이 있어 큰 짐승이 무섭지 않다며 허세를 부린다. 자신은 아름다운 장미이니까 분명히 나비가 찾아올 것이라고 믿는다. 벌레가 모여들까 봐 걱정하는 어린 왕자에게 장미는, 나비를 만나고 싶으면 쐐기벌레 두세 마리쯤은 견뎌야 한다고 말한다. 장미는 바람막이를 알아서 챙겨 주진 않는 왕자를 또 나무라기도 한다.

장미는 이런 자기 모습을 감추기 위해 왕자와 말을 주고받을 때 한 번씩 헛기침을 해댄다. 장미의 압박은 계속 이어진다. 어린 왕자는 장미가 그리 솔직하지 않고 겸손하지 않다고 생각한다. 그리고 그것이 장미의 어설픈 연출이라는 것을 어렴풋이 알고 있다. 그러나 어린 왕자는 세심한 배려가 없는 자신을 나무라며 자책한다. 매혹적인 장미가 그냥 좋기 때문이다. 그래서 어린 왕자는 이에 개의치 않고 물도 주고, 벌레도 잡아 주고, 바람막이도 해주고, 유리 덮개도 덮어준다.

그러나 어린 왕자는 드디어 기가 질려 버린다. 연약하고 너무나 순진하면서도 쓸데없는 네 개의 가시로 자기 몸을 방어하려는 그 꽃의 끝없는 허영심과 허세 때문이다. 그래서 어린 왕자는 장미와 헤어지려 한다. 어린 왕자가 자기의 별을 떠나면서 잘 있어, 라고 말하자 장미는 갑자기 얌전한 태도로 전혀 책망하는 기색도 없이, 내가 참 어리석었어요, 행복하길 바랄게요, 당신을 참 좋아했어요, 라는 말을 연발해 왕자를 곤경에 빠뜨린다.

사실, 장미의 속내는 그런 게 아니었다. 말은 그렇게 하지만 자기 곁에 있어 달라는 가련한 몸짓이었고, 어린 왕자의 사랑만이 필요하다는 고백이었고, 제발 내 곁에 있어 달라는 애원이었다. 어린 왕자를 향한 사랑의 속살이 숨겨져 있었다. 그러나 장미는 울고 있는 자기 모습을 어린 왕자에게 보이고 싶지 않다. 떠나려면 빨리 떠나라고 말한다. 자존심 때문이다. 사랑하는 방식이 서투른 어린 왕자와 장미는 그렇게 헤어진다.

지구별에 온 어린 왕자는 장미 정원에 들어선다. 정원에는 장미가 만발해 있다. 어린 왕자는 어리둥절해한다. 정원 안의 장미들은 하나같이 별에 두고 온 장미와 꼭 빼닮았기 때문이다. 별에 두고 온 장미는 이 세상에 하나뿐인 줄 알았는데 정원 가득히 그와 똑같은 꽃들이 오천 송이나 있다니? 이 세상에 오직 하나뿐인 꽃을 가졌으니 자기는 부자인 줄 알았는데, 자기가 가진 꽃은 그저 평범한 한 송이 꽃일 뿐이라는 사실에 어린 왕자는 이를 아파하며 풀밭에 엎드려서 운다.

사실, 어린 왕자가 들어섰던 장미 정원은 화엄의 세상이다. 장미 장원에는 오천 송이의 장미들이 만발해 있다. 오천 송이의 장미들은 한데 어울려 장관을 이룬다. 장미는 장미끼리 각자 서로를 아우르고 보듬고 나누고 베풀면서 정원을 아름답고 조화롭게 만든다. 장미는 주위의 자연과도 함께 어우러져 화엄의 장관을 이룬다. 그러나 장미 정원을 자세히 들여다보니 각각의 장미는 모양도, 색깔도, 크기도 다 다르다. 가시가 많고 향기가 짙은 장미도 있고, 강렬한 색상을 띠고 있지만, 향기가 없는 장미도 있다. 들장미도 있고 덩굴장미도 있으며, 봉오리 모습의 앙증맞은 장미도 있고, 성숙한 여인의 자태를 뽐내는 만개한 장미도 있다.

그들은 향이 옅다고 나쁜 꽃이고, 색이 탁하다고 싫은 꽃이라고 말하지 않는다. 빨간색이라 우아하고 하얀색이니 초라하다고 서로를 탓하고 나무라지 않는다. 각자 다양한 향기와 자태로 한데 어울려 아름다운 화엄의 장관을 펼친다. 누구도 대체할 수 없는 자기만의 고유한 색깔과 모습으로 그냥 피어난다. 그저 그만의 인과 연으로 자신을 전개한 것이다. 모든 존재는 자기만의 가능성과 삶을 긍정하며 활짝 꽃을 피운다.

별에 두고 온 장미도 그렇다. 그 장미는 자기만의 고유한 색깔과 모습으로 그냥 피어났다. 그저 그만의 인과 연으로 자신을 전개한 것이다. 그 장미는 어린 왕자의 것도 그 누구의 것도 아니다. 안타깝게도 어린 왕자는 자기는 오직 하나뿐인 꽃의 주인인 줄 알았는데 자기가 가진 꽃은 그저 평범한 한 송이 꽃이라는 사실에 놀란다. 꽃의 주인이라는 것은 그 꽃에 대한 소유욕을 말한다. 소유욕은 집착으로 이어진다. 이제 장미는 일없이 피고 지는 그런 꽃이 아니다. 어린 왕자에게 애착의 대상이 되어버린 것이다. 집착과 욕망은 어린 왕자를 힘들게 하고 괴로움으로 몰고 간다. 어린 왕자에게 사랑과 미움이라는 무명의 바람이 불어닥친 것이다.

사실, 세상의 모든 것은 서로 지탱하고 의지하며 관계를 맺는 것이므로 만인이 함께 공유하는, 차별이 없는 것이다. 그 세계는 공으로 세상을 바라볼 줄 아는 시선이며 알아차림이다. 어린 왕자는 자기가 가진 꽃이 남과 다를 바 없는 그저 평범한 한 송이 꽃일 뿐인 것을 알고, 무너지는 자존감에 아파하며 풀밭에 엎드려 운다. 그러나 마음의 눈으로 장미 정원을 바라보았다면 굳이 아파하며 엎드려서 울 일은 아니었을 것이다.

7

우리가 인식하는 것은 어차피 환상이다. 우리는 밝음을 막고 있는 구름을 걷어내야 한다. 구름이 걷힌 그곳은 에고가 사라진 자리다. 에고가 사라지면 업이 소멸한다. 업이 소멸하면 집착이 끊겨 윤회에서 벗어나 영원한 자유를 얻을 수 있게 된다. 업에서 벗어나기 위해서는 업을 짓게 만드는 자기 생각과 감정, 습관이 실체가 아니라는 사실을 먼저 깨달아야 한다. 그리고 이런 깨달음이 머리 안에 머물러서는 안 되고, 그 앎이 가슴으로 내려와 자신의 습관과 행동을 바꾸어야 한다. 자신이 가진 에너지의 질을 깨끗하게 해서 더 맑고 가볍게 해야 한다. 한 생각이 욕망을 따라가면 업을 낳고, 그냥 있는 대로 바라보면 사라진다.

에고가 사라지면 전체와 하나가 된다. 이때 나는 모든 곳에 존재하는 동시에 어느 곳에도 존재하지 않게 된다. 오쇼는 이를 아침 이슬에 비유한다. 꽃잎에 맺혀 있는 아침 이슬이 아침 햇살을 받아 눈부시게 아름답다. 이윽고 이슬은 시냇물로 흘러 들어간다. 이제 이슬방울은 어디에도 없다. 꽃잎에 맺혀 있던 아침 이슬은 시공간이 있었다. 아침 이슬이라는 개별성이 있었다. 시냇물로 흘러 들어간 그 이슬은 이제 차지하는 시공간도 없고 개별성도 없다. 이제 아침 이슬은 에고가 사라지고 전체와 하나가 된다. 모든 곳에 존재하지만 동시에 어느 곳에도 존재하지 않는다. 이제 전체와 하나가 되었으므로 온갖 추악함을 일으켰던 에고가 사라진 그 자리는 성스럽고 고귀하다.

에고가 사라지면 우리는 있는 그대로를 바라볼 수 있다. 아름다운 꽃도 덧없이 바람에 날려 떨어지고 사랑하는 사람도 허무하게 내 곁을 떠난다. 영원할 것 같은 젊음도 모래알처럼 우리 손을 빠져나가 버리고, 언제나 품에 안을 수 있을 것 같았던 아이도 어느새 훌쩍 커 독립을 준비한다. 영원한 것, 불변하는 것은 없다.

모든 것은 인연의 마주침에 의거 발생하고 그 인연이 다하면 사라지는 것이기 때문이다. 우리가 이 진실을 스스로 깨닫는다면 그 순간 어느새 에고는 사라지고 우리는 있는 그대로의 세상, 있는 그대로의 자기 자신을 발견하게 된다. 이때 우리의 마음에는 평화가 찾아온다. 깨달음이란 있는 그대로의 사태를 왜곡하지 않고 보는 마음이다.

죽음도 그렇다. 우리에게 궁극적인 불안은 죽음과 소멸에 대한 에고의 두려움이다. 에고의 한구석에는 언제나 죽음에 대한 두려움이 숨어 있다. 우리가 사후에 만나게 되는 다양한 존재들과 빛은 사실상 실재하는 것이 아니라 우리의 마음이 만들어 낸 환영일 뿐이다. 환상에 매달리고 집착하기 때문에 죽음이 두려운 것이다. 죽는 것은 단지 참되지 않은 것들, 이름과 형태와 환상들이다. 그래서 우리는 우리가 삶이라고 부르는 긴 꿈을 꾼 것이므로 죽음은 꿈에서 깨어나는 것이다. 이러한 죽음을 경험하면, 죽는 것은 에고이므로 두려울 필요가 없고, 죽음을 고통이나 번민 없이 편안히 맞이할 수 있다.

8

이제 망자는 바르도의 세 번째 강, 환생의 길로 접어든다.

게송의 내용을 요약하면 이렇다.

그대는 중간 단계에서 여러 존자들의 실상을 깨닫지 못하고 두려워하다가 혼미에 빠져 이제 다시 태어난다. 혼절에서 깨어나면 의식은 원래 상태로 돌아오고 내생에서 태어날 몸과 똑같은,

모든 감각 기관을 완전히 갖춘 몸을 갖게 된다. 그 몸은 그동안 육체에서 완전히 이탈하여 떠돌아다니던 의식이 응집되어 만들어진 것이다. 그대는 사후 세계의 존재를 볼 수 있고, 내생에 태어날 몸을 느끼기 시작한다. 그러나 그대 앞에는 여러 종류의 환영이 나타난다. 갖가지 환영들은 그대를 불안, 공포 두려움으로 몰고 간다.

그대는 이 모든 것이 자신이 지은 업의 과보임을 깨우치고 참회해야 한다. 그러나 그대는 죄를 짓지 않았다고 거짓말을 한다. 이때 야마라는, 죽음의 왕이 그대 앞을 가로막는다. 야마는 거울을 내민다. 거기에는 지금까지 행한 그대의 모든 선행과 악행이 비친다. 야마는 그대의 악행과 선행을 심판한다. 그대는 겁에 질리고 공포에 떨 뿐이다. 생전 악업이 심히 두터운 그대는 지금까지 겪은 여러 환영의 실상을 여전히 깨닫지 못한다.

지금부터 전생의 몸은 점점 희미해져 가고 육도의 빛들이 밝아 오기 시작한다. 그 빛은 천상, 인간, 아수라, 아귀, 축생 그리고 지옥 세계를 비춘다. 그대가 장차 태어날 곳이다. 이제 그대는 자궁의 문을 찾아 유랑한다. 남녀가 성교하는 환영이 나타난다. 그대는 두 가지 선택의 갈림길에 선다. 하나는 자궁의 문을 닫는 것이고 또 하나는 자궁을 선택하는 것이다. 욕망에 휘둘리지만, 그곳으로 들어가서는 안 된다. 그러면 자궁의 문은 닫힌다. 그러나 자궁으로 들어가고 싶어 하는 강렬한 충동을 느낀다. 그대는 결국 욕망에 휘둘려 자궁으로 들어간다. 환생의 과정이 시작된다. 그대는 이제 윤회의 세계로 돌아온다.

환생의 길에서는 갖가지 환영들이 나타나 죽은 자를 불안, 공포, 두려움으로 몰고 간다. 야마라는 죽음의 왕이 죽은 자 앞을 가로막기도 하고, 천상, 인간, 아수라, 아귀, 축생 그리고 지옥의 세계가 육도의 빛으로 내비쳐지기도 한다. 그러나 이들은 하나같이 죽은 자를 깨달음에 이르게 하려는 방편에 불과하다.

그렇기에 내 마음의 이 허망한 착각과 어리석은 망상을 걷어내기 위해 『티베트 사자의 서』는 우리에게 이들 모든 현상은 자기 마음의 투영이라는 것을 계속해서 이야기한다. 그러면서 그 청정한 빛을 바르게 인식하고 그곳에 머무르기를 주문하는 것이다. 그러나 망자는 이들이 모두 업이 만들어 낸 환영들이라는 것을 좀처럼 깨닫지 못한다. 바르도의 마지막 단계인 지금도 그 청정한 빛을 깨닫지 못하고 환생의 갈림길에 서 있다. 윤회의 길이다.

윤회란 태어나고 죽는 과정이 반복된다는 의미다. 어떻게 사느냐에 따라 나고 죽는 것이 반복된다는 윤회 사상은 철저하게 업에 기초를 두고 있다. 업이라는 행위가 원인이 되어 나타나는 결과가 바로 윤회이기 때문이다. 이렇게 보면 업과 윤회는 선한 행위를 하면 선한 결과를 받고, 악한 행위를 하면 악한 결과를 받는 구조로 작동하는 셈이다. 자신이 지은 업보에 따라 윤회의 삶을 반복한다는 것이다.

우리의 말과 생각 그리고 행동은 한 번의 경험이 되어 잠재의식에 기억되고, 그런 행위가 반복되면 습관이 된다. 그 습관은 버릇으로 자리 잡게 된다. 그리하여 우리는 비슷한 상황이 다시 오면 무의식적으로 버릇에 따라 반응하게 된다. 습관은 그때의 생각과 의도로 만들어진 과거의 경험 패턴이다. 그래서 사람들은 같은 성격이나 성품을 가진 무리끼리 모이고 사귄다. 그게 유유상종이다.

지금은 과거와는 전혀 다른 삶이 우리 앞에 놓여있다. 그렇다면 그에 대한 대응 방식도 달라져야 한다. 새로운 삶의 가능성에 늘 마음을 열어두어야 한다. 그러나 우리는 늘 버릇대로 행동하고 처신한다. 그런 처신과 행동은 세상을 있는 그대로를 보지 못하고 과거의 틀로 세상을 바라보고, 분별심과 집착을 일으키게 한다. 그 분별심과 집착은 우리에게 괴로움과 고통의 수레바퀴를 안겨준다. 우리의 일상이 늘 그러하다.

우리의 일상이 고통과 괴로움의 반복이라면, 윤회란 태어나고 죽는 과정이 반복된다는 것만을 의미하지는 않는다. 우리의 일상도 윤회의 한 축이다. 현재의 마음이 번뇌로 가득 차 있으면 그것이 곧 지옥이고, 탐욕으로 가득 차 있으면 그것이 축생이다. 이 순간의 마음가짐에 따라 우리는 끊임없이 육도를 윤회하는 것이다.

우리는 세상을 있는 그대로 바라보지 못하고 현실을 내 식대로 해석하고 그것을 쫓아가며 살아간다. 그리하여 마음에서 육도 윤회를 반복한다. 화를 내면 아수라의 길로, 욕심을 부리면 아귀의 길로, 어리석은 생각을 하면 축생의 길로, 보리심을 일으키면 천상 세계의 길로, 남을 괴롭히고 힘들게 하면 지옥의 나락으로 떨어진다. 그러니까 바르도는 오로지 사후에만 존재하는 것이 아니다. 뭇 현상들이 끊임없이 일어났다 사라지는 삶의 매 순간이 바르도를 건너는 과정이다.

우리는 눈, 귀, 코, 혀, 피부, 뜻 등 6개의 감각 기관으로 각각의 감각 대상에 대해 빛과 모양을 보고, 소리를 듣고, 향기를 맡고, 맛을 보고, 촉감을 느끼고, 생각한다. 그런데 5개의 감각 기관은 각기 그 인식의 대상이 다른 데 비하여 뜻은 5개의 감각 기관이 개별적으로 인식한 내용을 서로 연결하고 종합하는 역할을 한다. 이게 마음이다.

우리가 통상 '나'라고 여기는 것은 몸과 마음이다. 내 몸을 나로 여기고, 내 마음을 나로 여긴다. 그러나 6개의 감각 기관은 실체적으로 존재하는 것이 아니라, 감각 대상이 나타났을 때 인연 따라 감각 기능과 감각 활동을 수행할 뿐이다. 몸도, 느낌도, 생각도, 무엇을 하려는 의지도, 마음도 내가 아니다. 나는 없다. 무아다.

이 세상은 실체적인 대상이나 주관이 있는 게 아니라, 시절 인연으로 모였다가 흩어지는 것일 뿐이다. 이는 우리 마음에서 연기되어 인연 따라 생겨난 것임을 의미한다. 이 세상은 이처럼 마음에서 연기한 것이지, 독립적인 실체로 존재하는 것이 아니다. 이 세상의 물질이라는 것은 우리의 의식, 마음, 생각이 만들어 낸 것이다. 그러나 우리는 이 사실을 모르고 살아간다.

윤회의 사유는 결국 이 한 생에서 다음 생이 어떻게 진행되는가 하는 데 대한 관심보다 현실의 삶에서 한 생각, 한 생각을 깊이 다스려 언제나 고요한 마음의 상태를 유지하는 데 있다. 모든 일은 인연과 인과응보에 따라 일어나고 사라진다.

겉으로 보기에 나만 억울한 것 같고, 나만 실패한 것 같고, 나만 괴로운 것 같지만, 그 모든 것은 인연 따라 일어나는 것이다. 그 모든 것은 스스로 끌어들인 것이지 외부의 그 누군가가 떠넘긴 것이 아니다. 전생의 업이나 팔자소관으로 돌려서도 안 되고 누군가를 원망하거나 책임을 떠넘겨서도 안 된다.

윤회의 문제를 어떻게 보느냐 하는 것은 개인의 자유이고 선택이다. 『티베트 사자의 서』는 말한다. 깨달음에 이르면 해탈을 이루어 영원한 자유를 얻게 된다고. 그 경지는 실제로 경험해 보아야 하는 것이기에 무엇이라 설명하기 힘들다. 어쩌면 그것은 선지식의 몫이라고 보아야 할 것이다. 우리는 다만 일상의 작은 알아차림에서 그 경지를 찾아보아야 할 것이다. 검증할 수 없는 윤회의 문제를 해탈의 차원에서만 강조할 것이 아니라, 현재의 삶 속에서 이해하고 그 의미를 오늘에 맞게 살리는 것이 바람직할 것이다.

9

깨달음을 얻은 어린 왕자는 이제 조종사와 이별을 준비한다. 그는 조종사에게 기계로 돌아가라고 말한다. 그 깨달음의 세계는 아무리 인간이 추구해야 할 궁극적인 일이라 해도, 일상과 함께 계속되어야 하고 일상의 삶으로 젖어 들어야 하기 때문이다.

/ 눈부처

어린 왕자는 드디어 죽음으로 안내하는 뱀을 만나 모랫바닥에 말없이 쓰러진다. 시간 앞에 쓰러져가는 인간의 모습이다. 사막의 모래는 오랜 세월의 상징이다. 어린 왕자의 육체는 사라졌지만, 그의 영혼은 자기의 별로 돌아간다. 드디어 조종사는 삶의 터전으로 돌아가고, 어린 왕자는 이제 웃는 별이 되어 영혼의 자유로움을 찾아 존재의 근원으로 귀향한 것이다.

어린 왕자와 헤어진 조종사는 밤마다 하늘을 쳐다본다. 하늘에 떠 있는 오억 개의 별들을 쳐다보는 것이 기쁘다. 밤하늘 어딘가에 어린 왕자가 살고 있을 테고, 어린 왕자는 그 별들 중 하나에서 웃고 있을 터이다. 그러면 모든 별은 그에게 이제 웃는 것처럼 보일 것이기 때문이다. 오억 개의 별들은 별들이라기보다는 차라리 한 아름의 물방울이다. 그러나 그 물방울은 금세 눈물방울로 변한다. 어린 왕자에게 그려준 양의 굴레에 가죽끈을 달아준다는 걸 잊어버렸기 때문이다. 지순한 기쁨과 슬픔이 교차하는 장면이다. 어린 왕자가 사라진 그 자리를 생텍쥐페리는 참 아름답지만 슬픈 풍경이라고 말한다.

생텍쥐페리는 지구상의 어느 곳에서 어린 왕자가 다시 나타날 것이라고 굳게 믿고 있다. 어린 왕자는 마음의 눈으로 세상을 들여다볼 줄 아는 자유를 얻었기 때문이다. 조종사와 헤어지기 전 어린 왕자는 말한다. 자기는 죽은 듯이 보이지만 죽은 것이 아니라고. 자유를 얻은 어린 왕자는 이제 생과 사의 경계를 넘나들 수 있다. 어쩌면 지구상의 어느 곳에서 환생하여 사람의 몸으로 다시 태어날지도 모를 일이다.

그래서 생텍쥐페리는 굳게 믿고 있다. 어린 왕자는 언젠가 화신불이 되어 지구별로 다시 돌아올 것이라고. 그러면서 생텍쥐페리는 누군가가 어린 왕자를 만나거든 그 애가 돌아왔다는 편지를 빨리 보내 주길 부탁한다.

화신불은 깨달음을 성취한 이가 중생의 몸으로 변화하여 교화를 목적으로 직접 중생의 세계로 오신 부처님이다. 법신불이나 보신불은 상징적으로 나타난 부처일 뿐, 실존한 부처님이 아니다. 비로자나불은 진리 그 자체로서 영원한 것이지만 중생과 직접적인 관계는 없다. 화신불은 비로자나불이 화신해서 현실에 나타난 분이다. 달에 비유해 보건대, 하늘에 달은 하나이나 달빛을 담은 물의 작용으로 강이면 강, 호수면 호수 등 닿는 곳마다 달이 뜬다. 형형색색의 달그림자가 곳곳에 비친다. 강과 호수에 비친 이 달그림자를 화신에 비유한다.

화신불은 특정한 시대와 지역과 상대에 따라 그들을 제도하기 위해 중생과 같은 모습의 육체를 지니고 현실 세계에 나타난 것이다. 그러나 화신불은 굳이 석가모니불만을 지칭하는 것이 아니다. 나를 깨우쳐 주고 번뇌에서 벗어나게 해 주며 부처로 만들어 주는 사람이면 그 사람이 바로 화신불이다.

법신불은 오고 감이 없고 보신불은 이미 와 계시는데 화신불은 언제 어디에서 오실 것인가? 화신불은 언제든지 오시고 어디에서든지 나타난다. 가까운 내 인연 가운데 어느 한 사람도 화신불일 것이고, 생텍쥐페리가 기다리는 어린 왕자도 화신불일 것이다. 나를 가르치기 위해 때로는 부드럽게 미소 짓고, 때로는 화난 표정을 짓지만, 사랑과 자비로 우리에게 다가오는 그분이 바로 화신불이다.

10

사실, 『티베트 사자의 서』가 바르도의 마지막 단계인 환생의 길에서 윤회를 말하는 속내는 다른 데 있다. 윤회는 삶의 한순간, 한 조각이라는 가르침이다. 그렇다면 우리는 지금도 계속 윤회하는 삶의 한 과정에 있는 셈이다. 그래서 우리는 '지금 여기'에 주인으로 늘 깨어 있어야 한다. 자신의 운명을 스스로 의지에 따라 주체적으로 창조하여야 한다. 자기 삶을 온전히 스스로 책임지고 자신에게 주어진 삶에 대해 완전히 받아들이며 수용하고 허용해야 한다. 내가 지금 겪고 있는 고통이 전생의 업 때문이니 이를 당연히 받아들여야 하는 것이 아니고, 내 자유의지로 윤회를 일으키는 사슬을 끊어야 한다. 그래서 붓다는 지금 여기에 늘 깨어 있으라고 말한다. 이게 '수처 작주隨處作主, 입처 개진入處皆眞'이다.

우리에게는 두 종류의 시간이 있다.

하나는 축적되는 시간으로, 햇수, 날짜, 나이만을 헤아리며 살아가는 시간이다. 여기서 우리는 시간의 주인이면서 동시에 노예가 된다. 지나간 시간은 돌아오지 않기 때문이다. 우리는 과거를 기억으로 간직하지만, 결과적으로 그 기억에 매이게 되고 항상 새로운 아침을 맞이하지만 그럴수록 죽음과 가까워진다. 결국, 우리는 시간의 감옥에 갇혀 있는 셈이다. 우리는 열심히 살지만, 어디를 향해 가고 있으며 왜 그러는지를 모른다. 분주하지만 하품만 해 대는 것이다. 그 자리에서 자신이 해야 할 일이 무엇인지도 모른다. 남의 잣대에 의해, 세상 사람들이 닦달하는 바에 떠밀려 산다. 그래서 열심히 살기는 하는데 손에 잡히는 게 없다. 공허하다. 일상이 답답하고 지루하며 또 시시하다. 그런 일상이 반복된다. 그렇게 반복되는 가벼운 시간이 흐른다.

하지만 또 다른 시간이 있다. 바로 '지금 여기'다.

삶은 지금이다. 지금이 아닌 삶이 결코 존재한 적이 없으며, 앞으로도 결코 존재할 수 없다. 지금만이 유일하게 존재한다. 영원한 현재야말로 우리의 전체 삶이 펼쳐지는 무대이며 언제나 우리와 함께 남을 것이다. 지금만이 마음이 제한하는 범위 너머로 우리를 데리고 갈 수 있다. 지금만이 시간도 없고 형태도 없는 존재의 영역에 접근할 수 있는 유일한 지점이다.

시간에는 시작과 끝이 있다. 그래야 시간적 유한성이라는 개념이 탄생하고 그로부터 소멸과 죽음에 대한 공포가 시작된다. 그 둘이 합해지는 일이 있어서는 안 된다. 그러므로 영원은 시간의 지속이 아니다. 영원하다는 것은 시간을 초월한 그 무엇이다.

시간을 초월하는 경우는 두 가지다. 하나는 끊임없는 대우주의 순환이다. 매일 해가 뜨고 지는 일이 그중의 하나다. 한 번의 일몰은 시작과 끝이 있지만, 다시 뜨기를 반복하는 순환에는 끝이 없다. 또 다른 하나는 고유성이다. 고유성이란 이전에도 일어난 적이 없고 앞으로도 일어날 가능성이 없는 경우를 말한다. 그 경우는 '지금 여기' 이 순간을 말한다. 오늘 핀 꽃은 겉으로 같아 보인다 해도 어제의 그 꽃이 아니다. 모든 순간은 실제로 완벽히 고유하다는 말이다. 그 고유함은 시간을 초월하며, 그래서 '지금 여기', 순간의 영원성에 대해 의미를 부여한다.

어린 왕자를 만난 전철수는 말한다. 전철을 타고 다니는 사람들은 언제나 그들이 있는 곳에 만족하지 않고 이리저리 쫓아다니지만, 사실은 그 속에서 잠을 자거나 하품만 하고 있다고. 이 말에 어린 왕자는 이렇게 응답한다. 세상 사람들은 그들이 찾으러 가는 게 무엇인지 모르고 초조해하며 그 자리에 맴돌면서 누더기 같은 인형을 찾느라 시간을 허비하고 있다고. 그러나 아이들은 자신이 무엇을 찾는지를 알고 있으며 아이에게는 그 누더기 인형이 중요한 것이라고.

그렇다. 어른들은 어린아이가 가지고 있는 인형을 누더기 인형이라고 한다. 껍데기를 덮어쓰고 있는 가면의 눈으로 바라보기 때문이다. '지금 여기'에서 있는 그대로를 바라보는 어린아이에게는 누더기 인형은 그냥 앙증맞은 예쁜 인형일 뿐이다. 어린아이는 그것을 가슴에 안고 깡충깡충 뛰면서 좋아하고 있다. 오직 '지금 여기'에 집중하며 깡충깡충 리듬을 타는 순간에는 오직 신나고 즐거운 시간만이 있을 뿐이다.

어린 왕자는 이어 장사꾼을 만나 시간에 관해 얘기한다.

장사꾼은 갈증을 풀어 주는 새로 나온 알약을 파는 사람이다. 매주 53분씩 시간을 절약해 주는 알약이라고 선전한다. 그 절약된 시간으로 무엇을 할 것인가 하고 어린 왕자가 묻는다. 장사꾼은 하고 싶은 것을 하겠다고 한다. 하고 싶은 일이란 집착과 탐욕에 관한 것을 말한다. 거기에는 죽음에 대한 삶의 집착도 포함된다. 그러나 시간을 존재와 분리하여 물건처럼 다룰 방법은 없다. 시간은 아끼고 모으고 다룰 수 있는 대상이 아니다. 설사 알약으로 그 시간을 얻는다 해도, 그 시간으로 과거에 대한 기억과 미래에 대한 기대로 또 다른 시간의 감옥에 갇히는 악순환을 반복할 것이다.

그 악순환의 반복은 업으로 이어져 또다시 윤회의 길을 걷게 만든다. 삶을 생생하게 살아내기 위해서는 오직 '지금 여기'만 있을 뿐이다. 그래서 어린 왕자는 마음대로 쓸 수 있는 그런 시간이 자기에게 주어진다면 현재를 온 존재로 살아가기 위하여 맑은 샘을 향해 천천히 걸어가야겠다고 말한다.

지리학자는 곧 시들 장미를 덧없는 것으로 치부하지만 어린 왕자는 '지금 여기'의 장미를 너무나 소중하게 생각한다. 우리는 기억에 불과한 과거나 기대에 불과한 미래에 집착하고 실존하는 현재를 덧없는 것으로 치부한다. 과거는 집착을 낳고 미래는 환상적인 기대를 낳는다. 이로부터 온갖 두려움과 공포, 미움과 시기, 죄책감과 좌절 등이 따라 나온다. 기억에 대한 집착으로서의 과거와 욕구 성취에 대한 기대로 우리는 '지금 여기'를 온전히 살지 못하는 것이다. 그런 삶은 우둔하고 공허한 삶으로 이어지다가 결국 죽음 앞에서 맥없이 쓰러진다. 죽은 후에도 우리는 집착과 욕망 때문에 업이 만들어낸 환영에 시달리며 괴로워한다.

'지금 여기 늘 깨어 있으라.' 함은 자신의 자태와 향기를 지닌 한 송이 꽃이 되어, 주인으로 살아가라는 말이다. 만물과 인간의 배후에 고정불변이라는 주체는 없다. 모든 법과행은 일회적이다. 그래서 지금 여기는 매 순간 유일한 사건이다. 반복되는 지겨운 시간이 아니라 설렘과 즐거움 그리고 새로움으로 가득한 사건이다. 내가 주인이 되어 '지금 여기', 일상의 착한 욕망을 붙들어 한 땀 한 땀 엮어가는 작업, 그건 지금, 이 순간을 살아가는 사람들의 몫이다.

11

　요즈음은 백중기도 회향을 앞두고 아예 며칠째 절에 머물고 있다. 청아한 풍경소리가 시간을 깨운다. 옅은 안개가 경내에 고적하게 깔려 있다. 상큼한 찔레꽃 향기가 산새 소리와 함께 안개 속으로 스며든다. 안개가 서서히 걷히니 사방은 온통 초록으로 물든다. 법당으로 향하는 발걸음이 가볍다. 새벽 예불을 올리는 스님의 목소리가 낭랑하게 들려온다. 오랜만에 맞이하는 산사의 맑은 아침이다.

　저녁에는 CD에서 흘러나오는 명상의 소리를 듣는다. 그 소리를 듣고 있노라면 마음이 착 가라앉고 차분해진다. 의심으로 가득했던 처음과 전혀 다른 느낌으로 다가온다. 고요하고 편안한 시간이 흐른다. 어떤 확신과 믿음이 나의 온몸을 휘감는 듯하다.

　세상 사람들은 사후 세계를 다루는 『티베트 사자의 서』의 가르침이 황당하다고 생각하며 의심한다. 특히 이 특별한 책을 관통하며 흐르는 논리가 우리의 현대 철학이나 신학에서는 그다지 환영받지 못하는 것이 사실이다. 내 생각도 예외가 아니다. 그런 의심에 대해 융은 다음과 같이 말한다.

『티베트 사자의 서』는 그것에 대해서 어떤 해설을 쓰더라도 '닫힌 책'으로 시작해서 '닫힌 책'으로 남는다. 왜냐하면, 그것은 다만 영적 이해력을 가진 사람에게만 열리는 책이기 때문이다. 그런 이해력은 누구에게나 결코 타고나는 게 아니라 후천적으로 끊임없는 명상 수행과 특별한 체험을 통해서만 얻어지는 것이다. 어떤 점에서 보더라도 이런 '쓸모없는 책'들이 세상에 존재한다는 것은 더없이 좋은 일이다. 어차피 이런 책들은 현대 문명의 의미와 목적과 쓸모에 더 매달리지 않는 '별난 사람'들을 위한 것일 테니까.

깨달음의 노래를 듣고 마음이 텅 비어 고요하고 차분해진다면 그것으로 충분하다고 생각해 본다. 다행히 붓다의 가르침을 통해 작은 알아차림이라도 내게 다가온다면 더없이 좋은 것이 아니냐, 라는 생각도 해 본다. 그렇다면 이 경전을 이해하기 위해 굳이 깊은 명상 수행과 특별한 체험이 필요한 것은 아닐 것이다. 이 경전에 특별한 의미와 목적과 쓸모에 매달릴 일이 아니라면 누구라도 융이 말하는 그런 '별난 사람'이 될 수도 있을 테니까.

언젠가 영등포에 있는 타임스퀘어 CGV에서 김혜자의 모노드라마 '오스카! 신에게 보내는 편지'를 관람한 적이 있었다. 모노드라마의 형식으로 시도되는 그 공연에서 그녀는 장미 할머니 역을 맡아 오스카의 마지막 12일간의 일상에 관해 이야기한다. 왼쪽엔 테이블과 의자 2, 무대 좀 뒤쪽엔 TV 형태의 소형 화면 액자 1대, 중앙엔 흔들의자, 그 옆엔 줄이 무대 천장에서 길게 내려오는 그네, 그리고 오른쪽에는 의자 두 개와 테이블 하나, 인형들과 훌라후프,

첼로 등의 소품이 정면을 향해 배치되어 있었다. 특히 무대 왼편 안쪽으로는 피아노 한 대가 놓여있었다.

연극 '오스카! 신에게 보내는 편지'는 프랑스 작가 에릭 엠마누엘 슈미트의 소설, '오스카와 장미 할머니'를 원작으로 한 작품이다. 극은 백혈병에 걸린 열 살 소년 오스카와 소아병동의 외래 간호사 중 가장 나이가 많은 장미 할머니의 나이를 넘어선 우정에 관한 이야기다. 오스카는 자기 죽음 앞에서 조심스러워지는 부모를 겁쟁이라고 생각한다. 크게 실망한 오스카는 자기 죽음을 유일하게 두려워하지 않는 장미 할머니를 의지하게 되고 할머니의 말에 하루를 10년이라 생각하고 살기로 한다. 두 사람의 우정은 날로 깊어지고 오스카는 죽음 앞에 작아지는 어른들과 달리 자기 죽음을 초연하게 받아들인다.

오스카는 매일 신에게 편지를 쓴다. 삶은 신에게 받은 선물이 아니라 잠시 빌려 쓰는 것이므로 소중하게 쓰고 돌려 드려야 한다고, 사람들이 죽음을 두려워하는 이유는 죽음을 모르기 때문이라고, 십자가의 예수님이 죽어가는 고통 속에서도 두려워하지 않는 얼굴을 가진 것은 죽음 후의 세상을 알고 계시기 때문이라고. 오스카의 마지막 대사가 무대 배경 화면에 자막으로 크게 부각 된다. 죽기 이틀 전 침대 머리맡에 써놓은 글이다.

하느님 외는 아무도 날 깨우지 말아 주세요.

특별한 사건은 없지만 죽음을 맞이하는 한 아이의 초연한 일상에서 절망 대신 삶의 의미를 돌아보게 한다. 오스카는 죽음이 두렵지 않다고 말한다. 그건 오스카의 하느님에 대한 믿음 때문이다.

극락도 그렇다. 천당이 그렇듯이 극락도 증명의 대상이 아니고 믿음의 대상이다. 『티베트 사자의 서』에서 말하는 윤회도 같은 맥락이다. 오스카가 하느님을 믿듯이 우리도 윤회를 그렇게 믿으면 된다. 죽음이 결코 끝이 아니라면 바르도의 세계는 굳이 사후에만 존재하는 것이 아니다. 뭇 현상들이 끊임없이 일어났다 사라지는 삶의 매 순간이 바르도를 건너는 순간이다. 그러니까 우리는 '지금 여기'에 충실하면 된다.

열 번째 보현행, 눈부처

1

선배,

　오늘은 기도의 마지막 날입니다. 이제 죽음 여행은 그 끝에 이르렀습니다. 지난 49일 동안 나는 나를 둘러싼 시절 인연을 위해 『티베트 사자의 서』에 담겨 있는 깨달음의 노래를 들려주었습니다. 이제 조용히 눈을 감고 그 영가들을 하나하나씩 불러 봅니다. 먼저 선배를 불러 봅니다.

　그해, 겨울비가 촉촉이 내리던 한 밤, 선배는 내게 사랑을 고백해 왔습니다. 그러나 내가 해 줄 수 있는 말은 아무것도 없었습니다. 그 당시 나는 출가를 준비하고 있었으니까요. 출가가 진정한 자유를 찾으려는 깨달음의 여정이라면 사랑은 허영이라는 삶의 굴레라는 생각이 들었습니다. 출가 대신 사랑을 택할 만한 가치가 정말 있는 것인지 하고 머뭇거렸습니다. 그날 밤 선배는 나에게서 아무 말도 듣지 못하고 돌아서 갔습니다. 그렇게 헤어진 이후로 선배는 만나자는 연락을 수시로 해 왔습니다. 나는 선뜻 선배 앞에 설 용기가 나지 않았지요. 그럴수록 선배는 살가움과 다독거림으로 내게 다가왔습니다. 애틋한 눈초리와 간절한 설득으로 나를 향한 끈질긴 구애를 이어갔습니다.

　내가 정혜선원에 머무르고 있을 때입니다. 삶의 길을 잃어 정체성에 혼돈이 온 나는 출가를 해 볼까, 라는 생각을 한 번씩 하게 되었습니다. 그럴 때면 출가는 귀의의 다른 이름이다, 라는 어느 스님의 법문이 내 안에 화두가 되어 무겁게 자리하기 시작했습니다. 귀의는 나는 존재하지 않는다는 통찰력이며 자유를 찾아 나서는 구도의 여정이니까요. 그러나 인간은 늘 새털처럼 자유로움을 추구하면서도 한편으로 사랑이라는 것으로 영혼의 빈자리를 채우고 싶어 하는 그런 존재인지도 모른다는 생각이 들었습니다. 출가와 사랑을 저울질하다 결국 나는 출가를 결심하였습니다.

선배의 순수하고 지극한 그 정성이 유효했던 것일까요? 아니면 세월이 마음의 잉잉거림을 조금씩 희석했던 것일까요? 내 마음이 흔들리고 있었습니다. 한동안 지속된 지독한 마음의 잉잉거림은 결국 선배에게 마음을 여는 결심으로 이어졌습니다. 나도 선배에게 사랑을 고백하려 했던 것이지요. 나는 결국 출가라는 자유보다는 사랑이라는 굴레에 무릎을 꿇은 셈이었습니다.

머리를 깎으러 가려던 발걸음을 멈추게 한 것은 사랑의 굴레였습니다. 그러나 내가 너무 오랫동안 트집을 잡고 마음을 상하게 한 때문이었을까요? 아니면 너무 오랫동안 울고 있는 자기 모습을 보이기 싫어하는 선배의 자존심 때문이었을까요? 한번 만나자는 나의 제의를 이번에는 선배가 거절했습니다. 우리는 그렇게 헤어졌지요.

사랑은 함께할 때 시작되지만 둘 중의 누군가가 자유를 원할 때는 갈림길에 서게 되는가 봅니다. 그동안 출가라는 자유와 사랑이라는 굴레 사이에서 어쩔 줄 몰라 한동안 그곳에서 헤어나질 못했습니다. 다가갈까, 기다릴까, 아니면 지켜볼까. 나는 그 사이에서 고민하기 시작했지요. 고민이라기보다는 계산된 행동이라는 게 더 적절한 표현이었는지도 모릅니다. 기다리기만 하다가는 꼭 무언가를 잃어버릴 것 같아서 다가갔고, 다가갔다가는 무언가 상처를 입을 것 같아 머뭇거렸습니다.

우리가 처음 만났을 때 나는 선배의 눈빛을 아직도 잊지 못합니다. 나는 그때 선배의 눈빛 속으로 빨려 들어가고 말았습니다. 무언가에 촉발되어 빠져들어 간 것이지요. 그 눈빛은 속일 수도 없고 속아지지도 않는 어떤 것이었습니다. 그 순간 거기에는 오직 설렘과 신비감 그리고 짜릿한 전율이 있을 뿐이었습니다. 무언가를 기대하고 다가간 게 아니고 그냥 좋아서 다가간 것이었지요. 눈에 콩깍지가 끼어 첫눈에 반한 것이었습니다. 어쩔 도리 없이 빠져든 나의 사랑은 포로처럼 포박당한 채로 갇혀 있었습니다. 선배는 첫사랑으로 내게 그렇게 나타났습니다. 우리는 서로 아껴주고 챙겨 주고 보듬어 주었습니다. 시절과 진로에 대해 진지하게 얘기도 주고받았습니다.

선배와 헤어진 나는 그때부터 사랑앓이가 시작되었습니다. 좀 더 마음을 일찍 열었더라면⋯. 좀 더 적극적으로 다가가 손길을 내밀었더라면⋯. 선배를 떠나보낸 아쉬움이 회한과 함께 엄습해 오기 시작했지요. 그러면서도 한편으로는 출가의 자유에 대해 아쉬움과 미련이 또 가슴을 적시기 시작했습니다. 그렇다고 출가를 다시 결심한 것은 더더욱 아니었습니다. 그 아쉬움과 미련은 시간이 지나면서 선배를 향한 나의 사랑을 점차 희석하고 무력하게 만들어가고 있었습니다. 내 안에 배어있던 선배의 향기가 점점 사라져가고 있었지요. 마음이 흔들리고 있었습니다. 바람 같은 마음을 계속, 한곳에 머물도록 하기가 너무 버겁고 힘들었습니다.

한때 나는 우리의 만남이 사랑이라기보다는 한순간의 우연한 끌림이었을지도 모른다는 생각이 들었던 적이 있습니다. 상대방과 마주쳤을 때 발생하는 사랑의 감정이 기쁨과 설렘이라면, 상대방은 꼭 그 사람이어야 합니다. 그런데 꼭 그 사람이 아니어도 되는 것이라면 그 끌림은 사랑으로 꽃피울 수 없기에 그냥 아련하기만 한 두근거림으로 끝나는 것입니다. 그 끌림은 그래서 그냥 첫눈처럼 덧없이 사라지는 것이지요. 솔직히 한때는 선배가 아니더라도 사랑은 주위에 얼마든지 있을 것이라는 생각이 차라리 나를 편하게 해 주었습니다. 사랑과 끌림 사이에서 방황하고 있었던 것이지요.

그런 와중에 선배가 죽었습니다. 나는 사경을 헤매며 침대에 누워있던 선배에게 다가가 사랑해요, 라고 귓속말로 속삭였습니다. 그때 나는 선배의 눈가에 촉촉이 젖어 있었던 그 눈물을 아직도 생생히 기억하고 있습니다. 선배는 이미 내게 고백했었지만 나는 여전히 머뭇거리고 있었던 그 말. 처음으로 선배에게 귓속말로 건넸던 그 말. 과연 그때의 그 말은 진심이었을까요? 아무래도 귓속말로 건넨 그 말은 사랑이 아니고 연민이라는 생각이 들었습니다. 그러나 나는 이내 고개를 가로저었습니다. 아니야, 그건 연민이 아니고 사랑이라고.

이번에는 연민과 사랑 사이를 헤매며 또다시 흔들리고 있었습니다. 연민과 사랑 사이를 또 저울질하고 있었습니다. 색안경 너머 비치는 사념과 욕망은 분별을 낳아 연민과 사랑을 둘로 갈라

놓았습니다. 바람처럼 흔들리고 갈대처럼 휘둘리고 있는 이 마음의 정체는 과연 무엇이란 말인가? 연민과 사랑 사이에서 소용돌이치며 내 안에 꽈리를 틀고 있는 이 마음의 정체는 과연 무엇이란 말인가? 꼬리를 물고 이어지는 생각의 행렬이 나를 괴롭혔습니다. 선배를 가평 청평호에 뿌리고 돌아온 나는 청계사를 찾아 법당에 무릎을 꿇고 한참을 울었습니다. 그때까지만 하더라도 흘리지 않던 눈물이었습니다.

출가의 자유와 사랑의 굴레 사이에서 헤매고 있었을 때, 나는 출가라는 가시로 선배의 사랑을 아프게 찔렀고 사랑은 허영이라며 위선을 떨었습니다. 자유를 찾아 나서는 출가는 무거운 것이며, 사랑이란 참을 수 없이 가벼운 것이라고 허세를 부렸습니다. 그러나 무거움과 가벼움이 따로 있는 것이 아니고, 둘로 나누는 뚜렷한 잣대가 있는 게 아니었습니다. 사랑과 미움, 허영과 자존심, 회한과 죄책감 그리고 연민 등 감정의 찌꺼기는 모두 내 마음이 만들어 낸 잣대였습니다.

사실, 선배가 나에게 사랑을 고백해 왔을 때 나는 우리들의 사랑을 한순간도 있는 그대로 바라본 적이 없었지요. 출가는 무거운 것이며 사랑은 가벼운 것이다, 출가는 자유며 사랑은 굴레다, 라는 부질없고 반복되는 잡념이 끊임없이 이어졌지요. 꼬리를 물고 이어지는 생각의 행렬이 나를 괴롭혔습니다. 가만히 들여다보니 그 생각의 행렬은 바로 내 마음이었습니다. 출가와 사랑이 둘이 아니듯 사랑과 연민도 둘이 아니었습니다.

선배가 죽은 지 수년이 지난 어느 날이었습니다. 그날은 오뉴월의 하얀 햇살이 눈부시게 온 누리를 비추고 있었습니다. 문득 나비가 가득 담긴 유리병이 떠올랐습니다. 선배가 남기고 간 그 유리병입니다. 이제는 유리병 속에 갇혀 있는 나비가 자유를 찾을 수 있게 훨훨 날려 보내야겠다는 생각이 들었습니다. 청계사로 들어서는 길목 곳곳에 텃밭이 있습니다. 텃밭마다 샛노란 배추꽃과 연청색의 무꽃이 흐드러지게 피어 있었습니다. 그 꽃 위로 노랑나비, 흰나비들이 정신없이 군무를 이루며 날아다니고 있었지요. 나는 텃밭으로 걸어 들어가, 들고 온 유리병 뚜껑을 열었습니다. 그곳에는 크고 작은, 여러 가지 색깔의 나비 종이가 가득 들어 있었습니다. 선배가 병상에서 접어 유리병에 넣어 두었던 그 나비들이었습니다.

몇 번인가 집히는 대로 나비들을 꺼내어 바람결에 날려 보냈습니다. 나비 종이들은 얼마 날지 못하고 땅바닥에 나뒹굴거나 장다리 꽃대 위에 살포시 앉는가 하면, 어떤 나비들은 제법 나비 떼를 따라 저 멀리 계곡 쪽으로 훨훨 날아가고 있었습니다. 유리병에는 한 마리가 남아 있었습니다. 다른 나비와는 달리 손으로 끄집어내기가 다소 힘든 크기의 하얀 나비였습니다. 겨우 꺼내어 보니 그 나비는 종이 두 장을 포개어 접은 것이었습니다. 지서야, 하고 날개 쪽에 쓰여 있는 작은 글씨가 눈에 띄었습니다. 나는 급하게 접혀 있는 나비를 펼쳤습니다. 그곳에는 연필로 써 내려간, 깨알 같은 글들이 종이 양면에 촘촘히 박혀있었습니다. 지우개의 흔적이 곳곳에 묻어 있는 편지였습니다. 선배가 나에게 보낸 편지였지요.

지서야.

나는 지금 나비 종이를 접고 있단다. 벌써 3개월째 접어들었다. 종이를 접을 때마다 마음이 너무 편안해지는구나. 그래서 울적할 때면 나비 종이를 접었지. 종이 하나에 우리의 만남을, 종이 하나에 우리의 사랑을, 종이 하나에 우리의 미래를 담아 보았지. 그러나 나는 그 종이를 곧 접었어. 우리의 인연을 접기 위해서였지.

너를 처음 본 것은 동아리 모임에서 네가 자작시를 낭독하고 있을 때였지. 순간 아, 하고 나도 모르게 소리를 지를 뻔했단다. 이제 갓 피어나려는, 아름다운 한 송이 꽃봉오리를 보는 듯했으니까. 조그맣고 앙증맞은 게 꼭 너를 닮은 듯했어. 그날 이후로 우리는 정기적인 모임에서 수시로 만났지. 그때마다 그 꽃은 늘 새롭게 단장을 하고 내게 나타나는 듯했어. 콩깍지가 씌었던 것일까? 너를 볼 때마다 가슴이 뛰었어. 하루는 용기를 내어 너의 그 자작시 카피를 부탁하며 다가갔지. 몇 마디 말만 주고받았는데도 가슴이 두근거려 말문이 막혔어. 그 이후로 나는 너에게 이런저런 구실을 만들어 다가갔지. 그러나 꽃은 생각보다 까탈스러웠어.

언젠가 너는 자기를 외롭지만 그렇지 않은 척하는 한 마리 여우라고 말했지. 그 이면에는 슬픈 가족사가 있는 듯했지만 너는 얘기를 꺼내려다 그만두더군. 자기는 네 개의 가시가 있어 혼자서 그 외로움을 견딜 수 있다는 뜻인지, 너무 춥고 외로우니 바람막이가 되어 달라는 것인지 헷갈렸어. 그럴수록 나는 너에게 다가갔지. 함께 이야기를 나누고 싶다고 말하고, 너와 함께하는 시간이 너무 즐겁다고 말했지. 그러나 너는 여간해서 마음을 열지 않았지.

그러던 어느 날 너는 가평의 나비 박물관에 같이 한번 가보자는 것이었어. 너무 뜻밖이었기에 나는 뛸 듯이 기뻤지. 나에게 나비 접는 법을 가르쳐 주었던 게 그날이었어. 네가 겨우 마음을 열고 내게 다가오려는 바로 그즈음이었을 거야. 몇몇 운동권 학생들에게 지명 수배령이 내려졌고 우리는 따로 숨을 곳을 찾아 나섰지. 우리는 그렇게 헤어졌단다. 지명 수배령이 해제되고 얼마 지나지 않은 어느 날, 겨울비가 촉촉이 내리던 밤이었어. 어느새 내 발걸음은 나도 모르게 너 하숙집 창가에 머물고 있었지. 나는 설레는 마음으로 너를 불러냈지.

그날 밤 나는 너에게 처음으로 사랑을 고백했지. 그러나 나는 너로부터 아무런 대답을 듣지 못했어. 우리는 그날 그냥 그렇게 헤어졌지. 그러나 우리는 또 만났어. 다시 시작된 만남이었지만 우리의 만남은 예전과 같지 않았어. 서먹하고 어색한 만남이 이어졌단다. 그러나 나는 일방적인 구애를 이어 갔어. 지명 수배되기 전에 이루어졌던 우리의 사랑을 확신하고 있었으니까.

그러나 나에게는 일방적인 구애가 너무 힘들었어. 그건 한쪽의 일방적인 사랑이었기 때문이 아니었어. 일방적인 구애가 너무 길었기 때문은 더더욱 아니었지. 언젠가 너는 나에게 전화를 주었지. 한번 만나자는 거였어. 나는 뛸 듯이 기뻤단다. 그때까지만 하더라도 너는 한 번도 먼저 연락을 준 적이 없었으니까. 그러나 나는 우리의 만남을 거절했지. 뒤늦게 알게 된 나의 지병 때문이었어. 그때 나는 이미 췌장암 2기 판정받은 때였어. 얼마나 망설였는지 몰라. 결국, 나는 이별을 준비해야 할 때라는 것을 알아채기 시작했지. 아픈 상처로 남지 않도록, 죄책감에서 헤어 나올 수 있도록 조금 덜 사랑하고, 조금 덜 다가가야지, 라고 말이야.

그러나 더 솔직히 말하자면 우리의 만남을 거절한 것은 나의 지병 때문만이 아니었어. 나는 그 당시 네가 출가를 결심했다는 사실을 동아리 회원으로부터 뒤늦게 전해 들었기 때문이지. 순간 언젠가 들렀던 가평의 나비 박물관이 떠올랐어. 그때 너는 나에게 나비 접는 방법을 가르쳐 주면서 자기는 언젠가 자유로운 영혼이 되어 나비처럼 어디론가 훨훨 날아가고 싶다고 말했지. 문득 우리의 만남이 자유를 찾아 출가하려는 너에게 고삐와 굴레가 될 것 같은 생각이 들었어. 어쩌면 내가 걸림돌이 될 것 같은 두려움이 다가왔단다.

나는 울적할 때면 나비를 접었어. 그럴 때마다 엄마는 내 눈치를 살피며 침상 곁에서 종종 가수 이미자의 '여로'를 흥얼거렸단다.

그 옛날 오색 댕기/바람결에 나부낄 때

봄 나비 나래 위에/꿈을 실어 보았는데

나르는 낙엽 따라/어디론가 가 버렸네

어쩌면 그 노랫말이 꼭 내 마음을 들여다보는 것 같았어. 나의 사랑도 그랬지. 봄 나비 나래 위에 꿈을 실어 보았지만, 어디론가 사라져 버렸어. 혼자서 누군가를 사랑한다는 것은 쓸쓸하고 외로운 것이지. 일방적인 관계를 연인 사이라 부를 수 없기에 내게는 네가 아직도 연인이 아닌 친구로 남아 있지. 아무렴 그게 연인이 아니면 어때? 친구라는 건 그 존재만으로도 세상을 아름답게 만드는 것이니까. 그 존재만으로도 지금 내가 겪고 있는 이 고통과 아픔을 치유하고 위로해 줄 수 있는, 세상에 하나뿐인 별이니까.

언젠가 네가 보내 주었던 소설, 『꺼지기 쉬운 빛』을 다 읽었어. 그 소설을 읽고 난 후 나는 너의 슬픈 가족사를 알게 되었지. 네 아버지는 당신에게 다가온 그 빛으로 너와의 진정한 만남과 사랑을 이어가고 싶어 했더군. 굳이 그 빛이 아니더라도 나도 너와의 진정한 만남과 사랑을 확인하고, 이를 영원히 이어가고 싶었어. 그러나 나는 너에게 이 편지를 전하기 위해 글을 써 내려가는 게 아니야. 이 편지가 너에게 닿으면 좋겠지만, 굳이 닿지 않아도 좋아. 이 편지는 어쩌면 이 세상에 태어나서 누군가를 사랑하다 죽어갔다는 나의 독백인지도 몰라. 나는 그것으로 내 삶의 의미가 충분하단다.

지서야,
사랑한다.

2

아버지,

오늘 처음으로 당신을 아버지, 하고 불러 봅니다.

당신은 당신에게 다가온 그 '꺼지기 쉬운 빛'을 스스로 한번 찾아보라는 제안과 함께 내게 다가왔습니다.

『티베트 사자의 서』에서는 바르도를 건너고 있는 망자에게 줄 곧 청정한 빛을 비추어줍니다. 그러나 그 깨달음의 세계는 너무 나도 깊고 넓어서 우리 인간의 사변으로는 가늠할 수 없고 미치 지 못하는 불가사의한 경계입니다. 보통 사람인 우리는 범접하 기 어려운, 어쩌면 선지식의 몫이지요. 망자는 결국 존재의 근원 으로부터 나오는 그 청정한 빛의 실체를 인식하지 못하고 그냥 흘려보내고 맙니다.

깨달음은 말 그대로 순간적으로 오는 것이어서, 스스로 그 깨달음을 인지하지 못하는 때도 있고, 순간적 깨달음을 마치 영원한 것으로 오해하는 때도 있습니다. 설사 순간적인 깨달음이 오더라도 늘 비추어보고 관찰하여 망념이 문득 일어나면 나를 버리고 또 버려, 보리심을 일으켜야 합니다.

지눌 스님의 말을 빌리면 깨달음에는 두 가지 문이 있다고 했습니다. 순간적으로 깨닫는 것頓悟과 점진적으로 닦아가는 것漸修이 그것입니다. 순간적인 깨달음은 마음 바깥에서 여기저기 헤매다가 한 생각이 일어나 문득 알아차리는 경우입니다. 알아차림이 홀연히 그에게 다가온 것입니다. 그러나 시작 없는 과거부터 오랜 세월 동안 익혀온 버릇은 단박에 제거하기 어렵습니다. 그래서 순간적인 깨달음에 의지하여 닦으면서, 점진적으로 변화해 나아가 깨달음을 이루어야 합니다. 그게 점진적으로 닦아가는 경우입니다. 이는 깨달은 뒤에도 늘 비추어보고 관찰하여 망념이 문득 일어나면 버리고 또 버려서, 에고를 극복하는 경지無爲에 이르러야 한다는 것입니다.

그러니까 이 두 가지 문은 마치 수레와 수레바퀴와 같아서 하나만 없어도 안 되는 것입니다. 얼음이 본래 물이라는 것은 분명히 알았지만, 얼음은 그대로 있고, 우리는 본래 부처인 것을 확실히 알았지만 우리는 중생 그대로입니다. 알긴 알았는데 분별심으로 알아서 번뇌, 망상과 사량, 분별이 그대로 있습니다. 얼음이 그대로 있듯이 망상은 그대로이니, 얼음을 녹이기 위해서는 따듯한 기운을 빌려야 하고, 망상을 없애기 위해서는 부단히 성찰하고 수련해야 한다는 것입니다.

우물을 찾아 나선 어린 왕자는 드디어 깨달음의 눈을 얻게 됩니다. 페르소나에 지친 조종사의 에고와 어린 왕자의 불성은 이제 하나가 됩니다. 분별과 집착이 사라진 그 자리에는 이제 너와 내가 따로 없습니다. 타인은 나와 어떤 식으로든 연결 고리를 맺고 있지요. 나와 관계하는 모두가, 내 앞에 나타나는 뭇 생명 모두가 또 다른 나입니다. 모두의 아픔과 슬픔이 내 것이 되는 것이지요.

그러나 어린 왕자에게 다가온 그 깨달음도 그것으로 끝이 아닙니다.

길을 걷다 어린 왕자가 잠이 듭니다. 조종사는 그를 안고 다시 걷기 시작합니다. 조종사는 쉽게 흐려지고 망가지고 부서지기 쉬운 보물을 안고 가는 느낌입니다. 한 줄기 바람에도 쉬이 꺼질 수 있는 빛이라는 느낌마저 듭니다. 보물은 진리를 말합니다. 말이 없는 침묵 속에서 빛나는 그 무엇입니다. 사막의 여우도 어린 왕자에게 말은 모든 오해의 근원이라고 말합니다. 이는 그냥 한 발짝 떨어져 지긋이 명상의 마음으로 바라보라는 말입니다. 그 무엇이란 말이나 글로 이해하거나 전할 수 있는 게 아니고, 한없는 은유에서 은유로 이어지는 것입니다. 전해 줄 수도 없지만 받을 수도 없는 것입니다.

결국, 어린 왕자는 깨달음이 있고 난 뒤에도, 순간적으로 다가온 그 깨달음에 의지하여 부단한 노력으로 성찰과 수련이 필요하다는 것을 알아차립니다. 그래서 어린 왕자는 혼자서 중얼거립니다.

그건 훨씬 더 멀고…, 훨씬 더 어려워….

그래서 우리는 서로 만나면 성불하십시오, 라고 말합니다. 모두 부처가 되기를 바라기 때문입니다. 부처가 되기를 간절히 바라고 소망한다는 것은 그러한 경지에 이르는 게 그만큼 어렵다는 얘기입니다. 한 가지 분명한 것은 자기만의 삶을 찾으려는 사람은 누구를 따르거나 그가 만든 방법을 따를 수는 없습니다. 그 길은 스스로 찾아 깨달아야 합니다. 오직 본인만이 수행 과정을 통해 스스로 체험하고 체득해야 하지요. 부처님이 제자들에게 마지막으로 남긴 가르침, 자등명自燈明, 법등명法燈明은 이를 말하는 것입니다.

당신에게 다가온 순간적인 알아차림도 그런 것이었습니다. 그 빛은 어느 한순간에 어렴풋이 다가온 것이어서 그리 오래가지 않고, 한 번씩 불어 닥치는 무명의 바람 앞에서 맥없이 쓰러지거나 흔들리는 갈대처럼 널뛰는 것입니다. 쉽게 흐려지고 망가지고 부서지기 쉬운 빛입니다. 더욱이 그 빛은 언어의 그물로서는 건져 올릴 수가 없고, 다른 사람에게 전달할 수도, 다른 사람으로부터 전달받을 수도 없는 것입니다.

그러나 순간의 빛을 본 사람은, 그 빛이 얼마나 밝으며, 자신이 이제까지 얼마나 깊고 큰 어둠 속에 갇혀 있었던가를 이해하고 다시는 그 어둠의 미망과 무명에 빠지지 않으려 부단히 노력합니다. 그래서 당신은 그 '꺼지기 쉬운 빛'을 스스로 한번 찾아보라는 제안을 하며 나에게 다가왔던 것입니다.

나는 당신의 임종을 지켜보았습니다.

커튼으로 가려져 있던 당신의 주검 위쪽으로 한 줄기 빛이 비집고 들어왔었지요. 응급실 창문 틈으로 스며든 아침 햇살이었습니다. 빛은 마치 영롱한 아침 이슬처럼 맑고 투명했습니다. 낯설지만 낯설지 않은 빛이었지요. 빛이 스쳐 간 당신의 얼굴에는 어느새 그 많던 주름이 사라졌습니다. 당신은 아늑하고 편안하게 누워있었습니다. 삶을 아름답게 마무리하고 펼침의 삶을 살다 간 당신의 마지막 모습이었습니다. 아무래도 그건 늘그막에 당신에게 다가온 그 '꺼지기 쉬운 빛' 때문인 듯했습니다.

당신의 고향 마을, 남강으로 흐르는 샛강에 살아서 번뜩이던 당신을 뿌렸던 그 날, 당신은 자욱한 안개 너머로 샛강 둑을 저 만치서 홀연히 걸어가고 있었습니다. 금빛 머리카락은 그 새 새하얗게 변하여 서리 맞은 인동초처럼 흐늘거렸고, 목에는 머플러 대신 지리산 등산 지도가 그려져 있는 빨간 면 수건을 두르고 있었지요. 당신이 사라진 그 자리, 곧 어둠이 내리고 우주 너머로 영혼의 풍경이 내게로 다가왔습니다.

그 '꺼지기 쉬운 빛'과 함께 삶을 살다 간 당신은 이제 하늘에서 환하게 웃고 있었습니다. 그러나 자세히 들여다보니 당신은 웃고만 있는 게 아니었지요. 아직 슬픔이 가시지 않는 얼굴이었습니다. 애틋함이나 연민의 눈물 자국인 듯했습니다. 아직도 그 '꺼지기 쉬운 빛'을 찾아 헤매고 있을 자기 딸이 걱정되는 모양이었습니다.

샛강 둑을 따라 걸어가고 있던 당신의 모습은 지순한 기쁨과 슬픔이 교차하는, 참 아름답지만 슬픈 풍경이었습니다. 그 풍경은 생텍쥐페리가 지구별에서 어린 왕자를 그리는 장면을 너무 닮은 듯했습니다. 마치 먼 길을 걸어가고 있는 구도자의 모습 같기도 하고, 이제 막 환생의 길을 걸어가는 어린아이의 모습 같기도 했습니다. 마치 어른이 된 듯한 어린 왕자의 모습이었습니다.

지난달 대림사를 마지막으로 108곳의 사찰과 선원 순례를 모두 마쳤습니다. 마지막 회향 지는 인도였지만, 아쉽게도 코로나19 때문에 일정을 취소했습니다. 코로나 때문에 이천 대림사 앞마당에서 띄엄띄엄 모여 앉아 회향 식을 가졌습니다. 내 방에는 감사패, 108 염주, 낙관 책이 나란히 놓여있습니다. 감사패는 108곳의 사찰과 선원 순례를 모두 마친 단원들에게 수여된 징표입니다. 감사패 옆에는 대추나무로 만들어진 108개의 알로 엮은 염주가 놓여있습니다. 사찰과 선원을 돌 때마다 그 알에 그 사찰과 선원의 이름을 새겨 넣어 모은 것입니다. 낙관 책은 108곳의 사찰과 선원을 순례할 때마다 그 선원과 사찰의 낙관을 찍어 한데 모은 개인용 서책입니다. 8년여의 손때가 묻은 그 서책을 펼칠 때마다 그 사찰과 선원의 마음 따라 향기 법문이 들려오는 듯합니다.

청계사에는 매년 10월에 다례재가 열립니다. 지난달에도 예외없이 다례재가 열렸습니다. 108 성지 순례를 모두 마친 뒤였습니다. 언제나 그랬듯이 시작을 알리는 내레이터의 목소리가 낭랑하게 들려왔습니다. 그날은 제가 헌다관 역할을 하면서 엄마의 빈자리를 메웠습니다. 다례 의식은 크게 달라진 게 없었습니다. 나는 다례재가 끝나자 바로 와불 전으로 다가갔습니다. 그곳 석굴에는 금불상 두 개가 나란히 앉아 있습니다. 하나는 엄마가 키리바시에서 죽은 아빠를 기리기 위한 것이고, 또 다른 하나는 당신이 엄마의 이름이 새겨진 금불상을 키리바시 아빠 곁에 나란히 올려놓은 것입니다.

나는 이강숙, 당신의 이름이 새겨진 금불상을 두 분의 금불상 곁에 나란히 올려놓았습니다. 그리고 108 염주를 엄마의 목에 걸어 주었습니다. 그동안 선원 순례단을 따라다니며 당신이 엄마와 함께 모아 두었던 염주 알과 내가 받았던 염주 알을 꿰어 만든 염주입니다. 엄마와 함께했던 그 절차대로 삼배를 올리고 고인들을 기리는 다례 의식을 혼자서 조용히 치렀습니다. 당신들은 낯설지만 낯설지 않은, 이제는 서로 길들인 다정한 모습으로 나란히 앉아 내가 치르는 다례 의식을 바라보는 듯했습니다.

3

아저씨,

이제 마지막으로 아저씨의 이름을 불러 봅니다.

그날 사모님은 아저씨의 뜻이라며 내게 영가 천도를 부탁했습니다. 위패 두 개를 나란히 모셔 놓고 기도하고 있었지요. 하나는 허정우, 선배의 위패였고, 또 다른 하나는 허진기, 사모님이 부탁한 영가의 것이었습니다. 둘 다 젊은 나이에 죽은 영가들이었습니다. 두 위패는 이름은 달랐지만, 성과 태어난 해가 같았습니다. 특히 허 씨는 드문 성씨였지요. 순간 두 위패가 같은 사람의 것이 아닌가 하는 생각이 섬광처럼 머리를 스쳐 갔습니다. 나는 급하게 법당을 뛰쳐나와 선배 어머니께 전화를 걸었습니다. 선배는 최근, 허진기라는 이름으로 개명했고, 회사에서는 새로 바꾼 이름을 쓰고 있었다고 했습니다. 병치레를 너무 자주 해서 할아버지의 뜻에 따라 그렇게 했다는 얘기였습니다. 아저씨의 글에서도 뒤늦게 발견한 사실이었지만, 아저씨는 선배가 근무했던 회사의 사장이었습니다.

나는 우리 앞에 가로놓인 기막힌 인연을 두고 한동안 넋을 잃고 있었습니다. 도저히 믿기지 않았습니다. 연기적 관점에서 우연이란 없습니다. 어떤 존재도, 어떤 사건도 따로 떨어져 일어나지 않습니다. 모든 존재는 분명한 이유와 목적을 가지고 일어납니다. 모든 것이 전체의 조화 속에서 일어납니다. 길가의 돌멩이도 쓰임이 있습니다. 우리를 괴롭히는 일, 아프고 슬픈 일들까지도, 심지어 아무 상관 없는 것처럼 일어나는 우연 같은 일도, 우주 법계의 전체적인 진리의 흐름 속에서 정확히 필요한 일들이, 정확히 필요한 때, 정확히 필요한 만큼의 크기로 다가옵니다.

우리의 인연이 우연이 아니라면 업인 셈입니다. 업은 인과관계를 말합니다. 심는 대로 거둔다는 말이고, 마치 바퀴가 소를 따라가듯이 원인이 있으면 결과도 따르게 되어 있다는 말입니다. 원인 안에 결과가 들어있다는 말이지요. 이 우주에서 생성된 모든 것은, 크든 작든 다 인연 화합의 법칙에 적용받습니다. 누군가가 새롭게 만든 것도 아니고 우연처럼 생겨난 것도 아닙니다. 모든 것이 인과 연의 화합에 따라 만들어지고 없어질 수밖에 없는 것입니다.

인은 결과를 발생케 하는 직접적인 원인을, 연은 간접적이며 보조적인 원인을 뜻합니다. 우리의 인연 고리는 무엇이었을까요? 물론 어떤 한 존재가 생겨나는 데는 그것이 아무리 근본적인 원인이라 하더라도, 그 한 가지 원인만을 가지고 생겨날 수는 없으며, 인과 함께 수많은 보조적이고 간접적인 연들이 무수하게 도움을 주어야만 생겨날 수 있습니다. 굳이 한 가지 가까운 원인을 찾아본다면 그건 죄책감이었습니다. 죄책감에서 벗어나기 위해 아저씨는 내게 영가 천도를 부탁했고, 그 가련한 몸짓이 우리들의 기막힌 업의 인연으로 이어진 것입니다.

아저씨의 글은 부하직원의 죽음을 바라보며 자기 삶을 되돌아보고 반성하고 성찰하는 내용이었습니다.

세상에는 별일도 아니지만 실제로 일어났을 때 별일인 것이 있습니다. 깊이 들여다보면 사람과 관련된 어떤 일도 사소한 것은 없습니다. 우리에게는 별일 아니지만, 당사자에게는 치명적일 경우가 있습니다. 어떤 사람에게는 명예보다 더 중요한 것이 없지만, 어떤 사람에게는 손톱에 낀 가시가 가장 견디기 힘든 일일 수 있습니다. 아저씨에게는 어쩌면 부하직원의 죽음이 그랬을 것이라는 생각이 들었습니다. 일상의 착한 욕망을 붙들어 맸던 아저씨의 말과 행동 그리고 생각의 흔적들을 곳곳에서 찾아볼 수 있었던 점을 고려한다면 더욱 그랬을 것이라는 생각이 들었습니다.

세상을 살아가는 데 삶이 완벽할 수는 없습니다. 우리는 끊임없이 실수하며 살아갑니다. 자의에 의해서건, 타의에 의해서건, 의식적이건 무의식적이건, 남에게 상처를 주고 피해를 주며 사는 게 인생입니다. 욕망과 아집으로 실수를 저지를 때도 있고, 그렇게 하면 안 된다는 것을 알면서도 자제하지 못하고 일을 그르치는 때도 있습니다.

우리는 무수히 많은 분별과 망상으로 서로의 가슴에 상처, 아픔, 죄의식, 잘못, 증오, 미움의 흔적을 남깁니다. 그 흔적은 내 안에 트라우마로 남아 먼지 막을 형성하여 세상을 색안경으로 바라보게 합니다. 세상을 그렇게 바라보면서 우리는 자신이 부끄럽게 여기거나 마음속 깊은 곳을 갉아먹는 말과 행동 그리고 뜻을 또 저지릅니다.

그 짓거리는 깊은 흔적이 되어 마음속에 숨겨지고, 미래에 매우 부정적인 경험을 일으킬 잠재적인 업이 되는 것입니다. 그래서 그러한 짓거리는 과거에 고착된 같은 실수를 되풀이하게 합니다. 적당한 조건이 주어질 때 촉발되어 나쁜 경험의 형태로 다시 나타난다는 말입니다. 알아차림을 통해 신중한 행동을 하지 않으면 이런 부정적 업의 흔적이 의식이 미치지 못하는 곳에 점점 쌓이고 곪습니다.

그동안 페르소나에 묻혀 살아가던 아저씨는 부하직원의 죽음을 두고 흔들리기 시작했습니다. 착하고 완벽하며 때로는 남을 헤아리고 베풀 줄 아는 모습 뒤에 숨겨진, 잔인하고 무자비하며 한편으로 못난 자신을 발견한 후로 죄책감에 시달리며 힘들어하고 괴로워했습니다. 죄의식에 갇혀 스스로 비관하고 저주하면서 삶의 의지를 꺾는 비루한 어둠 속으로 자신을 가두어 옭아매고 있었습니다.

죄책감은 책임을 낳습니다. 아저씨는 그 책임을 떠맡기 위해서 상처가 발생한 그 지점에 대한 자기 치유가 필요했던 것이지요. 영가 천도는 그 치유의 하나였습니다. 그러니까 아저씨가 내게 부탁한 영가 천도의 속살은 참회와 용서였습니다.

아저씨는 고통에서 빠져나오려면 그 고통으로 들어가 그것을 뚫고 나와야 한다고 생각했습니다. 고통은 자신의 고통에 직면하지 않으려는 비겁함 때문에 일어납니다. 그 비겁함에서 벗어나는 일은 타인의 아픔에 대해, 내가 저질렀던 나의 처신과 행동에 대해 잘못을 인정하고 책임을 지는 일입니다. 나쁜 수치심과 죄책감에서 벗어나기 위해 아저씨는 우선 자기 용서를 택한 것입니다. 자기 용서는 참회를 말합니다.

참회란 아무것도 숨기지 않고, 자신이 저지른 짓거리가 잘못임을 알고 통렬히 후회하며 용서를 비는 일입니다. 아저씨가 참회록을 통해 일기 같은 내밀한 얘기를 낱낱이 밝힌 것은 아마 그 때문인 듯했습니다. 일기에는 억눌러 왔던 욕망의 진실이 담겨 있습니다. 그러나 그 욕망은 현실에서 받아들여질 수도 없고, 알려져서도 안 되는 것이기에 어두운 서랍 안에서 아무도 모르게 숨어 있어야 합니다. 그는 현실의 질서를 따라 살아가기 위해 견딜 수 없이 솟구치는 내면의 어두운 욕망을 일기에 뱉어놓은 것입니다. 그리고 그 뱉어놓은 것을 아무도 들여다보지 못하게 어두운 서랍 속에 감추어 놓은 것입니다.

그러나 아저씨는 내밀한 얘기를 그냥 뱉는 것만으로는 미흡했던 것이지요. 부하직원에게 용서를 구해야 하는 일이 여전히 남아 있었습니다. 어쩌면 용서를 구할 대상에 나도 포함되었을지도 모를 일입니다. 절에서는 부처님 앞에서, 성당에서는 신부님 앞에서 참회하고 용서를 빕니다. 부처님과 신부님은 그들의 증인이 되어 줄 것으로 믿으니까 그렇습니다. 아저씨도 증인이 필요했을까요? 그랬다면 증인으로 내가 지목되었을지도 모를 일입니다. 내게 영가 천도를 부탁했을 때 나와 부하직원과의 관계를 아저씨는 이미 알고 있었기 때문입니다.

우리는 통상 참회는 가해자의 몫이며, 용서는 피해자의 몫이라고 이분법적으로 접근합니다. 그러나 세상의 이치는 그렇지 않습니다. 용서는 피해자의 몫이 아니라는 말입니다. 누군가가 악업을 지으면 내가 그를 단죄하지 않더라도 그 악업에 대해서는 우주적인 과보를 받게 되어 있습니다. 그 과보를 그가 받아야만 에너지의 균형이 이루어지기 때문입니다. 그래서 그 단죄는 내 몫이 아니라 우주 법계의 몫입니다. 진리의 세계에서 알아서 해 줄 일입니다.

다만, 우리가 해야 할 일은 미움과 증오로 오염된 나의 마음을 깨끗이 하고 동시에 상대방을 용서하는 것입니다. 누군가에 대한 미움과 증오가 생겼다면 그 마음은 누구의 것일까요? 그것은 증오하는 대상의 것이 아니라 내 마음입니다. 누군가를 미워하는 것은, 사실 나 자신을 미워하는 것과 다르지 않습니다. 그 미워하는 마음은 내 안에 싹트고 있기 때문입니다. 그래서 용서는 온전히 상대방을 위한 것이 아니고 자신을 위한 것입니다. 용서는 그 누군가를 용서하는 것이 아니고 나를 비우고 나를 내려놓는 일입니다.

그러나 아저씨는 그렇게 생각하지 않았습니다. 용서란 신의 몫이며 우주 법계의 몫이라는 것은 가당치 않다고 생각했습니다. 용서는 피해자의 몫이기에 인간의 구원이란 인간끼리의 책임과 관계 속에서 용서받은 다음 이루어지는 그것으로 생각했습니다. 이번 죽음 여행하는 동안 나는 줄곧 절을 이어가며, 통렬히 후회하며 용서를 구하는 아저씨의 고해를 선배에게 전했습니다. 이제 용서를 구하려는 아저씨의 그 가련한 몸짓에 대해 선배가 답할 차례입니다. 그에 대한 인식과 해석은 피해자의 몫이니까요.

아저씨는 그동안 인정 욕구에 매몰된 삶의 길목에서 자기 용서의 성찰과 반성을 위해 긴 시간을 보내고 있었습니다. 그럴 즈음 아저씨는 인정 욕구 때문에 또 황당한 일을 당했습니다. 보이스 피싱을 당한 것이지요. 딸아이의 이름을 빌린 문자사기였습니다. 소소한 일상에서 벌어진 그 조그만 사건은 그날부터 뇌리에서 쉬이 사라지지 않고 꼬리에 꼬리를 무는 갖가지 의문을 달고 결국 아저씨에게 작은 알아차림으로 다가옵니다. 진정한 만남과 사랑의 연결 고리는 서로의 눈망울에 비친 눈부처의 시선임을….

그 알아차림 덕분일까요? 아저씨는 지금 하늘나라에서 환하게 웃고 있습니다. 그러나 자세히 들여다보니 그냥 웃고만 있는 게 아닙니다. 애틋함이나 연민의 눈물 자국이 보이는 듯합니다. 눈부처의 시선으로 무럭무럭 잘 자라기를 바라는 손녀가 걱정되는 모양입니다. 눈부처 얘기를 주고받으며, 사랑스러운 손녀의 손을 잡고 걸어가는 아저씨의 모습은 마치 돌아온 어린 왕자의 모습이었습니다.

4

돌이켜보니 우리들의 시절 인연은 이제 서로의 빛깔과 향기로 서로에게 다가가는 특별한 관계가 되었습니다.

어린 왕자가 풀밭에서 엎드려, 울고 있을 때 여우가 나타나 말을 건넵니다.

너는 아직 나에게 아무것도 아니야. 그저 어린이일 뿐. 저기에 있는 수많은 아이와 조금도 다르지 않아. 나는 네가 없어도 좋아. 나도 마찬가지야. 나는 저기에 있는 수많은 여우와 조금도 다르지 않아. 하지만 너의 마음과 나의 마음이 통한다면 우리는 상대방이 소중하게 되지. 너는 나에게 세상에서 단 한 명밖에 없는 사람이 되고, 나는 너에게 세상에서 단 하나밖에 없는 여우가 될 테니까.

그 말을 듣고 어린 왕자는 여우에게 친구가 되어 달라고 부탁합니다. 어린 왕자의 제안에 여우는 서로 길들지 않으면 안 된다고 말하지요. 길들임은 관계를 맺는 것이고 그것을 통해 서로가 특별하고 고유한 의미를 갖게 되는 것이라고 얘기합니다. 여우는 이어서 자기를 길들인다면 자기는 어린 왕자에게 이 세상에 오직 하나밖에 없는 존재가 되는 것이라고 말합니다.

그러면서 여우는 어린 왕자에게 길들임의 의미를 설명합니다.

자기를 길들이게 되면 심심하던 자기의 삶이 환해질 것이라고, 그건 다른 발걸음 소리는 자기를 땅속으로 숨게 하지만 너의 발걸음 소리는 음악 소리처럼 나를 굴 밖으로 불러낼 것이기 때문이라고, 자기는 빵을 싫어하므로 밀밭이 아무 쓸모가 없고 아무 것도 떠오르지 않는다고, 그러나 자기를 길들이게 되면 이제 밀밭 사이를 스치는 바람 소리마저도 사랑하게 될 것이라고, 그건 밀밭을 지나면 금빛 머리칼을 가진 네가 생각나기 때문이라고. 그러면서 여우는 이렇게 마무리합니다. 네가 오후, 네 시에 온다면 나는 세 시부터 벌써 행복해지기 시작할 것이라고.

길들임의 의미를 알아차린 어린 왕자에게 장미는 이제 세상에서 단 하나밖에 없는 꽃입니다. 장미도 그렇습니다. 어린 왕자도 장미에게는 세상에서 단 하나밖에 없는 연인입니다. 어린 왕자는 길들임의 의미를 가슴에 담습니다. 길들임은 서로의 빛깔과 향기를 아우르고 보듬는 것이라는 것을, 서로 빛깔과 향기에 길들면 서로는 서로를 알게 되고 서로가 잊히지 않는 하나의 눈짓이 되리라는 것을. 그러면 진정한 사랑이 이루어질 것이고 진정한 사랑이 기약되기에 그 삶은 그때부터 가슴 설레는 행복이 시작되리라는 것을.

어린 왕자를 떠나보낸 후, 조종사는 밤이면 별들에 귀 기울이기를 좋아했습니다. 그것들은 흡사 오억 개의 작은 방울 같았기 때문입니다. 그러나 그 방울들은 금세 눈물방울로 변합니다. 어린 왕자에게 그려준 양의 굴레에 가죽끈을 달아준다는 것을 잊어버렸기 때문입니다. 양이 혹시 꽃을 먹어버리지나 않을까, 하는 걱정이 앞섭니다. 때로는 어린 왕자가 유리 덮개 덮는 것을 잊어버려 양이 꽃을 먹어 치우지 않을까, 하는 걱정도 듭니다.

생텍쥐페리는 『어린 왕자』의 서문에서 이 책을 굶주리며 추위에 떨고 있을 그의 절친 레옹 베르트에게 바친다고 했습니다.

어른들도 처음에는 모두 어린아이였습니다. 그러나 아이는 자라면서 세상을 해석하고 구별하기 시작합니다. 자신의 이름을 배우면서 '나'라는 에고를 배웁니다. 모든 것이 변하지만 자기 이미지는 변하지 않습니다. 거울 앞의 얼굴은 언제나 자기라고 생각합니다. 그러면서 점점 자기도 할 수 있다는 자부심을 가지는 것이지요. 어린아이는 그렇게 어른이 되어가면서 점점 그릇됨을 만들어내고 추해져 갑니다. 에고는 삶의 길을 걷고 있는 어린아이에게 점점 가면과 껍데기를 덮어쓰게 합니다.

그 어른들은 이제 굶주림과 추위에 떨고 있습니다. 굶주림과 추위는 고통과 불안의 상징입니다. 채워지지 않는 결핍을 끝없이 욕망하기 때문이지요. 그 욕망은 사랑과 미움, 질투와 연민, 회한과 죄책감 등 감정의 찌꺼기를 내뱉습니다. 어른들을 굶주리게 하고 추위에 떨게 하는 것은 바로 그 감정의 찌꺼기 때문입니다. 그 찌꺼기를 걸러내기 위해서는 길들임이 필요합니다.

그래서 생텍쥐페리는 이 책을 굶주리며 추위에 떨고 있을 세상의 어른들께 바치려 했습니다. 세상 사람들을 향한 책임과 걱정 그리고 연민은 모두 사랑과 자비의 다른 이름입니다. 이제 나에게 상관없는 타인은 아무도 없습니다. 나와 관계하고 내 앞에 나타나는 뭇 생명 모두는 또 다른 나입니다. 모두의 아픔과 슬픔이 내 것이지요.

사실, 내가 선배와 함께 죽음 여행을 떠나려는 결심을 굳힌 것은 그 길들임 때문이었습니다. 길들임을 통해 선배에게 한 발 더 다가가 우리의 진정한 만남과 사랑을 확인하고 싶었습니다. 그동안 못다 한 우리의 아리고 슬픈 사랑 얘기를 나누면서 선배를 길들이고 싶었습니다. 어쩌면 그 길들임은 선배를 향한 나의 책임감 때문이었을 것입니다. 죄책감이 그렇듯이 사랑도 그렇습니다. 사랑은 책임을 질 수 있을 때 진정으로 빛이 납니다. 그래서 사랑은 어렵고 무겁습니다. 자신이 선택한 사랑이라면 사랑한다고 말하는 순간 책임이 따릅니다.

나는 그날, 선배의 편지를 움켜쥐고 멍하니 먼 데 하늘을 쳐다보았습니다. 어느새 고였던 눈물이 하늘을 가렸습니다. 우리가 헤어질 즈음 선배는 내가 출가를 결심한 사실을 알고 있었습니다. 그러니까 선배가 내 곁을 떠났던 것은 우리의 사랑에 대한 책임 때문이었습니다. 선배는 포용과 배려로 서로가 서로에게 다가가 서로의 빛깔과 향기에 길들면 서로가 잊히지 않는 하나의 눈짓이 될 것을 굳게 믿었던 것이지요.

사실, 당신이 그 '꺼지기 쉬운 빛'을 스스로 한번 찾아보라는 제안을 하며 다가온 그 속내도 나를 길들이기 위한 것이었습니다. 그동안 당신과의 만남은 하나의 몸짓에 불과했습니다. 당신은 내게 살갑게 대하며 다가오려 했지만 나는 당신이 싫었습니다. 당신은 늘 먼발치서 나를 바라만 보아야 했지요. 우리는 만나지만 만나는 사이가 아니었습니다. 당신에게 나는 길들이고 싶어 하는 한 마리 여우였습니다. 나는 혼자 있고 싶었지만, 혼자이기에는 너무 슬프고 외로웠지요. 불쑥 당신에게 달려가고 싶었습니다. 그러나 나는 여전히 관계 맺기가 서툴렀습니다. 슬프고 외롭지만 그렇지 않은 척하는 한 마리 여우였지요.

당신은 굳게 믿고 있었지요. 먼 훗날 언젠가 우리가 그 빛을 알아차릴 즈음에, 우리는 서로에게 다가가 서로의 빛깔과 향기에 길들 것이라고. 그러면 당신은 나에게, 나는 당신에게, 서로가 잊히지 않는 하나의 눈짓이 될 것이라고.

그동안 페르소나에 묻혀 살아가던 아저씨는 부하의 죽음을 두고 흔들리기 시작했습니다. 죄책감에 시달리며 힘들어하고 괴로워했습니다. 착하고 완벽하며 남을 헤아리고 베풀 줄 아는 모습 뒤에 숨겨진 잔인하고 무자비한, 못난 자신을 발견했기 때문입니다. 그래서 아저씨는 부하직원에게 참회와 용서를 구하려 했습니다. 서로에게 다가가 서로의 빛깔과 향기에 길들기 위해서입니다. 죄책감은 책임을 낳습니다. 아저씨는 그 책임을 떠맡기 위해서 상처가 발생한 그 지점에 대한 자기 치유가 필요했던 것이지요. 영가 천도는 그 치유 중 하나였습니다.

5

우주의 모든 사물은 그 어느 하나라도 홀로 있거나 일어나는 일이 없이 모두가 끝없는 시간과 공간 속에서 서로의 원인이 되며, 대립을 초월하여 하나로 어우러집니다. 그래서 우리는 서로를 아우르고 베풀며, 나누고 도우며 살아가야 합니다. 한 데 어울려 아름답게 펼쳐지는 그 세계는 분별이 없는 마음의 세계, 차별이 없는 평등의 세계, 따스한 손을 내미는 자비의 세계입니다. 그래서 세상을 아우르고 보듬는 진정한 만남과 사랑의 연결 고리를, 어린 왕자는 길들임이라 하고, 선제 동자는 보현 행이라 합니다. 그 길들임과 보현행은 세상을 들꽃처럼 아름답고 향기 그윽하게 만듭니다.

선재 동자는 구도의 여정에서 모두 53명의 선지식을 만납니다. 선재 동자는 그들로부터 배움을 얻고 결국 깨달음에 이르게 됩니다. 선재 동자는 제일 먼저 문수보살을 만나 10신을 얻었고 이어서 여러 선지식으로부터 차례로 10행, 10주, 10회향의 법문을 듣습니다. 선재 동자는 그 구도의 마지막에 선지식 보현보살을 만나게 됩니다. 선재 동자는 보현보살로부터 10가지 큰 행원을 깨달아 얻게 됩니다. 이게 보현행입니다.

행원이란 깨달음의 세계와 그 깨달음의 세계를 자기 것으로 실현해 마침내 하나로 이루는 것을 의미합니다. 이 행원은 자신의 존재에 대한 끝없는 자각을 통해 대자유를 찾아 나서는 길입니다. 모든 중생이 모든 슬픔과 고통을 여의고 무량한 복락을 누리도록 도와주는 일입니다. 부처님께 예배하고 공경하라, 부처님을 찬탄하라, 널리 공양하라, 업장을 참회하라, 남이 짓는 공덕을 함께 기뻐하라, 설법하여 주시기를 청하라, 부처님께서 이 세상에 오래 계시기를 청하라, 항상 부처님을 따라 배워라, 항상 중생을 받들고 따르라, 지은바 공덕을 널리 회향하라, 라는 10가지 실행 지침이 그것입니다.

나는 불자 생활을 시작한 지 꽤 오래되었습니다. 처음에는 보현보살의 실천행들이 도무지 가슴에 와닿지 않았습니다. 도대체 보이지도, 잡히지도 않는 부처님을 향한 그 실천행이 무엇을 뜻하는지, 왜 그렇게 해야 하는지 도저히 이해되지 않았습니다. 그러던 어느 날 내게 작은 알아차림이 다가왔습니다. 부처님을 내 이웃으로 대입해 보는 것이었습니다. 어느새 의문이 확 가시었습니다. 그 부처님은 바로 내 이웃을 지칭하는 것이기 때문이었습니다. 우리가 모두 부처인 줄 모르고 부처가 특별히 따로 있다고 생각하는 무지함이었습니다.

실천행은 보시, 지계, 인욕, 정진, 선정, 지혜 등 육바라밀이 그것입니다. 육바라밀은 크게 두 가지로 나뉩니다. 하나는 자신과 관련되는 일이고 또 다른 하나는 남과 관련된 일입니다. 보시를 제외한 다섯 바라밀은 치열한 자기 수행과 관련이 있습니다. 그러나 보시는 주체가 내면에서 벗어나 적극적으로 타자와 관계하는 적극적 행위입니다. 자신이 가진 것을 나누고 베푸는 일입니다. 남을 돕고 아우르고 보듬고 길들이는 것입니다. 사실 보시를 제외한 다섯 바라밀은 출가한 사람이 아니면 참 힘든 것이지만, 보시는 평범한 사람도 쉽게 다가가 보살이 될 수 있는 수행입니다. 그러나 진정한 보시는 그리 만만한 게 아닙니다.

코로나19가 온 세상을 덮치고 있을 때였습니다. 우리 절과 자매결연을 하는 중국의 동화 선사에서도 마스크가 부족하여 아우성을 치고 있다는 소식이 전해졌습니다. 스님과 상의한 나는 가까이 지내는 신도 한 사람의 도움을 받아 마스크 4백 장을 사서 보내기로 했습니다. 사전 검열, 배송 문제 등의 걸림돌도 있었지만, 다행히 소포는 동화 선사에 잘 전달되었습니다.

얼마지 않아 동화 선사 측에서는 적기에 마스크를 보내 준 배려가 매우 고맙다는 소식을 전해 왔습니다. 그 소식에 이어 한 불교 신문에 기사 하나가 떴습니다. 동화 선사가, 한국 불교계가 그동안 베풀어 준 온정에 보답하고자 한국 조계종에 메시지와 함께 마스크 10만 장을 보내왔다는 소식이었습니다. 그 메시지에는 물 한 방울의 은혜를 넘치는 샘물로 갚는다는 문구가 들어 있었습니다. 아니, 4백 장이 10만 장이 되어 되돌아오다니? 스님과 나는 알고 있었습니다. 그 '물 한 방울'의 의미가 우리가 보낸 마스크 4백 장을 지칭한다는 것을.

사실, 그 당시 코로나19는 우리나라에도 벌써 확산이 되어 마스크 구하기가 여간 어려운 게 아니었습니다. 백방으로 찾아보았지만 겨우 4백 장 밖에 구할 수가 없었습니다. 물론 중국에서 보낸 마스크 10만 장이 전적으로 우리가 보낸 마스크 4백 장에 대한 보답은 아니었을 것입니다. 그동안 돈독하게 맺어진 양국 불교계의 우호 관계가 어려운 시기에 빛을 발휘한 것입니다. 그러나 우리가 보낸 마스크 4백 장이 마중물이 되어 물 한 방울이 넘치는 샘물로 변한 것은 사실이었습니다.

동화 선사에서 보낸 메시지의 속내는 사실 보시에 관한 얘기였습니다. 아, 이게 진정한 보시구나. 나는 아무도 모르게 실행한 조그만 나눔이 이렇게 큰 베풂으로 이어진다는 사실이 믿기지 않았습니다. 진정한 보시야말로 진정한 만남과 사랑을 확인하는 시선이며 공동체 의식이라는 것을. 진정한 보시를 체득한 기쁨과 설렘으로 나는 한동안 들떠 있었습니다.

6

　10대 보현행의 마지막은 회향입니다. 회향은 9가지를 잘 실천해서 마지막으로 단 하나의 지점으로 향하는 것을 말합니다. 그 지점은 눈동자에 보이는 모든 존재를 부처님으로 바라보는 것입니다. 지금 내 눈앞에서 만나는, 내 눈동자에 비치는 그 사람을, 있는 그대로 부처님으로 존경하고, 칭찬하고, 공양하는 것입니다. 신·구·의身口意 삼 업으로, 지금, 이 순간에 내 눈동자에 비치는 사람들을 전부 부처님으로 생각하는 것입니다. 돼지 눈에는 돼지만 보이고 부처 눈에는 부처만 보인다는 말입니다. 돼지의 눈과 부처의 눈은 모두 내 안에 있는 것이니, 어떤 눈으로 세상을 바라볼 것인가는 나의 선택에 달려있다는 가르침입니다.

　김춘수 시인은 꽃을 바라보며, 내가 그의 이름을 불러 주었을 때 그는 나에게로 와서 꽃이 되었다고 노래합니다. 시인은 언어를 사용하여 꽃에 이름을 붙여 줍니다. 이제 그 꽃은 고유성을 지닌 하나의 의미로 태어납니다. 꽃이 의미로 태어나는 순간 시인과 꽃은 특별한 관계가 됩니다. 그들의 관계를 그렇게 이어준 것은 바로 길들임입니다. 이제 그들은 서로가 서로에게 다가가 서로의 빛깔과 향기에 길들면서 서로가 잊히지 않는 하나의 눈짓이 됩니다. 그 눈짓에는 사랑과 자비가 가득 담겨 있습니다. 그 눈짓이 바로 눈부처입니다.

　그 눈부처는 나와 너를 이어줍니다. 세상이 눈부처로 이어진 그런 관계가 인드라망입니다. 그것은 아주 영롱한 구슬로 짜여

있습니다. 그 구슬들은 각기 서로를 비추어주면서 그물로 서로 연결되어있습니다. 하나의 구슬 속에서는 모든 구슬이 서로를 비추고 있고, 구슬마다 모두 이러합니다. 수많은 구슬이 자기의 빛을 고루 발하며 서로를 이어줍니다. 이제, 세상이 눈부시게 아름다운 모습으로 장엄하게 펼쳐집니다. 바로 화엄의 세계요, 눈부처의 세상입니다.

이른 아침 햇살이 유난히 눈이 부십니다. 후두둑 한줄기 비가 지나간 뒤입니다. 나뭇가지에 쳐진 거미줄에 서너 개의 물방울이 영롱하게 걸려 있습니다. 물방울 안에는 각각의 물방울이 서로 거울처럼 비추어져 있고, 주변의 풍경들 또한 이 물방울 속에 모두 담겨 있습니다. 물방울이 눈부시게 아름답습니다. 그들은 기막힌 시절 인연으로 그 시간 그 장소에서 서로 만나 황홀한 존재감을 과시하고 있습니다. 그들은 서로가 서로에게 향기로 다가가는 주인입니다. 마치 물방울 하나에 선배의 사랑이, 물방울 하나에 당신의 연민이, 물방울 하나에 아저씨의 참회가 맺힌 듯합니다.

7

늘 그랬듯이 나는 오늘도 조용히 부처님께 무릎을 꿇고 기도를 올립니다.

거룩하신 부처님,

세상의 실상, 그것은 매 순간 끊임없이 달라져 어떤 것도 영원할 수가 없다는 것을 알았습니다. 세상은 나를 중심으로 시간과 공간을 함께 가로지르는 연결과 접속의 현장이라는 것을, 우리의 본질은 본래 형상도 실체도 없는 공이며, 아무런 본성이 없기에 연기적 조건에 따라 그 무엇이 될 수 있는 잠재성을 늘 지니고 있다는 것을, 그래서 삶이란 지금 여기, 이 순간에 한 땀 한 땀 차이를 붙들어 엮어가는 것이라는 것을, 그 차이는 누구도 주목하지 않는 하루하루 일상의 틈새를 비집고 들어가면 얼마든지 있다는 것을 알았습니다.

행복은 그 자체로 좋은, 삶의 궁극적 목적이므로 일상의 소소한 삶에서 그 행복을 찾으면 좋겠습니다. 사는 게 힘들어도 나의 잣대를 기준으로 내가 주인이 되어 살아갔으면 좋겠습니다. 남이 한 일은 곧 나의 허물이니 남의 허물은 보지 않으면 좋겠고, 오늘의 나를 있게 해 준 모든 존재에 늘 감사하고 기뻐하면 좋겠습니다. 하루하루가 청정한 마음의 빛을 찾아 나서는 여행이면 좋겠고, 마음 여행은 자유가 일상에 얽매이지 않고 무한하게 펼쳐지는 그런 여행이면 좋겠고, 매번 출발과 목적지의 주인이 되는 그런 여행이면 좋겠습니다.

내게 다가온 그 빛이 꺼지지 않도록 늘 가슴이 뛰었으면 좋겠습니다. 그 빛은 어디에서 따로 온 것이 아니고 늘 내 안에 있는 것이기에 언제 어디서나 마음을 비우고 내려놓으면 좋겠습니다. 마음은 바다처럼 깊고 넓고 잔잔하면 좋겠고, 중요한 것은 마음으로 볼 줄 아는 눈을 가졌으면 좋겠습니다. 그 빛으로 우리는 서로의 빛깔과 향기에 길들고 서로가 잊히지 않는 하나의 눈짓이 되면 좋겠고, 그 빛으로 진정한 만남과 사랑을 수시로 확인하면서 우리의 삶이 진정한 행복으로 이어지는 꽃길이면 좋겠습니다.

　본래 부처인 줄 확실히 알고 온 시방 법계가 본래 불국토이며 정토임을 알기에 늘 '지금 여기'에 깨어 있으면 좋겠습니다. 나는 본래 부처이니 부처처럼 생각하고 행동하면 좋겠고, 가까이하는 내 이웃도 모두 부처임을 알고 부처처럼 대하고 상대를 거룩하게 보면 좋겠습니다. 그러면서 삶의 아지랑이를 조금씩 걷어내는 참 불자의 길을 새롭게 걸어가면 좋겠습니다. 미혹에 빠지거나 흔들릴 때면 얼른 선재 동자의 보현행원을 되새기면 좋겠고, 신행은 신나고 기쁘고 즐거우면 좋겠습니다. 늘 세상을 부처의 눈으로 바라보면 좋겠고, 내 마음의 거울에는 가까운 시절 인연들이 서로의 눈동자에 부처로 비추어졌으면 좋겠습니다.

에필로그

　요즈음은 생텍쥐페리에게 편지를 써 내려가고 있다. 그가 찾고 있는 어린 왕자가 돌아왔다고.

　글을 쓰기 시작한 지가 벌써 3년째 접어들었다. 물론 편지의 내용은 어른이 된 어린 왕자, 당신에 관한 얘기다. 처음에는 그냥 당신의 그 '꺼지기 쉬운 빛'에 대한 일상의 체험과 생각들을 단상으로 엮어 보려 했다. 글을 써 내려가던 중에 죽음 여행을 다녀왔고, 그 여행을 통해 깨달음에 대한 시절 인연도 맺었다. 그래서 이 편지는 주로 나를 둘러싼 그 시절 인연에 관한 얘기를 담고 있다.

　글이 막힐 때면 습관적으로 창밖을 바라다본다. 그럴 때면 별 가득한 하늘 풍경이 내게로 다가온다. 그 풍경 너머에는 그늘 드리워진 영혼의 심연이 살아 있다. 그때마다 나는 그 심연에서 유난히 빛나는 별 두 개를 찾는다. 하나는 생텍쥐페리의 소설, 『어린 왕자』의 주인공, 어린 왕자의 별이고, 다른 하나는 당신의 소설, 『꺼지기 쉬운 빛』의 주인공, 당신의 별이다. 나는 어느새 그 별들 속으로 빠져들어 영혼에 귀를 기울인다. 심연에서 들려오는 기척을 듣노라면, 그 소리가 때로는 어린 왕자의 목소리로, 때로는 당신의 목소리로, 때로는 아저씨의 목소리로 들린다. 그들의 목소리를 엿듣노라면 그새 막혔던 글이 신기하게도 다시 술술 써 내려져 간다.

당신은 당신에게 다가온 그 '꺼지기 쉬운 빛'으로 세상 사람들의 빛깔과 향기에 알맞은 맑고 투명한 보석 구슬이 되어 그동안 닿았던 가까운 인연들을 위해 인드라망을 비추고 싶었다. 당신은 우선 내게 다가왔다. 이제 어른이 되어 굶주리며 추위에 떨고 있을 자기 딸을 향한 애틋함과 연민 때문일 것이다. 당신의 소설, 『꺼지기 쉬운 빛』은 그런 연유로 쓰였다.

나도 굶주리고 추위에 떨고 있을 세상의 그 누군가를 위해 글을 써야 하겠다는 생각이 들었다. 그동안 죽음 여행을 통해 선지식들로부터 배운 작은 알아차림을 누군가에게 전하기 위해서다. 이게 내가 생텍쥐페리에게 편지를 보내려는 이유다. 물론 편지에는 당신이 내게 그랬듯이, 나도 누군가에게 그 '꺼지기 쉬운 빛'을 찾아보라는 제안을 담을 것이다.

언젠가 그 빛은 그 누군가의 시선이 보태어져 또 새로운 알아차림으로 거듭날 것이다. 그러면 굶주리며 추위에 떨고 있는 우리의 삶은 겉으로는 같은 삶이 반복되는 것처럼 보일지 모르지만 이미 그 삶은 이전과 같은 삶이 아닌 새로운 삶이 될 것이다. 조금씩 서로가 서로에게 다가가는 눈부처의 세상이 될 것이다.

내게 다가온 작은 알아차림은 마음으로만 보아야 하는, 보이지 않는 진실에 관한 것이다. 그러나 그 진실은 스스로 자기를 드러낼 수 없고 사물이나 가르침을 통해서만 어렴풋이 가늠해 볼 수 있다. 그러한 장치 중의 하나가 말과 글이다. 한 단어의 의미는 다른 단어와의 차이 속에서 비로소 생성된다. 그리고 그 단어는 또 다른 언어로 정의되므로 이렇게 단어의 의미를 찾다 보면 의미의 고정성은 보이지 않고 그것이 끝없이 변화하게 된다.

결국, 그 진실은 언어의 그물로서는 건져 올릴 수가 없다. 말과 글은 비교하고 분별하면서 다름과 틀림의 잣대를 함부로 들이대기에 그렇다. 『티베트 사자의 서』에 담긴 붓다의 가르침도 그렇고, 선재 동자의 깨달음도, 어린 왕자의 마음도 그렇다. 그래서 나는 이 편지를 마무리할 때쯤 그동안 길을 물어왔던 선지식들에게 용서를 구하려 한다. 혹 지금 써 내려가고 있는 이 편지가 그들의 진실한 가르침을 왜곡하여 함부로 해석하고 그 해석의 조각들을 억지로 꿰맞추려는 무례함을 범할지도 모를 염려 때문이다. (끝)

희미하지만 꺼지지 않는 자성의 빛

이종숙(소설가)

　이 소설은 작가 이갑숙의 소설 『꺼지기 쉬운 빛』의 후속편이다. 두 편 모두 시절 인연의 진정한 만남과 사랑을 주제로 하고 있다.

　전편은 무명을 헤매던 삶의 길목에서 다가온 순간의 빛, 그 빛이 밝혀주는 진정한 만남과 사랑에 관한 이야기다. 안데스산맥 트레킹을 하던 중 작중 화자인 강숙은 작은 알아차림을 깨닫게 된다. 그것은 순간적인 빛으로 다가온다. 강숙은 자신에게 다가온 그 빛을 딸 지서에 전하고 싶다. 지서가 언젠가 그 빛을 찾을 즈음이면 서로의 빛깔과 향기에 길들어 서로를 알게 될 것이라고 굳게 믿기 때문이다. 그러나 그 빛은 쉽게 흐려지고 부서지고 또 '꺼지기 쉬운 빛'이다. 강숙은 지서에게 그 빛을 스스로 찾아보라고 제안하며 전편의 이야기를 끝맺는다.

일인칭 소설인 후속편은 작중 화자인 지서가 『티베트 사자의 서』의 안내로 죽음 여행하면서 그 꺼지기 쉬운 빛을 찾아 나서는 여정을 그린다. 지서-강숙-해무관-정우 등 네 인물을 중심으로 전개되는 소설에서 강숙은 지서의 아버지이고, 해무관은 지서가 영국에서 만난 강숙의 친구다. 정우는 젊은 나이에 죽은 지서의 애인이자 해무관의 부하직원이다. 서사와 구성 전략은 크게 두 축으로 나눌 수 있다. 하나는 인정 욕구의 늪에서 허우적거리던 삶의 길목에서 다가온, 자성의 빛에 대한 어느 늙은이의 자전적 서사다. 또 다른 하나는 어린 왕자와 선재 동자에게 길을 물어가며 시절 인연의 진정한 만남과 사랑의 의미를 알아가는 한 불자의 구도적 여정이다.

　공직을 그만둔 해무관은 공사 사장으로 부임하지만, 곧 노사 분규에 휘말린다. 서로 한 치의 양보가 없는 지루한 투쟁이 3년 여에 걸쳐 전개된다. 노사 분규가 절정에 달했을 때 솔로몬 군도에서 선박 침몰 사고가 발생한다. 현장에 파견할 직원으로 정우가 차출되는데, 정우는 지병을 앓고 있어 오지 근무가 어려울뿐더러 노조 간부인 파견 적임자가 따로 있음에도 불구하고, 노동조합을 의식한 사장은 비노조원인 정우를 현장에 파견한다. 근무 현장에서 쓰러진 정우는 국내로 급히 돌아오지만 얼마 버티지 못하고 저세상으로 떠난다. 그때부터 사장은 수치심과 죄책감에 사로잡힌다. 사실, 그가 무리하게 정우를 파견한 이유는 따로 있었다. 노조 측에서 보낸 협박용 사진 때문이었다. 그 사진에는 한 여인의 부축을 받으며 모텔로 들어가는 남자의 모습이 담겨 있다. 그는 사진 속 인물이 자기라는 것을 단박에 알아차린다. 그는 결국 노조원들이 벌인 광란의 축제에 무릎을 꿇고 만 것이다.

그 후로도 노사 분규는 그치지 않았고, 싸움은 견딜 수 없을 정도로 그를 지치게 했지만, 그는 굴하지 않고 노동조합과 끝까지 싸운다. 그는 왜 그렇게까지 힘들고 괴로운 투쟁을 이어가는 것일까? 바로 인정 욕구 때문이다. 투쟁에서 실패했을 경우 그를 향한 세상 사람들의 시선이 두렵고, 그동안 쌓아 온 명예와 자존감이 무너지는 게 불안하다. 늘그막에 처참하게 망가지는 자기의 모습을 도저히 인정할 수가 없었던 그는 투쟁해야 하는 핑곗거리를 계속 찾는다.

공사를 퇴직하고 수년이 흐른 뒤에도 그 죄책감과 수치심은 여전히 잊히지 않는 트라우마로 깊숙이 자리하고 있다. 착한 내가 왜 그런 일을 저질렀을까? 스스로 묻는 그의 머릿속에 그동안 인정 욕구에 매몰되어 살아온 흔적들이 주마등처럼 스쳐 지나간다. 걷거나 명상할 때면 온갖 망상과 잡념이 끼어든다. 그 망상과 잡념의 중심에는 어김없이 인정 욕구의 언저리를 맴돌던 공허함이 차지하고 있다.

그렇게 하루하루를 보내던 어느 날, 그는 딸 이름을 빌려 접근한 보이스 피싱에 당하고 만다. 딸바보이기에 벌어진 일이라는 생각이 불현듯 스쳐 지나간다. 딸바보란 딸아이로부터 인정받고 싶어 하는 부모의 애쓰는 마음을 말한다. 그건 사랑이라는 이름의 집착이며 인정 욕구의 다른 이름이다. 인정 욕구 때문에 다른 황당한 사건이 또 벌어진 것이다. 소소한 일상 가운데 일어난 그 사건은 뇌리에서 쉽게 사라지지 않고 갖가지 의문이 꼬리에 꼬리를 물고 이어진다.

착한 내가 왜 그런 일을 저질렀을까?

그는 그 화두를 다시 꺼내 든다. 저변의 무의식과 부단히 만나
자기의 어두운 그림자를 드러내고 인정하며 받아들이기 위해서
였다. 그때부터 그는 참회의 글을 쓰기 시작한다. 그는 정우가 지
서의 남자 친구라는 기막힌 사실을 알면서도 그의 글이 거의 마무
리될 즈음에 가서야, 불쑥 지서에게 정우의 영가 천도를 부탁해
야겠다고 생각한다.

지서와 정우의 만남은 순탄하지 못했다. 둘은 대학 불교 동아
리에서 선후배로 처음 만나 사랑을 키웠다. 그러다 민주화 시위
대열에 참가한 것이 화근이 되어 그들에게 지명 수배령이 내려
지고 검거를 피하려 지서는 정혜사로 들어가고, 정우는 군대에
입대한다. 그들이 다시 만났을 때 출가를 준비하던 지서에게 정
우는 사랑을 고백한다. 출가라는 자유와 사랑이라는 굴레에서
갈피를 잡지 못하고 방황하던 지서는 정우의 끈질긴 설득과 구
애에 마음을 연다. 그러나 이번에는 정우가 지서를 거부하고 만
다. 그들의 인연은 그렇게 엇나가게 되고 지서는 영국으로 떠난
다.

영국에서 해무관을 만난 지서는 차츰 이국 생활에 적응해 간
다. 시간이 흘러 지서의 마음 깊이 스며있던 정우의 향기가 사라
질 즈음 지서는 뜻밖의 소식을 듣는다. 자신을 거부하고 떠났던
정우가 췌장암을 앓고 있으며 뒤늦게 자신을 찾는다는 소식이었
다. 안타까운 마음에 귀국해 병원에 도착한 지서는 정우를 불러
보지만, 정우는 아무런 대답도 하지 못하고 다음 날 저세상으로

떠난다. 정우를 떠나보낸 지서는 법당에서 무릎을 꿇고 한참을 운다, 온갖 상념들이 스쳐 지나던 순간, 한 생각이 불쑥 떠오른다. 출가란 굳이 어디로 떠나는 게 아니고 진정한 자기 자신에게로 돌아오는 것이 아니냐고. 지서는 영국 생활을 정리하고 귀국하여 절에서 일을 시작한다. 지서의 신행 생활은 그렇게 시작된다.

수년이 흐른 어느 해 여름, 지서가 백중 행사를 준비하고 있을 때 종무소에 해무관 부인이 들어선다. 부인은 해무관의 부음을 전하며 USB 한 개를 지서에게 건네준다. 부인은 해무관이 최근에 쓴 글이 거기에 들어있다고 말한다. 그러면서 영가 천도를 부탁한다며 영가의 인적 사항이 적힌 쪽지를 건네준다. 지서는 그 영가가 정우라는 기막힌 사실을 알게 된다. 그 때문이었을까? 오랜만에 지서의 꿈속에 정우가 나타난다. 정우는 아직도 한곳에 머물지 못하고 새털처럼 홀로 날고 있는 듯하다. 아리고 슬펐던 자신들의 만남이 주마등처럼 스쳐 지나간다. 순간 지서는 정우에게 『티베트 사자의 서』를 들려주어야겠다고 생각한다.

『티베트 사자의 서』는 죽음의 순간부터 바르도를 거쳐 다음 생으로 태어나는 과정에서 해탈을 위한 올바른 방법과 과정을 자세하게 묘사한 티베트 경전이다. 이 경전은 죽은 자에게 마지막으로 들려주는 깨달음의 노래라고 불린다. 죽은 자가 『티베트 사자의 서』의 안내를 놓치지 않고 따라간다면 깨달음을 얻어 다시 태어남을 멈추고 거기서 영원한 자유를 얻는다는 붓다의 가르침이다.

지서는 그 깨달음의 노래를 정우에게 들려주는 것으로 해무관이 부탁한 영가천도를 대신하기로 한다. 한편 지서는 강숙이 제안한 그 '꺼지기 쉬운 빛'을 어쩌면 『티베트 사자의 서』에 담긴 붓다의 가르침에서 찾을 수 있으리라고 생각하게 된다. 바르도의 강을 건너는 지서의 죽음 여행은 그런 연유에서 시작된다.

소설의 후반부는 지서가 선재 동자와 어린 왕자의 도움으로 그 '꺼지기 쉬운 빛'을 찾아 나서는 과정을 그리고 있다. 선재 동자와 어린 왕자는 누구인가? 그들은 오늘을 살아가는 바로 우리 자신이다. 그들은 우리에게 누구든지 구도의 길에 동참할 수 있다는 희망을 준다. 누구나 스스로 뜻을 세우면 바로 그가 어린 왕자요, 선재 동자다. 사실, 보통 사람에게 『『티베트 사자의 서』』에 담긴 붓다의 가르침은 낯설고 이해하기 쉽지 않다. 그래서 지서는, 때로는 선재 동자에게 길을 묻고 도움을 청하고, 때로는 어린 왕자를 가슴에 품고서 자신의 마음속 어린 왕자를 일깨우며 그 빛을 찾아 나선다.

죽음 여행의 끝에 이르러 지서는 그 깨달음의 노래가 말하는 속내를 몇 가지 알아차린다.

우선, 윤회는 삶의 한순간, 한 조각이라는 믿음이다.

바르도는 그 강을 건널 때마다 망자에게 청정한 빛을 비춘다. 그러면서 청정한 마음의 빛을 바르게 인식하고 그곳에 머물러야 한다고 줄곧 주문한다. 그러나 망자에게는 그 빛이 온갖 환영들로 보일 뿐이다. 『티베트 사자의 서』는 그때마다 눈앞에 나타나는 모든 현상은 자기 마음의 투영이라는 것을 계속해서 알려준다. 그러나 망자는 전생의 업 때문에 그 빛을 기어이 깨닫지 못하고 또다시 환생의 갈림길에 선다. 바로 윤회의 길이다.

윤회의 문제를 어떻게 보느냐 하는 것은 개인의 자유이고 선택이다. 그러나 『티베트 사자의 서』가 환생의 길에서 말하는 속내는 다른 데 있다. 윤회는 삶의 한순간, 한 조각이라는 것이다. 그러니까 우리는 지금도 계속 윤회하는 삶의 한 과정에 있는 셈이다. 우리가 지금 여기에 늘 깨어 있어야 하는 이유다. 내가 지금 겪고 있는 고통이 전생의 업 때문이니 이를 당연히 받아들여야 하는 것이 아니고 내 자유의지로 윤회를 일으키는 사슬을 끊어야 하는 것이다.

지금 여기에 깨어 있어야 함은 자신의 자태와 향기를 지닌 한 송이 꽃이 되어, 내가 주인으로 살아가라는 말이다. 만물과 인간의 배후에 고정 불변하는 주체는 없다. 모든 법과행은 일회적이다. 그래서 지금 여기에서 일어나는 모든 일은 매 순간 유일한 사건이다. 반복되는 지겨운 시간이 아니라 설렘과 즐거움 그리고 새로움으로 가득한 사건이다. 내가 주인이 되어 지금 여기, 일상의 착한 욕망을 붙들어 한 땀 한 땀 엮어가는 작업, 그 작업은 이 순간을 살아가는 이들의 몫이다.

한편, 지금 여기에 깨어 있어야 함은 서로를 아우르고 베풀며, 나누고 도우며 살아가라는 말이다. 우주의 모든 사물은 그 어느 하나라도 홀로 있거나 일어나는 일이 없다. 모두가 끝없는 시간과 공간 속에서 서로의 원인이 되며, 대립을 초월하여 하나로 어우러진다. 그 세계는 분별이 없는 마음의 세계, 차별이 없는 평등의 세계, 서로를 보듬는 자비의 세계다. 한 데 어울려 아름답게 펼쳐지는 진정한 만남과 사랑의 연결 고리를 어린 왕자는 길들임이라 하고, 선재 동자는 보현행이라 한다. 길들임과 보현행은 세상을 들꽃처럼 아름답고 향기 그윽하게 만든다.

어린 왕자는 말한다. 길들임은 관계를 맺는 것이고 그것을 통해 서로가 특별하고 고유한 의미가 있다는 것을, 길들임은 서로의 빛깔과 향기를 아우르고 보듬는 것이고, 서로 빛깔과 향기에 길들면 서로를 알게 되고 서로가 잊히지 않는 하나의 눈짓이 되리라는 것을. 그러면 진정한 사랑이 이루어질 것이고 진정한 사랑이 기약되기에 우리의 삶은 그때부터 가슴 설레는 행복이 시작되리라는 것을.

강숙이 지서에게 그 '꺼지기 쉬운 빛'을 스스로 한번 찾아보라고 했던 것은 사실, 지서를 길들이기 위해서다. 그동안 그들의 만남은 하나의 몸짓에 불과했다. 강숙은 살갑게 대하며 지서에게 다가가려 하지만, 지서는 엄마와 재혼한 강숙이 싫다. 강숙은 늘 먼발치서 지서를 바라보아야만 한다. 강숙에게 지서는 길들이고 싶은 한 마리 여우다. 그들은 만났지만 만나는 사이가 아니다. 그래서 강숙은 '그 꺼지기 쉬운 빛'을 스스로 한번 찾아보라는 제안을 하며 지서에게 다가간다.

해무관은 정우의 죽음 앞에서 크게 흔들리기 시작한다. 죄책감 때문이다. 죄책감은 책임을 낳는다. 책임을 떠맡기 위해서는 상처가 발생한 그 지점에 대한 자기 치유가 필요하다. 그 치유는 자기 용서다. 자기용서는 참회를 말하며 이는 아무것도 숨기지 않고, 자신이 저지른 짓거리가 잘못임을 알고 통렬히 후회하며 용서를 비는 일이다. 참회와 용서는 서로에게 다가가 서로의 빛깔과 향기에 길들기 위한 것이다.

정우는 나비 종이가 가득 담긴 유리병 하나를 지서에게 남기고 세상을 떠난다. 거기에는 정우가 지서에게 보내는 편지가 들어있다. 그 편지에서 정우는 자기가 지서 곁을 떠난 사유를 밝히고 있다. 정우가 지서의 사랑을 거부한 것은 지서가 출가를 결심한 사실을 알고 있었기 때문이다. 죄책감이 그렇듯이 사랑도 그렇다. 자신이 선택한 사랑이라면, 사랑한다고 말하는 순간 책임이 따른다. 정우는 사랑에 대한 책임 때문에 그렇게 헤어진 것이다. 그건 지서도 마찬가지다. 사실, 지서가 죽음 여행을 떠나려는 결심을 굳힌 것도 그 길들임 때문이다. 깨달음의 노래를 들려주며 그동안 못다 한 그들의 아리고 슬픈 사랑 얘기를 나누려는 것이다.

선재 동자는 보현보살로부터 10가지 큰 행원을 깨닫는다. 행원이란 깨달음의 세계와 그 깨달음의 세계를 자기 것으로 실현해 마침내 하나로 이루는 것을 의미한다. 행원의 10가지 실행 지침이 보현행이다. 보현행의 마지막은 회향이다. 회향은 9가지 지침을 잘 실천해서 마지막으로 단 하나의 지점으로 향하는 것을 말한다. 그 지점은 눈동자에 보이는 모든 존재를 부처님으로 바라보는 것이다. 지금 내 눈앞에 만나는, 내 눈동자에 비치는 그 사람을, 있는 그대로 부처님으로 존경하고 칭찬하고 공양하는 것이다.

해무관은 그동안 인정 욕구에 매몰된 삶의 길목에서 자기용서라는 성찰과 반성을 위해 긴 시간을 보낸다. 그럴 즈음 그는 인정 욕구 때문에 또 황당한 일을 당한다. 보이스 피싱을 당한 것이다. 딸아이의 이름을 빌린 문자사기다. 해무관은 다행히 늦게나마 그것을 알아차린다. 진정한 만남과 사랑은 집착이 아니라 순수한 사랑으로 그곳에 머물고 싶어 하는 마음이라는 것을. 진정한 만남과 사랑의 연결 고리는 서로의 눈망울에 비친 눈부처의 시선임을. 이는 늘그막에 그 늙은이에게 다가온 바로 그 자성의 빛이다. 그 후로 해무관은 손녀의 눈망울에 때로는 별, 하늘, 꽃이 비치고, 때로는 자기 모습이 비치는 눈부처를 바라보며 행복한 노후를 보낸다.

지서는 죽음 여행을 마무리하며 그녀를 둘러싼 시절 인연을 이렇게 묘사한다.

이른 아침 햇살이 유난히 눈이 부시다. 후두둑 한줄기 비가 지나간 뒤다. 나뭇가지에 쳐진 거미줄에 서너 개의 물방울이 영롱하게 걸려 있다. 물방울 안에는 각각의 물방울이 서로 거울처럼 비추어져 있고, 주변의 풍경들 또한 이 물방울 속에 모두 담겨 있다. 물방울이 눈부시게 아름답다. 그들은 기막힌 시절 인연으로 그 시간 그 장소에서 서로 만나서 서로를 눈부처의 시선으로 바라보고 있다. 그들은 서로가 서로에게 향기로 다가가는 주인이다. 마치 물방울 하나에 선배의 사랑이, 물방울 하나에 당신의 연민이, 물방울 하나에 아저씨의 참회가 맺힌 듯하다.

두 편은 모두 자전적 소설이다. 전편이 강숙의 이름을 빌린 작가의 유년 시절을 그린 것이라면, 후속편은 해무관의 이름을 빌려 작가가 겪은 사회적 경험을 담고 있다. 그 자전적 서사에는 그의 사회적 경험과 시선 그리고 일기 같은 내밀한 얘기까지 가감 없이 솔직하게 담겨 있다. 그런 측면에서 이 소설은 문자로 그린 완벽한 자화상에 가깝다. 더욱이 이 소설은 전편과 마찬가지로 일인칭 화자의 일방적 진술 형식을 빌린 서사 방식으로 사건을 전개하면서 작중 인물의 심리를 드러내고 있어 현대 소설이 요구하는 갈등과 긴장감이 두드러지게 보이지 않는 한계를 지니고 있다. 하지만 그런 한계에도 불구하고 우리가 이 소설을 주목해야 할 몇 가지 이유가 있다.

첫째는 작가가 보통 사람들의 알아차림, 마음공부에 주목하고 있다는 점이다.

시절 인연이란 사람과 일과 자연과 법 등 모든 만남의 시기, 즉 때를 말한다. 그 가운데 법의 만남이란 깨달음을 말한다. 그 세계는 너무나도 깊고 넓어서 우리 인간의 사변으로는 가늠할 수 없고 미치지 못하는 불가사의한 선지식의 몫이다. 그러나 순간적인 알아차림은 보통 사람들의 소소한 일상에서도 찾아온다.

강숙은 아내의 유품을 정리하다 찻잔을 깨뜨린다. 아내가 애지중지 아끼던 찻잔이다. 영원할 줄 알았던 찻잔이 순식간에 부서져 버린 것이다. 그때 문득 강숙은 붙들고 있던 아내에 대한 집착이 여러 갈래로 조각난 뒤 흩어졌다고 생각하게 된다. 바로 어떤 알아차림이 다가온 것이다. 그 알아차림은 안데스산맥 트레킹을 하면서 또 다른 알아차림으로 이어진다. 해무관에게 다가온 알아차림도 그랬다. 소소한 일상에서 벌어진 보이스 피싱은 갖가지 의문들을 안겨주고, 그 의문들은 지나온 삶을 되돌아보게 하는 시간으로 이어진다. 그때 어떤 알아차림이 순간적으로 다가온 것이다.

둘째는 작가가 법 보시에 주목하고 있는 점이다.

보현행의 하나는 보시다. 보시 중에 으뜸을 법 보시라고 한다. 법 보시란 부처님의 법을 대중에게 널리 알리는 것을 말한다. 법 보시는 음성으로, 그림으로 하는 방법도 있지만, 으뜸이 되는 것이 문자 보시다. 이갑숙 작가는 작가의 말에서 '더벅머리 아이의 소박한 소망 하나는 부처님의 법을 전하는 일'이라 했다.

소설, 『꺼지기 쉬운 빛』은 어른이 되어 굶주리며 추위에 떨고 있을 자기 딸을 향한 애틋함과 연민으로 쓰였다. 이제 한 세대를 지나 어른이 된 딸, 지서도 굶주리고 추위에 떨고 있을 세상의 또 다른 누군가를 위해 글을 써야겠다는 생각한다. 그것이 지서가 생텍쥐페리에게 편지를 써 내려가는 이유다.

지서는 굳게 믿는다. 언젠가 희미하게 비추는 그 빛에 누군가의 시선이 보태질 때 그 빛은 새로운 알아차림으로 거듭날 것이라고, 그렇게 되면 우리는 굶주리고 추위에 떨며 같은 삶을 반복하는 것 같지만 전과 같은 삶이 아니라 차이 나는 새로운 삶을 살아갈 것이며, 우리는 서로의 눈 속에 크고 작은 부처가 되어 각각의 빛과 향기로 함께 살아가게 될 것이라고.

내가 다녔던 고등학교 졸업 사진집에는 '더벅머리 유언'이라는 자유 게시판이 있었다. 졸업생들에게 그간의 소회를 담아 무엇이든지 한마디씩 지껄여 보라는 배려였다.

속세에서 무던히 괴로웠다.

시건방지게 그 게시판에 내가 내뱉었던 말이다. 그 당시 그 더벅머리 아이는 외모에 관심이 없었을 뿐 아니라, 그럴 겨를도 없었다. 그 아이에게 세상은 오직 좋은 대학에 들어가야 하는 것이 전부였다. 그곳은 입시 지옥이라는 속세였다. 그러나 속세를 떠나니 또 다른 속세가 그를 기다리고 있었다. 직장 생활을 시작한 그 아이는 이제 머리를 단정히 하고, 외모에 관심을 두기 시작했다. 경쟁에 살아남기 위해서는 타인의 평가와 시선에 자신의 전부를 맡겨야 했기 때문이다. 또 다른 속세는 떠나온 속세보다 더 힘들고 괴로웠다. 시달리고 부대끼며 더불어 살아가야 하는 삶의 무게가 어깨를 짓눌렀다. 아, 나는 누구인가? 끊임없이 이어지는 내면의 중얼거림도 빼놓을 수 없는 삶의 무게였다.

30여 년간 몸담았던 공사직에서 물러났을 때 주변 사람들이 한 번씩 그간 소회를 물어왔다. 그때도 그 아이는 피식 웃으며 속세에서 무던히 괴로웠다고 말했다. 퇴직 후의 지금도 그렇다. 환갑·진갑 다 지난 지금은, 덥수룩했던 그 머리카락의 숱이 많이 빠졌고, 그마저도 힘이 없고 풀이 죽어 반듯하게 잘 빗겨지지 않는다. 소갈머리를 감추려고 중절모자를 깊이 눌러쓰고 마스크까지 끼었지만, 학생들은 어느새 그 아이를 노인으로 알아보고 버스의 자리를 양보한다.

지난 수십 년간 지어온 업 때문인지 '나'라는 증상은 더욱 심해져 가고, '너'라는 분별은 좀처럼 사라지지 않는다. 그런대로 잘 살아왔다고 생각했는데 여전히 살지 못했던 삶에 대한 열망이 가시지 않고, 채 이루지도 키우지도 못한 채 묻어 둔 일이 너무 많아 아쉽기만 하다. 유일하고 유한한 삶의 길목에 가끔 죽음을 소환해 보면 삶은 참 공허하고 덧없다는 생각이 가시지 않는다.

그러나 돌이켜보니 속세는 그렇게 힘들고 괴로운 것만은 아니었다. 때로는 기쁠 때도 있었고, 때로는 즐거울 때도 있었다. 눈이랑 손이랑 잘 씻고 찾아보니 행복은 소소한 일상 곳곳에 아기자기하게 숨어 있었다. 고등학교 시절은 그래도 그때가 좋은 시절이었다. 싱그러운 젊음이 있었고, 몰래 감추어 둔 꿈이 있었고, 풋풋한 사랑이 있었다. 직장 생활도 그랬다. 하나하나씩 영글어 가는 성취감이, 더불어 살아간다는 소속감이, 내가 주인이라는 자존감이 있었다.

그러니까 고통과 괴로움은 영원히 그 상태에서 체류하거나, 그 자체로 끝맺는 것이 아니었다. 언젠가는 새로운 인과 연이 닿아 어느새 또 다른 기쁨이나 즐거움에 와 닿을 수 있는 것이었다. 행복했던 한순간이 어느새 무너지기도 하고, 지치고 부대꼈던 순간이 어느새 사라지고 행복이 찾아들기도 하는 것이었다.

이게 세상의 이치다. 그러니까 만물은 고정된 실체가 없고 끊임없이 변하는 것이다. 따져 보면 어떤 것도 실체가 아니다. 물질과 생명도 그렇고 사랑과 미움도 그렇다. 모든 것은 흐름이고 관계 속에서 나고 없어진다. 오직 '지금 여기'만 있을 뿐이다. 따져 보면 어떤 것도 실체가 아니다. 무상이다. 사람도 그렇다. '나'라는 주체를 무상에 대입하면 무아가 된다. 무아라면 '나'에 집착할 이유가 없는 것이다. '나'를 내려놓으면 된다. 그 아이가 그런 세상의 이치를 알아채기 시작한 것은 처음으로 돌부처에 절을 하고부터였다

지치고 고된 하루하루를 보내고 있던 어느 날이었다. 강화도 보문사에서 처음으로 돌부처에 절을 해 보았다. 그때까지만 하더라도 그 아이는 왜 돌부처에 절을 하는지, 하는 의문으로 가득 차 있을 때였다. "절은 나를 내려놓고 마음을 비우는 연습입니다." 그날 일박하기 위해 요사채에 머물고 있을 때, 어느 객승이 그 아이에게 해 준 대답이었다. 절을 해보니 가슴이 뜨거웠다. 마음이 차분하고 편안해졌다. 그때부터 그 아이는 절에 가면 돌부처 앞에 무릎을 꿇기 시작했다.

퇴직한 그 아이는 8년여에 걸쳐 청계사 순례단을 따라 108군데의 국내외 선원과 사찰을 찾아다녔다. 법당에 모인 단원들은

간절한 기도로 절을 이어간다. 기도가 끝나면 단원들은 합장하고, 성불하라며 서로 인사한다. 서로를 생불로 바라보려는 간절함 때문이었을까? 어느 보살의 눈망울에 비친 법당의 돌부처가 이내 그 아이의 모습으로 변해 있었다. 화들짝 놀란 그 아이는 그때부터 돌부처가 바로 내 이웃이라는 것을 알아채기 시작했다.

돌부처에 절을 하는 것은 '나'를 내려놓겠다는 작은 몸짓이고, '너'를 부처로 바라보겠다는 소박한 다짐이었다. 소소한 일상에서 다가온 작은 알아차림이었다. 그러나 그 알아차림은 그리 오래가지 않았다. 때로는 욕심이 생기고 화가 날 때, 때로는 어리석은 생각이 들 때면 그 알아차림은 금세 망가지고 무너져버렸다. 꺼지기 쉬운 빛이었다. 그럴 때면 얼른 아니야, 하고 그 알아차림을 다시 챙겨 보았다.

'나'를 내려놓으니 깃털처럼 부드럽고 가벼운 자유로움이 찾아왔고, '너'를 부처로 바라보니 눈부처가 이어주는 시절 인연은 삶의 진실을 만난 참 아름다운 것이었다. 그 아이는 놀랍고 고마운 그 법의 만남을 글에 담고 싶었다. 소설 『꺼지기 쉬운 빛』과 그 후속편인 『눈부처』는 그런 연유로 쓰였다.

두 편은 모두 자전적 소설이다. 나는 어릴 적 기억과 어른이 되어 겪은 사회적 경험과 시선을 글의 소재로 삼았다. 일기 같은 내밀한 얘기까지 가감 없이 솔직하게 담겨 있다. 이렇듯 순전히 기억과 경험에 의지해서 자화상을 그리듯이 쓴 이 글을 소설이라고 불러도 되는지 하고 자문해 본다.

어느 문학 평론가는 소설은 오직 쓸 수 있는 것만을 쓰는 것이며, 그 사실을 확인해 놓은 자화상도 소설이라고 말한다. 그 평론가의 시선을 빌리면, 환갑·진갑 지난 나이에 비로소 나의 기억과 경험을 확인해 놓은 이 글도 소설이다. 더욱이 이글은 소설적 장치를 위해 곳곳에 허구적 연결 고리를 설정해 놓았기에 소설임이 틀림없다.

그런데도 나는 이 소설을 세상에 드러내는 것이 다소 부담스럽고 두렵다. 우선 자전적 소설은 현대 소설이 요구하는 갈등과 긴장을 드러내기에 한계가 있기 때문이다. 또한 자전적 서사에는 민낯으로 포장된 자기 자랑이 들어있을 것이고, 그 자기 자랑은 어쩌면 읽는 이의 거부감으로 이어질 수 있기 때문이다.

그런 부정적 시선과 거부감에도 불구하고, 나는 용기를 내어 이 글을 소설이라는 이름을 빌려 세상에 내놓는다. 그 더벅머리 아이의 소박한 소망 때문이다. 드러내기가 좀 쑥스럽고 거창하게 들릴지 모르지만, 그 소망이란 그 아이에게 다가온 작은 알아차림을 가까운 이웃에게 전하려는 글 보시를 말한다.

두 편의 글은 그동안 남지심 선생님의 관심과 지도, 이종숙, 전현서 두 작가님의 지적과 조언에 힘입은 바 크다. 깊이 감사드린다. 특히 이 자전적 서사에는 작중 인물인 '연희'와 '지서'의 이름을 빌린 집사람의 얘기가 군데군데 담겨있다. 좋은 글감과 뒷바라지에 온 가슴으로 고마움을 전한다.